她来听我的演唱会

完结篇

翘摇 著

江苏凤凰文艺出版社
JIANGSU PHOENIX LITERATURE AND ART PUBLISHING

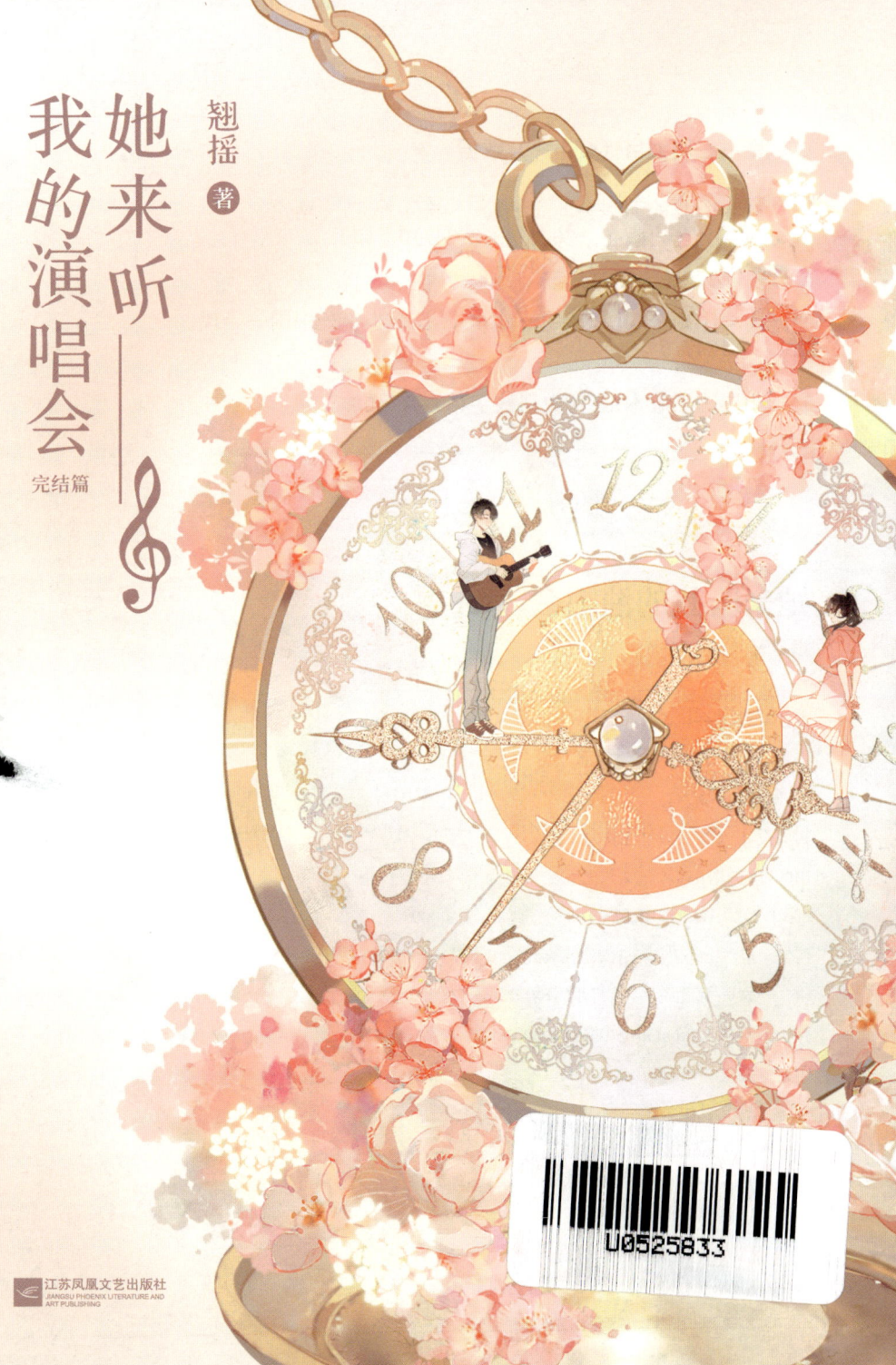

图书在版编目（CIP）数据

她来听我的演唱会. 完结篇 / 翘摇著. -- 南京：江苏凤凰文艺出版社，2024.8（2024.10重印）
ISBN 978-7-5594-8238-9

Ⅰ.①她… Ⅱ.①翘… Ⅲ.①长篇小说－中国－当代 Ⅳ.①I247.5

中国国家版本馆CIP数据核字(2024)第008387号

她来听我的演唱会 . 完结篇

翘摇 著

责任编辑	周颖若
特约编辑	苏智芯
责任印制	杨丹
封面设计	纯白设计工作室
出版发行	江苏凤凰文艺出版社
	南京市中央路165号，邮编：210009
网　　址	http://www.jswenyi.com
印　　刷	河北鹏润印刷有限公司
开　　本	880mm×1230mm　1/32
印　　张	9.75
字　　数	290千字
版　　次	2024年8月第1版
印　　次	2024年10月第2次印刷
书　　号	ISBN 978-7-5594-8238-9
定　　价	49.80元

江苏凤凰文艺版图书凡印刷、装订错误，可向出版社调换，联系电话 025-83280257

CONTENTS 目录

001 第一章 写给他初恋的

041 第二章 送给我的"小蚕同学"

081 第三章 一见到你,耳边就会响起好听的旋律

117 第四章 只喜欢你一个

155 第五章 令琛的小宝贝

193 第六章 我等到了我的"小蚕同学"

233 第七章 令琛,我听到了

271 番外篇

301 后记

● REC

SHE'S COMING FOR MY CONCERT

00 : 00 : 05 : 20

● REC

SHE'S COMING FOR MY CONCERT

00 : 01 : 05 : 20

第 一 章

写给他初恋的

39

雨后的夜色格外阴沉,街边的霓虹被空气里的水汽蒙了一层纱。

借着这光亮,影影绰绰的,祝温书发现酒后的令琛脸上覆着薄薄的红晕。

由此,祝温书终于回味过来自己那句"不嫌弃"表达着什么意思。

她别开脸,任由凉风吹在她耳边,再轻柔也"呼呼"作响。

"嗯。"许久,令琛才应了声,"知道了。"

"那我回去了。"

祝温书转身欲走,又被他叫住。

"嗯?"

"等等。"令琛转身,俯身从后排座位掏了个什么东西出来。

递到祝温书手里时,她才看清是一个沉甸甸的深蓝色盒子。

"这是什么?"

"巧克力。"令琛说,"机场随便挑的。"

"噢……"

祝温书没看巧克力也没看令琛:"回去了,你早点儿休息。"

"好。"

转身后,祝温书走了几步,慢吞吞地回头,发现令琛的车门还没关。

他的身影隐在夜色里,看不清表情,只有双眼在晦暗不明的灯光里缀着破碎的光点。

祝温书轻咳了两声,连忙加快脚步。

进了小区上了电梯,她才低下头,仔仔细细地打量手里的盒子。

有了电梯的灯光,她才看清这深蓝色的盒子上还印着暗纹字体。

"I will think of you every step of the way."

她轻轻勾了勾唇角。

怎么这当明星的追人也没点儿新意，就知道送点儿巧克力什么的，跟高中生都没什么区别。

电梯到了楼层，祝温书把巧克力抱在胸前伸手开门。

不知是不是因为手指有汗水，指纹几次都没识别成功。

她正准备按密码时，门突然开了。

"吓我一跳！"应霏见是她在外面，拍了拍胸口，"我听见门锁响动的声音，还以为是小偷呢。"

"以为是小偷你还开门？"祝温书跨进去，"万一真的是抢劫的，你这不是'我家大门为您敞开'吗？"

"对哦……"

应霏瞥了眼她放到玄关柜子上的东西，笑道："哎，我是不是得准备找新室友了？"

"啊？"祝温书换鞋换到一半，抬头道，"你要搬走？"

"没呀，我住得挺好的。"应霏拍拍她肩膀，"天气冷了，你睡觉记得关窗。"

"好。"

祝温书穿好拖鞋伸手去拿巧克力时，见应霏就在厨房倒水，便问："那个……你吃巧克力吗？"

印象中应霏挺喜欢吃这种东西的，而且她平时买了零食都会问祝温书一句，所以这会儿被人看见手里拿了东西，不客气一下似乎显得有点儿抠门。

"不啦。"应霏回头朝她笑笑，"这个巧克力太贵了，我不好意思。"

啊？很贵吗？

"没事的，这么多我也吃不完……"

"真的不啦。"应霏端着水杯回房间，"我去赶稿了。"

祝温书回到房间第一件事就是打开手机搜索这个她从来没听说过的巧克力牌子。

浏览了下价格，还真挺贵。

003

唉。

她轻轻叹了口气。

这以后要是回礼，她怎么回得起。

盯着巧克力看了半晌，祝温书还是挑出一颗，剥开包装纸。

第二天，祝温书被一阵急促的鸣笛声吵醒。

她睡眼惺忪地睁开眼，后知后觉想起自己夜里还是忘了关窗。

难得的周末就这么被吵醒，祝温书沉沉叹了口气，还是慢吞吞地起了床。

原本打算今天上午把教案写完，直到午饭外卖送上门时，她才惊觉自己有点儿注意力不集中，居然只完成了一半。

她看向手机，跃跃欲试地伸出手指。

恰好新消息也在这个时候跳了出来。

祝温书连忙打开手机，却发现是令兴言的消息。

令兴言：祝老师，下周的班级美食分享会你给令思渊推荐了肯德基？

祝温书：……

祝温书：我推荐的盐焗鸡。

令兴言：我就说。

令兴言：这臭小子，我去收拾他。

祝温书：渊渊今天在干什么呢？

令兴言：学小提琴，还是得陶冶一下情操。

祝温书手指在键盘上徘徊了会儿，又问。

祝温书：令琛教他？

令兴言：令琛哪儿有那个空，他昨晚去了琴房到现在都没回来呢，忙死了。

噢……这样。

祝温书兀自点点头，忙得连轴转似乎才该是令琛的生活。

这天下午，祝温书没再分神，认认真真地把工作弄完。

一看时间下午四点半，窗外天气也还行，于是她换了身衣服，去附近的超市买了些生活用品。

七八百米的距离，打车不划算，拎着一大袋东西走路又有点儿累。

004

祝温书站在超市门口犹豫着要不要骑共享单车时，身后突然有人叫她。

听到那个声音，她的目光顿了下，调整出平常自然的表情，才回过头，装出一副挺惊讶的样子："你怎么在这儿？"

"酒店在这附近。"尹越泽说。

他这么一说，祝温书想起他住的酒店确实就在这条街对面。

那她出现在这里就有点儿不合理了。

于是她干笑两声说道："噢，我在这边逛街，顺便买点儿东西。"

尹越泽看了眼她手里的生活用品，没说什么。

"有空一起喝杯咖啡吗？"尹越泽问，"昨天也没机会叙个旧。"

要换作一个撕破脸分手的前男友，祝温书肯定掉头就走，但面对尹越泽，她也不想连连拒绝，免得显得自己还挺在意过去的事情。

"好啊。"祝温书说，"这附近？"

"嗯。"

尹越泽走过来，伸手要帮她拿手里的东西。

祝温书下意识退了一步，她对这里很熟，转头就指着身后一家咖啡厅："这儿刚好有咖啡厅欸。"

尹越泽笑着收回自己的手："走吧。"

两人面对面坐在靠窗的位置，各自捧着一杯咖啡，许久，还是尹越泽先开了口。

无非是聊一些近几年的现状，祝温书觉得自己的生活平静且乏善可陈，也没怎么主动聊，都是尹越泽问了她作答。

半个多小时过去，她觉得自己像一只青蛙，戳一下跳一下，于是主动问了句："你这次回国是看望亲人，还是……"

"定居。"尹越泽说，"工作也转移到国内了。"

"噢……"祝温书点点头，"挺好的。"

"就是没什么朋友。"尹越泽说，"以前的同学也没怎么联系了，也就徐光亮偶尔找我聊几句。"

祝温书不知道怎么接话，便低头抿了口咖啡，才说："大家都差不多。"

尹越泽沉吟片刻："但……你和令琛毕业后一直有联系？"

"嗯？"

祝温书没想到尹越泽会提起她和令琛，仿佛什么秘密被人戳破一般，语气不像刚刚那般从容："没有啊……我们也七八年没见了，今年才又联系上。"

"那你们现在是在一起了？"

祝温书哑然片刻，立即说："没有，没在一起。"

尹越泽点点头："那我就放心了。"

祝温书抬眼，看向尹越泽，脸上的意思很明显。

对面的男人反应慢了半拍，见她神色不对，才笑道："我没别的意思。"

"我这些年工作中也接触了不少明星。"服务员上了甜品和华夫饼，尹越泽推到祝温书面前，同时说道，"其实和明星谈恋爱挺累的，不仅要承受巨大的舆论压力，也容易受到外界伤害，一个普通人很难招架。"

他的语气诚恳，听起来完全就是来自老同学的关心。

于是祝温书也点点头："嗯，我有分寸。"

不想继续聊这个话题，祝温书便问："你呢？之前好像看你朋友圈有发和女朋友的合照，这次是一起回国吗？"

"不是。"尹越泽摇头，"前几年有过两段感情，但都没走到最后。"

"噢……"

之后的聊天，依然是尹越泽问，祝温书答。

她看天色渐晚，不想喝咖啡，又不愿意干巴巴地坐着，于是便一个接一个地吃华夫饼。

怕他再提出一起吃晚饭，等他喝完桌前的咖啡，祝温书便说道："那我就先回去了？"

"嗯。"尹越泽起身，"我送你吧。"

"不用不用——"

"我知道你家就在附近。"尹越泽直接拎起她放在沙发边的超市购物袋，"走吧。"

祝温书："……"

原本祝温书还算坦然，却被尹越泽这句话弄得心虚，一路上也没怎么说话。

到了小区门口，她总算松了口气，接过袋子后说道："那我走了。"

006

"好。"

等尹越泽转身离开，祝温书也迈腿朝大门走去。

刚踏出两步，她皱了皱眉，转身朝大路看去。

这会儿还不到晚上七点，但天色已经全黑，浓重夜幕里，她看见一辆黑车远去，闪着尾灯，看不清车牌。

不知怎的，她总觉得刚刚那辆车有点儿眼熟。

但她很快否认。不能吧，人家这会儿肯定在琴房呢。

肯定是她眼花了。

祝温书一边肯定自己的想法，一边还是拿出手机给令琛拨了个电话。

接通后，他没说话。

祝温书问："你在哪儿呢？"

对面沉默。

于是祝温书停下脚步："你刚刚……是不是来我家了？"

"是。"

原本以为他会否认，没想到答得这么坦然。

"……又走了？"

令琛："嗯。"

祝温书："那你开回来。"

他没说话，电话也没挂。

祝温书听到电话里呼啸的风声，又说："开慢点儿。"

"……哦。"

两分钟后，那辆车开到了对面，在前方路口掉了头，最后停在祝温书面前。

她看了眼四周，确定没什么人注意这边，才拉开车门坐上去。

"你怎么来了？"祝温书问，"不是在忙？"

令琛戴着口罩，没什么表情："路过。"

祝温书："……"

他是不是看见什么了？

祝温书沉默片刻，掏出手机看了眼。

果然，二十多分钟前，令琛给她发消息，问她"在不在家"。

好像是该解释一下。

但祝温书又觉得,他俩又不是男女朋友,她要是解释了,倒显得奇怪。

"吃饭了吗?"令琛突然问。

胃里的华夫饼还满满当当,要是喝杯水下去能泡发到嗓子眼。

但祝温书还是说:"没吃。"

令琛"啧"了声:"他连顿饭都不带你吃?"

……果然是看见了。

被他的阴阳怪气弄得有点无语,但一转头,祝温书见令琛眼里布满血丝,又想到令兴言说他一晚上都待在琴房忙工作,那点儿情绪突然烟消云散。

"你吃了吗?"

"没。"

令琛问:"想吃什么?"

祝温书:"都行吧。"

"系好安全带。"说完这句,令琛见她腿上放着一大包东西,于是抬手拎走,往后排放去。

这辆车的空间其实不算小,令琛没想把祝温书的东西放脚垫上,以他的身量也要全力转过身才能把袋子放到后排座位上。

于是,当他的卫衣被扯上去时,祝温书看见他左腰处有一道明显的伤疤。

看起来挺旧了,但狰狞的疤痕还是有些触目惊心。

凝视许久,那道疤突然被扯下来的衣服遮住。

祝温书还没来得及回神,就听到身旁的人说:"我身价很贵的。"

祝温书:"……嗯?"

令琛:"看腹肌是要收费的。"

祝温书:"……"

谁看你腹肌了。

汽车启动,徐徐驶入车流。

祝温书沉默了会儿,还是没忍住问:"你腰上的伤疤是怎么来的?"

令琛把着方向盘淡淡眨了眨眼,望着挡风玻璃外浓黑的夜色。

大概也是这么一个夜晚吧,那年刘浩毅其实还找过一次他的麻烦。

在他家附近的破烂小巷,五个人围着他,一开始只是木棍加拳打脚踢,四周只有不堪入耳的咒骂声。偶尔有路人经过,只当是混混打架,没人上前阻止,反倒是远远绕开。

后来他撞到不知谁家放在路边的旧玻璃上,没怎么感觉痛,但空气里开始飘着血腥味。

最后,刘浩毅用脚踩着他的脸,朝他笑:"我终于回过味儿了,你是在替女神出气呢?怎么,你也想睡女神?"

刘浩毅说完,地上的人突然又暴起。

刘浩毅一棍子敲下去,摁着他的脖子,一只手拍了下他的脸:"你配吗?"

身后有人突然扯了下刘浩毅的袖子:"你看。"

刘浩毅垂眼,发现令琛的左腰处流血不止。他突然有些慌,松开了手,但令琛没能站起来。

对上地上少年猩红的眼睛,刘浩毅梗着脖子说:"走!"

戴着口罩,没人能看见令琛紧抿的唇。

车停在红灯路口,令琛伸手摸了下那道疤,轻飘飘地说:"割了阑尾。"

"哦。"祝温书点点头,嘀咕道,"哪家医院割的,居然留这么长的疤。"

几秒后,祝温书突然转头看向令琛:"阑尾不是在右边吗?你的疤在左边!"

令琛单手搭着方向盘,慢条斯理地转头看向祝温书,挑了挑眉:"你猜我为什么割掉它?"

祝温书:"?"

令琛:"因为它长到了左边。"

祝温书:"……"

40

祝温书非常冷静地拿出手机搜索了一下。

然后发现还真有阑尾长在左边的情况。

可她扭头看了眼令琛的神色，知道他就是随口一说逗逗她，不可能真是因为这个。

祝温书没再多问。

既然他不说，极可能这道疤的起因是他不想提及的往事。

汽车一路平稳地朝祝温书不知道的目的地开去。

路上，令琛没有再说话。

祝温书头靠着车窗，双眼再次不着痕迹地看向令琛的腰腹。

车厢里响起轻轻的叹气声。

几分钟后，车停在一家日料店前。

祝温书一直不怎么吃日料，因为这玩意儿两极分化太严重。平价的是很便宜，但味道还不如路边大排档。精致好吃的当然也有，只是价格就很离谱了。

不过日料店有一个好处，客流量通常不会太大，大多数还有隔间设置，私密性很好。

祝温书和令琛一前一后进去，关上日式推拉格栅后便隔绝了外界的视线，连服务员都很少进来，客人手机下单后他们基本只负责上菜。

看着面前这些精致的炙烤鹅肝、芝士焗蟹、牛黑松露和天妇罗，祝温书肚子里的"糟糠之妻"华夫饼在叫嚣着"你要是敢让它们进来，我今晚一定叫你吃不了兜着走"。

半晌都没动几筷子，祝温书对上令琛的目光，哑口无言。

"不喜欢吗？"

"也不是……"祝温书正想怎么解释，令琛就垂下头拿出了手机。

过了会儿，服务员推开格栅，又上了七八道菜。

祝温书惊讶地看着自己面前没怎么动过的食物被撤走，等服务员出去了，她连忙说："你点这么多干什么？吃不完浪费了，这里又不便宜！"

"没事。"令琛把一份海鲜茶碗蒸往祝温书面前推，"尝尝这个。"

……华夫饼，对不起了。

祝温书拿起勺子尝了一口，现捞的鲍鱼嵌在嫩鸡蛋里，差点儿把她鲜吐。

——吃了几口后，祝温书实在勉强不下，还是放了筷子。

令琛又抬头看过来。

见他又要拿手机点菜,祝温书连忙说:"别浪费了,我只是吃不下!"

他将手指停在屏幕上,半响才"哦"了一声:"你们吃过晚饭了?"

祝温书:"……没有,我在减肥。"

令琛的视线迅速扫了祝温书一圈儿,虽然没说话,脸上的意思却很明显:你哪儿需要减肥了?

"我真的胖了,肉都藏着。"祝温书拢了拢自己的外套,"脱了衣服才看得见。"

刚说完,祝温书的眉心跳了跳。

她刚刚说了什么浑话。

这听起来怎么像……在暗示!

度过了极为安静的两秒,祝温书终于鼓起勇气偷偷去看令琛,却见他好像根本没多想,低头闷不作声地吃着东西。

好吧。

是她想多了,人家根本没多想。

与此同时……

"令琛。"祝温书看了一眼桌边,开口道,"令琛?"

他抬眼:"干吗?"

祝温书:"有人给你打电话。"

令琛侧眼看过去:"哦。"

等令琛拿着手机出去,祝温书手撑着榻榻米,如释重负般松了口气。

为人师表,以后说话一定要筛它个三遍!

正想着,祝温书的手机也响起。

"喂,干什么?"来电的是钟娅,祝温书没寒暄,开门见山。

"你跟令琛什么情况?"

祝温书下意识看了眼门外:"啊?"

"我刚刚反应过来!"钟娅说,"你们昨晚那样子不对劲啊!"

"就……"祝温书低声说,"正常情况。"

"正常个啥!"钟娅音量突然拔高,"我没吃过猪肉也见过猪跑,不是吧祝温书,都这样了你还糊弄我?"

祝温书:"就是正常的男女情况……吧?"

钟娅:"……你等会儿。"

祝温书:"干吗?"

钟娅:"我找根充电线,你给我展开讲讲。"

"别,我现在不方便讲。"祝温书说,"我在外面吃饭呢。"

"哦,和谁啊?"

没听到祝温书的回答,钟娅这回脑袋终于灵光了。

"你们真是……昨天不是才一起吃过饭,至于吗?!"

"……"祝温书说,"其实我和他……我也不知道怎么回事,莫名其妙就这样了。"

刚说完这句,祝温书听到格栅推动的声音,连忙挂断了电话,随后给钟娅发消息。

祝温书:他过来了,先不说了。

钟娅:几点回家?

祝温书:不确定,应该快了,到家给你回电话。

编辑完还没来得及发出去,对面又跳出新消息。

钟娅:姐妹很担心你。

祝温书:……

打字的间隙,令琛已经坐回对面。

祝温书以为他没听见刚刚的电话,正要开口说话,就听他冷不丁道:"其实也不算莫名其妙吧。"

祝温书手指一僵,抬眼看他。

"我觉得,"两人的目光在灯下相撞,令琛看着她,瞳孔里映着她的面孔,"还挺明显的。"

也不知是不是外套拢得太紧,祝温书感觉浑身上下都有一股细密的发热感。

半响,她低声说:"不是说你。"

"哦。"令琛偏头,手撑着脸颊,没继续看祝温书,视线落到侧边去,"但是你脸红了。"

012

温度平稳下降的深秋在一波冷空气的侵袭后,突然就变成了初冬。

周三下午,祝温书领着一群包裹得严严实实的学生放学,看见卢梓熙的哥哥又来接她,两只眼睛直勾勾地看着自己,神思突然又飘回了那晚。

哪里明显了?

祝温书想,人家卢梓熙哥哥这才叫明显,令琛可能是对自己有什么误解。

唉,不过大明星嘛,能理解。

可能平时只需要勾勾手指。

正想着,祝温书的目光被一对老夫妻吸引走。

每个班都有固定的接送路段,几个月下来,祝温书对这些家长基本眼熟。因此她看见不远处站着一对陌生的老夫妻时,不由得多注意了几眼。

他们和其他爷爷奶奶一样焦急地张望着,只是眼里少了几分明确性,目光一个个扫过队伍里的孩子,每一个都会打量几分。

直到令思渊的保姆走过来,正要带走他时,那对老夫妻突然跑过来,匆忙之间挤开祝温书,从保姆手里夺过令思渊的小手,用力握着并弯腰说道:"哎哟我的小重孙,可算等到你放学了,冷不冷呀?饿不饿呀?太姥爷太姥姥带你回家吃饭好不好?"

太姥爷太姥姥?

祝温书看向保姆,保姆也一脸迷茫,但又不敢太粗鲁,只能站在一旁问:"你们是?"

老夫妻抬头打量保姆一眼,中气十足地说:"我们是他太姥姥太姥爷,你——"

"我不认识你们!"被一顿搓揉后终于回过神的令思渊挣脱他们的手,躲到保姆身后,"你们是谁啊?"

"小渊渊不记得我们啦?"年迈的老太婆忽然又带上笑,佝偻着说,"你小时候我还抱过你呢,在我床上尿了那么大一片,我还给你做肉丸子吃,想起来没有?"

八岁的小孩子被吓得满脸通红,抱紧了保姆的手,一个劲儿地摇头:"我不认识你们,不认识你们。"

见状,祝温书往前挡住他,问面前的老夫妻:"您好,我是他的班主任，请问二位是？"

两人听说是老师，态度好了点儿，带着笑说："这我们重孙呢，我们来接他放学。"

祝温书满脸狐疑，想不出个所以然，于是说："我们放学是要把学生交到指定的家长手里的，这样吧，我给他爸爸打个电话——"

眼看着她真的拿出手机，那两夫妻连忙拦住她。

"打什么电话，我们接个重孙还不行了？他爸爸是令兴言，他叔叔是令琛，我们是令琛的亲外婆外公，不信你看！"

两人从包里掏出一张皱巴巴的照片，由于折叠过很多次，中间已经有了很明显的褶子，让本来就不清晰的人像更加模糊。

祝温书只能勉强认出，图里的两个老人应该就是面前这两位。至于被一个年轻女人抱在怀里的小男孩，看样子只有三四岁，哪儿辨得出是不是令琛。

看祝温书似乎不相信的样子，两个老人继续道："我们真的是令琛的外公外婆，哎哟骗你做啥嘞，你这个小女娃，他亲侄子我都当亲重孙看的，我们专程来看看他，接他放学吃点儿好吃的。"

祝温书把照片还给他们，又问："请问你们知道他的家庭住址吗？"

这俩老夫妻忽然愣住，对视片刻，说："知道啊，他以前住汇阳百花街那边，他妈妈叫周盈，是我们亲女儿，他爸爸叫令喻吉，不信你去查查嘛。"

尽管这样说，这两人的行为还是处处诡异。

祝温书蹙眉，指指令思渊："我是问他的家庭住址。"

两人彻底哑了，看看令思渊，又看看保姆，支支吾吾半天也说不出几个字。

正好这时保姆也打完电话了，小声跟祝温书说："没打通，现在在飞机上……"

今天温度很低，寒风跟刀子似的往人脸上刮。

祝温书给令琛打了个电话，没人接听。她又看了眼不知是害怕还是太冷，正浑身哆嗦的令思渊。

"你先带他回家吧。"祝温书对保姆说，"好好看着，继续联系他爸爸。"

"好、好的。"

"您二位如果——"

祝温书话没说完,那两夫妻见保姆要带令思渊走,疾步蹿上去拉拉扯扯。

"你们干什么呢?!"

祝温书的声音吸引了其他家长的注意,渐渐有人围上来,旁边的保安也走了过来。

"你们再这样我要报警了!"

听到"报警"两个字,老两口的行为明显有所收敛。

他们嘀嘀咕咕地往马路对面走去,祝温书看了两眼,见保姆带着令思渊上了车才稍微放心。

但没多久,那老两口也坐上出租车,朝同一个方向去。

学校外的路就这么一条,也不确定是不是跟踪,祝温书在出租车在视野里消失前拍下了车牌号,随后又给保姆打电话,叫她多提防。

令琛是被一阵急促的门铃声吵醒的。

说急促,其实也只是他自己的心理作用。

一晚上没睡觉,下午才回到家补觉,而最近小区正在翻修露天游泳池,吵个不停。令琛刚睡下去没几个小时,现在听什么声音都烦。

半天没等到保姆去开门,令琛心知这个点儿她应该是带令思渊出去玩了,于是掀开被子,一脸烦躁地走到玄关处。

人没睡醒,脑子是蒙的,愤怒中以为令兴言又拎着大包小包没手解锁。

"你就不能放下东西再——"

打开门的瞬间,令琛眼里的惺忪与烦躁骤然消失,化作一潭平静的死水。

"阿琛?真的是你啊阿琛!"

老两口的诧异不是装的,他们本来只是想先找到令兴言,再通过他找令琛,却没想到直接省略了一步。

"你们怎么进来的?"

令琛的语气和他的脸色一样冷,但老两口不在乎,他们急切地想挤进这大房子,却发现令琛的手臂搭在门框上,没有可乘之机。

"我们……"老两口又对视一眼,"我们跟保安说了是你外公外婆,就放我们进来了。"

这说辞令琛根本不信。

以这个小区的物业价格,保安不会这么不负责任。

但他现在没有心思纠结这个。

他垂着眼,冰冷地看着这两个苍老又消瘦的老人,悬在心里多年的浊气彻底沉了下来。

其实早几年前,令琛就知道外公外婆一直尝试着联系他,但这么大的年纪,没有神通广大的高人指点,基本没希望踏足他的生活。

但他也知道,他们不会罢休,只要自己还活跃在公众面前,他们就早晚会捉到机会。

只是这一天比他想象中来得早。

他转身:"进来吧。"

老两口又愣了一下,没想到令琛就这么让他们进去了。

原本打算着他要是不认,他们就在门口插科打诨,令琛这种大明星不可能不要那个脸面。

到了令琛面前,他们在学校门口的力气仿佛突然消失了,互相搀扶着进去,一路打量着这房子的水晶吊灯、大理石餐桌,还有那些真皮沙发。

"你家真大啊。"外婆说,"可比小时候住的地方大多了。"

令琛坐在沙发上没说话。

外公又从腰间挎的皮包里掏出一个塑料袋,颤颤巍巍地打开:"这是你小时候最喜欢吃的卤鹌鹑蛋,我跟你外婆——"

"说吧。"令琛打断他,"什么事?"

外公突然没了声,干瘪的嘴巴紧紧抿着,愣怔半响,回头去拉老伴儿的袖子。

外婆还在打量这房子的装修,看到过道那头足足有六个房门,回头就说:"你家能住这么多人呢,令兴言那小伙子和他儿子都跟你住一起呀?平时很热闹吧?不像我们家,孤零零的,你爸也住这里吗?"

"我爸死了。"

客厅里忽然安静了一瞬。

外公外婆僵着脸面面相觑，结结巴巴地说："哦……死了啊……真可惜，都没跟着你享几年福。"

外公接着说："怎么走的？身体不行啊？他挺年轻的，今年也该才四十……四十八九吧？"

令琛看着他们没说话。

这眼神盯得老两口浑身发怵，只觉得眼前的男人和他们记忆中的小屁孩儿完全不一样。

"我很忙。"窗外暮色已经深了，令琛在最后一缕光亮里抬起了头，"有事直说吧。"

外公几度张口，却终是没说什么，伸手碰了下老伴儿的腿。

"是这样……你表哥你还记得吧？你们小时候穿一条裤子长大的，天天都要挤在一张床上睡。"外婆搓着手，衰老的声线被此时的天色染上几分凄凉，听着还怪可怜的，"他明年打算结婚了，已经有了江城户口，就是这房子……"

她看了眼令琛的脸色，见他好像没什么异样，这才继续说道："你也知道，江城的房子太贵了，咱们普通人家就是不吃不喝打几十年工也买不起呀，就说你现在手头宽裕了，看找你借点儿钱。"

说完，老两口齐齐看向令琛。

他垂着头，突然笑了一声。

毫不意外。

甚至比他想象中还更直接一点儿。

其实他有时候挺佩服他这外公外婆的，农田里长大的人家，却在金钱和亲情面前能做出毫不犹豫的选择。

在四五岁之前，其实外公外婆对令琛也还行。

虽然当初他们极力反对自己女儿周盈嫁给令琛那一穷二白的爸爸，盼着女儿能凭借美貌给他们找个大富大贵的女婿，可惜架不住女儿寻死觅活。

刚结婚那段时间，他们看令琛的爸爸令喻吉不顺眼，没给过好脸色，当众辱骂也是有的，但令喻吉脾气好，没计较过。

后来令琛出生了，老两口见是个漂亮的儿子，终于有了点儿好脸色。

但没几年亲戚家的女儿嫁了个富商，没少在他们眼前炫耀，于是老两口的心态又不平衡了，让令琛的爸妈没带好烟好酒就别回娘家，丢不起这个人。

不过这些也不重要，过日子是两个人的事。

令琛爸妈的感情是真好，直到令琛十岁那年，两人还蜜里调油，跟新婚夫妻似的。

一个是卫生所的护士，另一个是纺织厂的会计，日子算不上富贵，但平淡幸福。

就连卫生所的医生都经常说羡慕周盈，老公每天都来接下班。

但年轻小夫妻哪儿有不吵架的。

在一个风和日丽的早上，两人因为一些小事拌嘴，互不搭理，各自去上班。

到了傍晚，令喻吉回到家里还在生闷气，也就没去接周盈。

可偏偏就是那一天。

周盈在下班回家的路上，出了车祸。

意外在这个平静的日子突然到来，除了至亲，其他人只是叹一句"可惜"。

而令琛的外公外婆，或许是真的心疼女儿，又或许是美梦终于彻底破碎，哭天喊地地指着令喻吉的鼻子骂到了周盈出殡那天。

原本就沉默木讷的令喻吉从此话越来越少，也很少在人面前提起过世的妻子。

只有令琛知道，他的爸爸在后来的日子辗转反侧，整宿整宿地睡不着。

后来肇事司机的赔偿和卫生所的抚恤金下来了，外公外婆全拿走，一分钱都没给他们父子俩留。

令喻吉从没上门去要过。

他心里有愧，这是他仅能做到的补偿。

就这么过了一年，令喻吉的精神经常恍惚，不是做饭忘了放盐，就是弄错日期，周六还催令琛起床上学。

原本以为，时间是个良医，终会抚平父子俩的伤口。

018

谁知时间有时候是庸医，它不作为，让伤口慢慢溃烂，悄然腐蚀五脏六腑。

也是一个烈日炎炎的下午，纺织厂的账务出了问题，足足两万块钱的收支对不上账。

一层层排查，似乎都没纰漏，问题就只能出在会计身上。

令喻吉百口莫辩，解释不清。

好像又回到了周盈去世那天，一群人指着他的鼻子，骂他吞钱，骂他不要脸，骂他肮脏。

就那么突然地，令喻吉突然捂着头，蹲在角落里，哭得满脸鼻涕，一遍遍地说："是我的错……是我的错……是我的错……"

既然会计都承认了，事情也就有了结果。

他们拿走了家里仅有的存款来补缺口，然后把这个罪魁祸首踢出了纺织厂。

只有令琛知道，在那之后，他爸爸还是一遍遍地念叨："是我的错……都是、是我的错……全是我的错……"

对着窗外，对着墙角，对着垃圾桶，对着客厅的遗照。

"是我的错……"

没几天，街坊邻居都知道，令家那个男人疯了。

成天嘴里念念有词，傍晚就衣衫不整地朝卫生所跑，去蹲着，烦得人家报了好几次警。

那个时候的外公外婆在干什么呢？

令琛只去找过他们一次，在最难的时候。

但他连门都没敲开。

只是在离开的时候，不知是外婆还是外公，又或许是他们嘴里那位和他穿一条裤子长大的表哥，从窗户扔了一根啃完的玉米棒出来。

后来是令兴言的爸妈把给孩子上大学的存款拿出来，让他带爸爸去医院看看。

尽管于事无补。

比起伯父伯母的救济，令琛对那根玉米棒的印象更深。

好像砸到了他的头上，也砸碎了他对这家人最后的期望。

祝温书在楼下站了十来分钟。

她看见楼上有灯光，小区的环境也好，不知是不是自己多虑了。

正转身想走，却见那对先前在校门口见过的老夫妻从门厅走出来。

还真是他们家亲戚啊？

老两口没注意站在路边的祝温书，只一路骂骂咧咧地离去。

寒风中，祝温书只听到模模糊糊的"忘恩负义""狼心狗肺"这些词汇。

她收紧围巾，迈腿走了进去。

单元门是需要门禁卡的，恰好这时候有其他住户出来，祝温书便没按铃。

电梯里，她还有点儿忐忑。

万一人家里真有什么不太好的场面，她现在过去合适吗？

思考间，电梯已经到了要去的楼层。

祝温书深吸一口气，秉承着来都来了的美好品德按了门铃。

第一次没人应，祝温书又按了第二次。

这回她听到屋子里有动静了。

但过了很久，门还是没开。

于是她又按了第三次。

听着门铃声，她想，如果这次还没人开，她就回家，当什么事情都没发生。

里面的人好像知道了她的想法，在第三次铃声停止时，门突然打开了。

祝温书看了令琛一眼，见他全须全尾的，又下意识往屋里看了眼。

见里面也一切正常，她这才把注意力转回令琛身上。

他大概是在可视门铃里看过了，所以见到祝温书也不意外。

只是她总觉得，此刻的令琛不太对劲。

浑身都透着一股……不知能不能称为"沉哀"的气息。

而且他就这么看着她，也没说话，连一句"你怎么来了"都没问。

"那个……我给你们打电话没人接。"祝温书主动开口，"我有点儿担心——"

"令思渊"三个字还没说出口，令琛突然伸手，把她拉进怀里。

020

和上次一样，属于他的气息与体温席卷而来，祝温书的身体瞬间僵住。

不一样的是，这次令琛抱得没那么紧，脸却埋在她的颈窝处，灼热的呼吸一浪接一浪似的拍在她的肌肤上。

就这么抱了好一会儿，祝温书云里雾里地回过神，四肢还像飘在空中似的。

她感觉自己现在就像个提线木偶，不知是什么让她动了两下。

但因为这动静，令琛的下巴在她肩处蹭了蹭，低声道："别推开我。"

身上的"线"顿时从四面八方拉紧，让祝温书在极度紧张的时候却又没动。

"我……"尚且还能活动的嘴巴半天才吐出一句话，"外面好像有人。"

话音落下，轻轻搭在她身侧的手臂突然收紧。

令琛抱着她进了门，同时反手一推。

"砰"的一声，黑色大门被关上，同时也把房子的主人令兴言关在了门外。

41

一开始，令兴言一个人站在门口等。

后来天色暗了，他带着儿子和保姆一起在门口等。

"爸爸，我们为什么不能回家？"

令兴言蹲在角落，抱着膝盖，上下眼皮困得打架。

"再等等。"令兴言把儿子抱进怀里，"咱们再等等，说不定你叔叔很快就会搬走了。"

"为什么？"令思渊忽然睁大了眼睛，"我不想叔叔搬走。"

令兴言噎了下，敷衍道："你现在还不懂，长大就明白了。"

"爸爸每次都这么说。"令思渊努嘴嘀咕，"我已经长大了，八岁了，不是三岁小孩了。"

令兴言打了个哈欠，不想再说话，便把备用机拿出来给令思渊看动画片。

大概是听到了响动，刚回家的邻居往这边走了两步："你们怎么在这儿蹲着呢？"

令兴言说："锁坏了，等人修。"

这栋楼一层就两户，两家人常在电梯里遇见，家里又有同龄小孩，所以关系还不错。

"那你们来我家等吧，这天怪冷的。"

想到有小孩子，令兴言也没拒绝。

开门时，邻居突然想起什么，问道："你家亲戚呢？"

令兴言："什么亲戚？"

邻居"哎呀"一声，满脸惊讶："你们不知道吗？傍晚有对老夫妻在滑滑梯那边儿挨个儿问呢，说是你们家的远方亲戚，来投靠的，问你家在哪栋哪层。"

几个大人突然安静，都嗅到了危险的味道。

令兴言今天本来就是因为接到了保姆的电话才匆匆赶回来，闻言，他看了保姆一眼，示意她看好孩子，随即便朝小区物业监控室走去。

客厅只开了一盏小灯，堪堪照亮沙发一角。

借着微弱的光，祝温书抵着门，后背被令琛的手掌硌着，渐渐感觉到他的身体回暖。

也不知就这么抱了多久，祝温书始终无法放松，双脚开始有了酸麻的感觉。

但就这么下去成何体统啊，一会儿被令思渊看见要怎么解释？

我跟你叔叔在进行肢体上的友好交流？

想到那个场面，祝温书好不容易平复下来的心跳又开始加速。

这时，祝温书听到门外似乎有动静，连忙推了令琛一下。

这会儿的令琛似乎已经没了防备，顺势就被推开。

他跟跄后退了几步，依然垂着头，皱巴巴的衣服松垮地罩在身上，像个脆弱的病人，让祝温书产生一种她刚刚是不是太用力的错觉。

想要稍微补救一下，她伸出手，在碰到令琛的前一秒却倏然收回。

"你是不是喝多了？"祝温书问完，还用力嗅了嗅，没闻到一丝酒精味儿。

但令琛此时的状态真的像个醉汉。

他垂着头，手插在兜里，肩膀垮着，不复往常挺拔的身姿，倒像回到了高中那会儿成日窝在教室后排的模样。

"嗯。"他低低应了句，"喝多了。"

"噢，那……你早点儿休息吧。"

祝温书刚想反手去摸门把手，伸出的手腕被人拉住。

"刚来就要走吗？"

"我就是来看看——"

"这就看完了？"

"那……"沉默片刻，祝温书很真诚地发问，"我还要怎么看？"

说这话的时候，祝温书瞥见令琛头发上似乎有几片红色的纸张碎屑。她下意识踮脚，朝他靠去，想看清那是什么东西。

两张脸逐渐靠近时，呼吸一交错，令琛忽然像个弹簧似的后仰。

"也不必这么看。"

祝温书："……"

这人怎么回事？

刚刚还把她往怀里拉，这会儿却像个贞洁烈女似的，稍微靠近点儿就跑八百米远。

"你头发上的东西。"

令琛闻言"哦"了声，抓了把头发，几片"漏网之鱼"飘落。

祝温书仔细看了眼，似乎是百元钞的碎屑。

即便令琛有钱，也不会是个在家撕钱玩的人。

祝温书心头沉了下，直觉刚刚这个房子里应该发生了些不太好的事情。

但看令琛此时的模样，她不想，也没立场追问。

只是想到这家里还有小孩子，祝温书忍不住提醒。

"毁坏人民币是犯法的。"她的视线逐渐下移，看着还紧握着她手腕的那只大手，心里有"簌簌"的声响，"调戏人民教师也是犯法的。"

令琛："……"

他倏地松开手，慢慢站直了："知道了，祝老师。"

其实祝温书也被自己这不过脑子的话弄得有点儿不自在，于是连忙转移话题:"我今天在学校门口遇到一对老夫妻,说是令思渊的太姥姥太姥爷,渊渊有点儿害怕,我看他们又坐车跟着,所以不放心。"

"没事。"令琛说,"是我外公外婆。"

想到刚刚在楼下听到老夫妻的咒骂和令琛先前的颓然,祝温书盯着他的双眼,小声问:"那你还好吧?"

令琛歪着脑袋,伸手摸了摸腮:"有力气犯法,应该还算好。"

什么叫搬起石头砸自己的脚。

祝温书:"……我走了,明天还要上班。"

说完也不等令琛回应,抓起放在玄关处的包就走。

令琛真就没再说话,只是看了眼她手里的包,然后就靠着墙看着她开门、出去,然后关门。

见他这么坦然又淡定,祝温书也装作一副云淡风轻的模样,挺胸抬头地走了出去。

直到祝温书在电梯处遇到了刚刚上来的令兴言。

他好像一点儿都不惊讶,开口就是:"要回去了?"

祝温书:"……嗯,我过来是因为放学发生的事情。"

她把那对老夫妻的事情复述一遍,又说:"我看渊渊好像完全不认识他们,所以也跟你确认一下,如果下次他们再来学校,我心里也有底。"

"是这么个关系,但是……"令兴言挠了挠脑袋,"总之今天感谢您了,不过有下次,麻烦您还是千万别把孩子交到他们手上,而且请一定第一时间给我打电话,或者给卢曼打电话也行,我等下把她号码发给您。"

祝温书点点头:"好,那今天没出什么事吧?"

"没事,渊渊在邻居家,我现在去接他。"

提到这事儿,令兴言一脸晦气:"他们跟着小区装修工人混进来的,真是防不胜防。"

想着这是人家家事,祝温书也没多问:"那我先走了。"

"行,您路上注意安全。"

等祝温书跨进电梯,令兴言突然又叫住她:"您刚刚在我家……"

"聊天啊。"祝温书立刻接话,"我们就聊了两句。"

"哦。"令兴言点头,指着她手里的包,"但您拎的是我家保姆的包。"

024

祝温书："……"

她慌忙跑回去，刚要敲门，门就开了。

一只手伸出来，食指上挂着她的包。

……祝温书取走自己的包，又把保姆的包挂到他手指上，像完成什么不可见人的交易似的，全程一言不发。

出租车上，祝温书盯着腿上的包，不知在想些什么。

直到一阵铃声把她的思绪打断。

她看了眼来电，耷拉着眉眼接起来："这么晚找我肯定没好事吧？"

"不愧是'本家'的，我一张嘴祝老师就知道我想放什么屁。"祝启森"嘿嘿"笑了两声，"是想麻烦你一下。"

祝温书叹了口气："说吧。"

"就是雪儿，她卧室卫生间的水管爆了，现在工人修好了，但是床单、被褥全湿透了。"

祝启森踌躇道："今晚肯定是没法睡了，她明天还要上课，我又在外地出差，然后她又不敢一个人住酒店，在江城也没什么朋友……

"所以能不能麻烦你，收留她一晚？"

本来祝启森说到前半段的时候祝温书还以为他要让她帮忙晒被褥，听到只是收留一晚，祝温书顿时松了口气："没问题。"

"行。"祝启森说，"那我叫她直接去你家了哈？"

挂了电话，不等祝温书主动问，施雪儿就发来了消息。

施雪儿：呜呜呜祝老师太感谢你了，我差点儿以为要在床头坐一晚了。

祝温书：不客气。

施雪儿家距离祝温书家只有三四公里，她到门口的时候，正好施雪儿也到了。

这么冷的天，她裹着羽绒服，卸了妆的脸看起来楚楚可怜。

"祝老师！"她拎着化妆包，急匆匆地朝祝温书跑来，"你居然跟我住得这么近。"

她打量小区一眼，又问："你是一个人住吗？"

祝温书带着她朝里走去："我有个室友。"

施雪儿脚步一顿:"啊……那会不会打扰到人家?"

"没事,是个女生,我路上跟她说了。"

祝温书刷开门禁:"走吧,外面很冷。"

两人到了家门口,施雪儿还是有点儿忐忑。

恰巧这时候应霏才睡醒没多久,正在厨房煮泡面。

闻到味道,施雪儿进门就说:"好香啊!"

应霏回过头,打量施雪儿一眼,又看向祝温书:"回来了?"

"嗯。"

祝温书简单介绍了下,两人笑着互相点点头。

本来想早点儿安置休息,祝温书走了两步,却见施雪儿停在门厅没动,盯着应霏锅里的泡面。

应霏也发现了施雪儿的目光,回头问:"你吃饭没?"

施雪儿摇摇头。

应霏:"吃点儿吗?我多煮一包。"

"这怎么好意思……"施雪儿一边说,一边朝厨房走去,垂眼看锅里的泡面,"还加了煎蛋、番茄、火腿肠呢……"

应霏:"还加了老干妈。"

施雪儿舌头都要吞下去了:"那、那我吃一点点吧。"

应霏又转头问祝温书:"你吃吗?"

"我才吃过晚饭。"

祝温书见施雪儿不见外,便说:"那你们先吃着?我去洗个澡。"

女孩子之间的友谊真的挺神奇。

因为一碗泡面,祝温书洗完澡出来时,就见施雪儿和应霏聊得火热。

仔细一听,居然是在交流泡面的一百零八种神仙做法。

施雪儿:"唉,不过我这两年还是克制了,已经不是吃不胖的年纪了。"

"泡面不长胖的啊。"应霏说,"它只是没营养而已,你看谁是吃泡面吃胖的?"

"是吗……"

见施雪儿将信将疑,应霏又说:"不过我还吃过一种青稞泡面,非油炸的,是慢碳水,吃完升糖也不快。"

026

要不是亲耳听到，祝温书还真不知道应霏居然懂这些知识。

"真的吗？"施雪儿听到"非油炸"三个字立刻来了劲儿，"那你把链接发我呀，我们加个微信吧，还有今晚这个泡面你也发给我，太筋道了！"

她拿出手机打开二维码递到应霏面前。

应霏也没拒绝，只是等她点了"好友申请"后，神色突然僵住。

独钓寒江雪、媚、娘？

那边施雪儿开开心心地通过了好友申请，正想改个备注，手指突然也停滞在屏幕上。

饭桌上突然诡异地安静下来。

从厨房喝完水出来的祝温书见气氛不对，问道："怎么了？"

两人僵持着，谁都没说话，只是两双眼睛里仿佛有火花在迸射。

祝温书左右看看："到底怎么了？"

"没事。"施雪儿突然站起来拉着祝温书往房间走，"我上个厕所。"

祝温书被她拽着离开，回头见应霏也冷着脸回了自己房间，没有收拾餐桌。

房门一关，施雪儿撕下了稳重的面具，捂着脑袋压着声音说："祝老师！你你你、你知道你室友是谁吗？"

祝温书："啊？"

施雪儿突然又握着拳头捶桌子："她是'yoki肥'！令琛的黑粉啊！"

祝温书："啊？？"

"你不知道吗？！"

施雪儿在房间里蹊了两步，边捧起手机疯狂发消息边说："我昨天还跟她在微博上对骂了三小时呢！"

祝温书："啊？？"

几秒后，施雪儿又慌乱地去扒自己的包："我要不还是走吧，她昨天没骂赢我，我怕她晚上暗杀我。"

"……不至于，这是法治社会。"

祝温书拉住她，又扭头去看门。

这都什么事啊。

虽然她不太了解娱乐圈那些事，但这两人能在她的牵线下相遇也真是绝了。

"你现在能去哪儿啊?"

施雪儿在"一个人住酒店"和"与对家粉丝住同一屋檐下"纠结,眉毛都快拧成了麻花。

"没事的吧?"祝温书拍拍她肩膀,"我室友人挺好的,你是不是认错了?"

"怎么可能认错!"施雪儿说,"你没看见她盯我的眼神吗?"

也是。

祝温书脑子里一团糨糊,还是没怎么明白现在的状况。

"不管了,我还是去酒店吧。"施雪儿抓起包就走,"祝老师,麻烦你了,改天我请你吃饭!"

"哎!"

眼看着拦不住,祝温书把她忘拿的手机拿起来想送过去。

谁知施雪儿一开门就碰到了也从房间里出来的应霏。

沉默间,祝温书第一次实实在在地感知到什么叫作没有硝烟味的战争。

下次给学生解释的时候有例子了。

两人的目光在狭窄的过道上厮杀半响。

最后,是应霏先开了口。

她挑挑眉:"怎么,要走了?"

"我走什么走,又没有做亏心事,谁颠倒是非谁心里清楚。"说完就"砰"地一下退回房间关上了门。

祝温书吓得抖了两下,一脸蒙地看着施雪儿在床边坐了下来。

"不……不走了?"

"不走了。"施雪儿扬着下巴,"我又没什么心虚的。"说完她肯定地点点头,雄赳赳气昂昂地朝卫生间走去。

见她开始刷牙了,祝温书抿着唇,轻手轻脚地走出去,敲响了应霏的门。

应霏冷着一张脸来开门。

"抱歉,我不知道……"祝温书嗫嚅道,"要不我和她出去住酒店?"

"跟你没关系。"应霏瞥她房间一眼,"让她住着呗,我这人大气。"

祝温书:"……"

等应霏关上房门,祝温书叹了口气,去餐厅把两人吃完的锅碗洗了。

再回到房间,施雪儿已经躺在床上涨红着一张小脸疯狂发消息。

祝温书坐到一边,问道:"你知道她为什么是令琛的黑粉吗?"

"哼。"施雪儿冷笑一声,"嫉妒呗,她家哥哥各方面实绩被令琛吊打。"

祝温书:"哦……"

"哎呀,不提这个了,都是小事啦,我也没放在心上。"

施雪儿想到自己今晚已经很麻烦祝温书了,也不想在她面前说人家室友的坏话。毕竟这两人以后还要一起住。

"张老师要直播了,我去瞅瞅。"

祝温书:"嗯,那我也看会儿手机。"

这个时间点基本来的都是家长的消息,祝温书逐一回复后,见时间不早了,有点儿想休息。

但旁边的施雪儿还在玩手机,声音开得小,祝温书不知道她在看什么,一扭头,发现屏幕里的人有点儿眼熟。

中年男人穿着浅色中山服,凑近镜头时,祝温书突然想起来,这不是上次她看过的那个张……张瑜明吗?

脑海里一些记忆跳出来,祝温书稍微靠近施雪儿了些。

施雪儿注意到祝温书的动静,说道:"这是张瑜明的直播间,你应该知道吧?宋乐岚、令琛的专辑都是他制作的。"

祝温书点点头:"嗯,知道。"

此时张瑜明闲散地坐在镜头前,背景是他的家,此刻他很放松,脸部还有点儿泛红。

有人在弹幕问他"是不是喝了酒",他说"小酌了几杯"。

随后他便拿起身边的吉他开始唱歌。

祝温书见没有什么特别的,渐渐没了兴趣,重新拿起手机看工作群里新发的通知。

耳边的背景音渐渐从歌声变成了说话声,祝温书也没在意。

只是近一个小时过去,祝温书见时间不早了,想提醒施雪儿睡觉,一转头,便听到直播间里的男人说道:"《小蚕同学》啊,这是令琛十几岁写的歌了,写给他初恋的,爱意当然汹涌嘛。"

42

还没等祝温书反应过来发生了什么,原本就刷得飞快的弹幕成倍增加。

几秒内,从一开始的满屏"???"变成"啊啊啊啊啊啊啊",像是密密麻麻的黑点,不停刷新,霸占了整个屏幕。

施雪儿半张着嘴,好一会儿才冒出一句脏话。

她"噌"地一下坐直,瞪大眼睛盯着屏幕。

镜头前的张瑜明意识到了自己嘴瓢,但他这个年纪了,声望和地位在那儿摆着,也没当回事。

"哪个男人年轻的时候不怀春。"他笑了笑,"没点儿刻骨铭心和爱而不得的遗憾也写不出什么歌。"

直播画面突然卡顿在这里。

整个房间,仿佛就回荡着"刻骨铭心"四个字。

施雪儿伸出手指正要点击"刷新屏幕"时,祝启森的来电跳了出来。

"干吗呀?"施雪儿不耐烦地接起,"我看直播呢!"

"什么直播比我还重要?"祝启森肉麻地说,"两天没见了,想我没?"

"好好说话,祝老师在旁边呢……你忙完啦?"

毕竟是在别人家,施雪儿也没好意思说太腻歪的话。她和祝启森简单聊了两句,见祝温书背对着她缩在被子里,便说:"不说了,我们要睡觉了,挂了。"随后捂着手机小声"啵"了一下。

放下手机,施雪儿也缩进被子里。

"祝老师,睡啦?"

旁边的人闷闷地"嗯"了声。

"晚安。"

施雪儿伸手关掉床头灯,却继续玩着手机。

房间忽然陷入浓重的黑暗,祝温书睁着眼睛,能感觉到施雪儿手机的光。

过了会儿，感觉到祝温书动了下，施雪儿连忙说："是不是我的灯光晃到你了？"

"没事。"

祝温书翻身面对她，半张脸捂在被子里，半响，才开口道："你刚刚看到的那个直播……"

施雪儿其实也想早睡，但今晚实在太忙了，先是跟同在一个粉丝群的朋友说自己遇到了令琛黑粉的情况，随后又激动地聊起了刚刚直播的事情，回消息的手指就没停过，只是抽空挑了下眉："怎么啦？"

祝温书有点儿说不出话，许久才憋出几个字："是真的吗？"

"啊？"施雪儿没明白，"什么意思？"

"就是……他说的是真的吗？令琛的……初恋。"

"肯定是真的啊！"施雪儿激动得声音都在颤抖，"那张专辑是张老师做的，他肯定什么都知道，我就说！我就知道'小蚕同学'肯定是有原型的，原来都是真的。"

"我之前说了，他们还不相信，这次都知道了吧。"施雪儿越说越激动，打字的时候频频出错，"以后再听《小蚕同学》更感人了怎么办，我好想哭啊祝老师，怎么会这样？你知道吗，令琛其实很少演出的时候唱这首歌，特别是这两年，只在演唱会的时候唱了。我就说肯定是因为真的有'小蚕同学'这个人，他不想提起伤心事，他们都说我想太多。"

施雪儿又絮絮叨叨地说了许多，也不在乎祝温书没回应，她只是想分享自己此刻激动的心情。

也不知道过了多久，她注意到祝温书已经闭上了眼睛，才住了嘴，调暗了手机灯光，戴上耳机，背转过身继续和朋友火热地讨论。

墙头挂钟"嘀嗒"轻响。

祝温书一会儿闭眼，一会儿睁眼，身上的羽绒被仿佛有千斤重，压得她连呼吸都要格外用力。

其实在令思渊生日那天，祝温书就知道令琛心里有个"白月光"。

当时她只是莫名心堵，吹了一阵冷风之后便想开了许多，心知大多数成年人都有感情经历，令琛也和她身边的每个人一样，没什么值得介怀的，只是有点儿好奇那个人是谁。

可今晚……

或许是张瑜明嘴里的"爱意汹涌"和"刻骨铭心",也可能是粉丝施雪儿说的细节。

她又想到了歌词里的每一个字眼,正如张瑜明所说的,全都翻涌着爱而不得的遗憾。

祝温书连好奇心都没有了。

若真是像祝启森一样换女友倒也算了。

现在祝温书一闭眼,脑海中就浮现出令琛对一个女人念念不忘的模样。

随着夜深人静,画面在祝温书思绪的描绘下越来越具象。

她想克制,却又忍不住去想象如今的令琛再次唱起那首歌时,心里是否苦涩地想念着那个女人。

祝温书觉得自己真的很幼稚。

在感觉令琛对她与众不同时,她就像个十六七岁的少女,心动中伴随着不知所措,却又很好满足,连一盒巧克力都能让她开心很久。

如今得知他心里最隐秘、最深处的地方,妥帖珍藏着另一个女人的身影……

或许不只是身影,是她的每一个笑容、每一次回眸。

一想到这儿,祝温书感觉自己的胸腔就像灌满了酸涩的水,压迫到了肺部,胀得她难受。

丝毫没有一个二十多岁成年人应有的成熟洒脱。

她甚至悲观地想,或许自己只是令琛在求而不得时一时兴起的对象。

如果有一天那个女人重新出现,这几个月的一切,是不是就变成一场镜花水月的空欢喜?

身旁的施雪儿不知什么时候放下了手机,慢慢入睡,呼吸绵长平稳。

祝温书要深深提气,才能让空气充斥胸腔。

第二天清晨,施雪儿被闹钟吵醒时感觉脑子都要炸了。

施雪儿扭头看着一旁熟睡的人,犹豫片刻,还是伸手推她:"祝老师?祝老师?你闹钟响了。"

好一会儿,祝温书才睁开千斤重的眼皮。

"嗯?"

她看清眼前的女人,一时没反应过来,迷茫地看着对方。

见祝温书一脸疲惫,明显是没睡好,施雪儿几乎立刻认定是自己的错,很愧疚地说:"我晚上是不是打呼噜了?是不是影响你了?"

"不是。"

祝温书人还没完全清醒,坐起身时,床上窸窸窣窣的声音和她的嗓音一样轻:"我自己在想事情,跟你没关系。"

看着祝温书虚浮的脚步,施雪儿心想自己以后就算是在酒店坐一晚也不要打扰别人了。

"不好意思啊,祝老师,我周末请你吃饭吧?"

祝温书站在洗漱台前,看着镜子里的自己,昨晚的情绪卷土重来。

她看了许久,才沉沉地叹一口气。

"真的没事,我每天都这样。你呢?早上有课吗?没课的话多睡会儿吧。"

施雪儿心想那个"yoki 肥"就在隔壁房间住着,她怎么可能再单独待在这里。

搞不好祝温书前脚离开她室友后脚就杀进来了。

"有课的,我这就起床。"

双脚刚沾到地面,施雪儿突然想起什么,扭头看向祝温书:"祝老师?"

祝温书正低头洗脸,含糊地应了一声。

施雪儿:"你不是说令琛的演唱会门票是你室友帮忙买的吗?"

……水还在继续流,祝温书的手却顿住了。

施雪儿:"她一个黑粉怎么可能帮忙买令琛的门票啊?!"

祝温书抽了张棉柔巾胡乱却又拖拉地擦着脸,拖延了半晌,也没想到怎么搪塞。

若是换作一天前,她可能就认了自己是直接找令琛拿的门票。可现在,她不太想提起自己和令琛的交集。

"其实……"祝温书支支吾吾道,"那个……你知道令琛的侄子在我班里。"

施雪儿眼珠子转了好几圈,才明白祝温书的意思。

033

"我懂了！"她两三步跑过来，小声说，"我们都是老师，我明白的，你不想别人说你利用职务之便找学生家长买东西吧？"

祝温书："……嗯。"

"你放心，我绝对绝对不会说出去的。"施雪儿还真竖起了两根手指，"哎，就是突然觉得一顿饭不够报答你，要不这周六我请你吃日料吧？"

祝温书垂眼，目光闪了闪。

"不用了，等放假再说吧，最近太忙了。"

"噢噢……"施雪儿也站到一旁拿出牙刷，"哎，门票是连座的吧？到时候我们可以坐一起吧？"

"不清楚。"

祝温书低头吐了口漱口水："我也不一定去。"

施雪儿："啊？"

祝温书说："元旦节收假就差不多准备期末考试了，我可能没有时间。"

电动牙刷的噪声挺大，施雪儿又含混不清地说了几句话，祝温书也没听清，随意"嗯"了两声。

两人准备出发时，施雪儿特意靠着门听了下外面的动静，确定客厅没人才开门走出去。

天气很冷，她们没多逗留，在路口道了别。

今天的公交车难得有空位，祝温书坐在后排盯着窗外发了会儿呆，才拿出手机翻了翻。

置顶的工作群有几条消息，但都不是什么重要的事情。

倒是沉寂许久，只有逢年过节才会稍微活跃一点儿的高中班级群居然有几十条新消息。

她点进去扫了眼，不出所料，同学们讨论的话题集中在昨晚的直播事件。

看着"令琛"和"初恋"这些字眼，祝温书叹了口气，退了出来。

钟娅的消息正好在这时候弹出来。

钟娅：你看热搜了没？令琛又上热搜了。

祝温书立刻打开微博，果然看见"小蚕同学"这个词条挂在热搜榜上。

但她没点进去看。

祝温书：你说"小蚕同学"吗？我看见了，怎么了？

钟娅：没什么……就是聊聊嘛。

钟娅：你怎么想嘛？

这钢铁大直女真是哪壶不开提哪壶。

祝温书：我没怎么想啊。

钟娅：啊？你都不在意吗？

祝温书：我有什么好在意的？

祝温书：我跟他又不是男女朋友，有什么资格在意？

祝温书：而且就算是，这种事情也很正常吧。

钟娅：也是。

钟娅：没想到令琛居然是这么长情的人，不过也不好说，那都是多少年前的歌了，说不定人家私底下女朋友都换了好几个了，肯定早就忘记啦。

祝温书："……"

真的很想让钟娅回学校学习一下怎么安慰人。

祝温书：不说了，我去学校了。

退出和钟娅的对话框，祝温书往下滑了滑，想看看有没有家长找她。却看到被各种乱七八糟的消息压到了很后面的、令琛的聊天框。

c：睡了没？

昨天晚上十点发的。

自从看到张瑜明的直播后，祝温书便没再碰过手机。

公交车正停在熟悉的站点，上车的老人早已眼熟，每天都在这个时间点出现。

这一成不变的生活像一层透明的保护膜，把祝温书包裹起来，给予了她些许真实感。可这份真实感的副作用是，她觉得这条消息的主人就在她眼前，好像又触摸不到。

祝温书：昨晚睡得早，有什么事吗？

对方秒回。

c：周六有空吗？

祝温书：周六有事。

c：行。

汇阳离江城虽然不远，但祝温书自从当了代班班主任后，这几个月还没回去过。

前几天打电话的时候她还说生日那天再回家吃饭，所以爸妈也就和朋友约了周边游。

结果她临时决定回家，爸妈来不及更改计划，便把她扔去爷爷奶奶家住一晚。

爷爷奶奶自然是欢欣鼓舞的，早早就起床去菜市买鸡鸭鱼肉准备饭菜。

周六下午，祝温书赶着饭点到了爷爷奶奶家，东西都还没放下，就被拉上了饭桌。

如果说爸妈家是永远的避风港，那么爷爷奶奶家就是比避风港更有安全感的地方。

在爷爷奶奶家里吃了填鸭式的一顿饭后，祝温书的肠胃被塞得满满当当，那些低沉的情绪悄然间被挤了出去。

可惜放下筷子没多久，祝温书正准备站起来消消食，奶奶便开口问道："怎么今天突然回来了？不是说过生日的时候再回来吗？"

祝温书沉默半晌，很不想承认，自己是个被自我情绪打败的懦夫。

其实周四、周五那两天还好，忙碌的工作让她没空想其他的，除了看到令思渊的时候偶尔会出神。

但是一到了周六，她一个人待着的时候总忍不住胡思乱想，又想不到能去哪里，这才临时决定回了老家。

"想你们了呀。"祝温书努力扯出一个笑，"你们不是也总念叨我吗？"

下厨忙了一下午的爷爷这会儿倒是说："麻烦，还有半个月就过生日了，临时回来干什么，就知道折磨我。"

"现在嫌麻烦了，你伺候你那些花花鸟鸟的时候怎么不嫌麻烦？"奶奶瞪他一眼，"快洗碗去。"

等爷爷嘴里嘀咕着去了厨房，奶奶坐到祝温书身边，开口道："书书，跟奶奶说说，是不是遇到烦心事了？"

祝温书没想到自己已经极力伪装了，却还是被奶奶看出她有心事。

可是她要怎么说呢？

说……我好像喜欢一个男生，那个男生好像也喜欢我，但他心里有一个更喜欢的、无法替代的人。

"嗯。"祝温书说，"工作压力大。"

"正常，年轻教师都是这样的。"

奶奶也是中学教师，退休后返聘了好些年，前不久才彻底退下来。教了一辈子书，她满腹经验，和祝温书说了许久。

等爷爷洗完碗出来，祖孙三人去附近的公园散了会儿步，到家时两个老人便准备洗漱休息了。

这会儿再一个人待着，祝温书的心情已经好了许多。

她躺在儿时的小床上，看了会儿手机。

一整天没看过朋友圈，她走马观花地翻着，没一条有让她点赞、评论的欲望。

直到她看见施雪儿今天中午发的内容。

配文很简单，是几个蛋糕加气球的表情。

配图却是令琛的照片，上面写着"令琛12·10生日快乐"。

今天，居然是令琛的生日？！

所以，他那天晚上突然问她周六有没有空，是想和她一起过生日？

祝温书盯着这张照片看了许久，好不容易平复的情绪又有了波动。

有那么一瞬间，祝温书有一点儿后悔自己为什么不让令琛说出有什么事情，就先回绝了他。

生日啊。

一年就一次的生日啊。

可是一想到那件事，祝温书心里又五味杂陈。

许久之后，祝温书突然从床上坐了起来，点开令琛的对话框，编辑了一遍又一遍内容，最后只发送了四个字。

祝温书：生日快乐。

发出去后，祝温书丢开手机平躺在床上，盯着天花板发呆。

原以为回家一趟就能有所好转，看来都是枉然。

她不知道自己什么时候变得这么小心眼，这么钻牛角尖。

等了好一会儿,祝温书扭过头,发现手机没动静。

其实令琛也不是每次都秒回消息的。

但今晚,祝温书总控制不住胡思乱想。

去猜测,他是不是在这个特殊的日子思念另一个人。

这个时候的一分一秒都像被掰成了好几份。

也就等了五六分钟,祝温书却觉得像过了几个小时,只能安慰自己,此刻令琛应该在炊金馔玉的场合庆祝生日,没时间看手机。

思及此,她强迫自己断了念头,蒙头睡觉。

却没料到刚刚关了台灯,令琛就打来了电话。

盯着这个来电显示,祝温书呆滞了许久。

明明期待他回个消息,真的来了电话,她却不知道要如何回应。

直到来电快要自动挂断,她终于接起。

"喂……"祝温书低声道,"什么事?"

"没事就不能给你打电话了吗?"

他的声音和往常没什么区别,祝温书听着却觉得这语气里含着其他的东西。

好像是不满她的这个问题,又好像挺开心的样子。

"噢,可以。"

听到祝温书的声音有点儿沉,令琛问:"你怎么了?"

"没事啊。"祝温书说,"就是忙了一天有点儿累。"

沉默了会儿,令琛又问:"那你怎么知道今天是我生日?"

祝温书如实回答:"我朋友圈里有你粉丝。"

"噢。"

令琛的声调沉了下去,取而代之的是一阵杂乱的琴声。

似乎是他的手指随意拂过了琴键。

想知道他在干什么,又怕得到一个不想听的答案,祝温书沉吟片刻,才问:"你没过生日吗?"

令琛:"你不是没空吗?"

尽管情绪很低沉,但祝温书的心跳还是不可抑制地漏了一拍。

她无声地叹了口气,看着窗外朦胧的灯光,不知该说什么。

短暂的安静后，令琛感觉到她好像不太想说话，便岔开了话题："你在哪儿？"

"我回汇阳了。"

祝温书怕情绪泄露得太明显，又补充道："爷爷奶奶很想我，回来陪陪他们。"

令琛没再说话，电话那头没有一丝杂音。

"你呢？"祝温书还是没忍住问。

"我在琴房。"

"一个人？"

"嗯。"

祝温书闷闷地"哦"了声："那我就不打扰你了。"

"别急。"令琛说，"我只是闲着练练琴而已。"

"行，那你练吧。"祝温书也不知道再说什么了，好像也没有什么可以聊的，"我就……"

"你听着吧。

"就当陪我过生日。"

他的声音也沉了下来。

但那句"陪我过生日"真的很难让祝温书说出拒绝的话。

"好。"

令琛的手指再次滑过琴键，音调比刚刚轻快了些："有想听的吗？"

祝温书对着墙壁摇摇头："你随意。"

片刻后，电话里传来一段有点儿熟悉的前奏。

令琛在琴声中问她："《小蚕同学》，听吗？"

祝温书闭上眼，捂着话筒，沉沉地叹了口气。

"不想听。"

第 二 章

送给我的"小蚕同学"

43

电话那头的琴声戛然而止,耳边突然安静得只剩祝温书自己的呼吸声。
"祝温书,"许久,令琛才开口道,"你到底怎么了?"
"没什么事。"
原本堵在胸口的愁绪在令琛挑明了问出来时,突然莫名爆发出来。
这通电话陷入沉默,令琛没有说话,连呼吸声都变得很轻。
等祝温书意识到自己的语气很硬,也没什么心情找补,沉吟片刻后,垂着头说:"你早点儿休息吧,我累了,想睡觉了。"
等了会儿,祝温书似乎听到令琛叹了口气。
"你明天什么时候回江城?"
"不知道。"祝温书稍微收敛了情绪,但声音还是沉沉的,"看情况吧。"
"……行。"
令琛的声音像压在枝头的寒霜,薄薄一层:"你睡吧。"
挂了电话后,祝温书还握着手机,稍微翻身,就挤到了堆叠在床边的棉被。
爷爷奶奶家挺小,这房间也是她小时候住的,现在堆了许多杂物。
可是她身处这样拥挤的地方,却还是觉得四周空荡荡的。
第二天清晨,爷爷奶奶六点多就起床去了菜市买最新鲜的食材。
做好早餐也才八点,奶奶便进房间把祝温书叫起来。
"怎么年纪越大瞌睡还越多了。"奶奶整理着床单,"你平时上课不会迟到吧?这可不好,学生背地里会说的。"
"不会的。"祝温书打了个哈欠,"我一次都没迟到过。"
"那就好。"

奶奶回头看了祝温书一眼,皱眉道:"没睡饱啊?"

"晚上玩手机了。"

祝温书匆匆应了两句便出去吃早饭,随后又以"没睡好"的借口回房间补觉。

直到下午,爷爷奶奶准备去打牌,临出门前问道:"你今天什么时候回江城?"

祝温书看了眼天色,冬日暖阳把爷爷养的花草映得油亮发光。再想到江城这两天的阴沉,她垂着头说:"吃了晚饭再回去吧。"

"来得及吗?"奶奶问。

"来得及。"祝温书拿出手机看了眼,"末班车晚上七点,还有票。"

"七点啊……"奶奶嘀咕道,"天都黑了,到江城也该九点了,我不放心,你还是早点儿回去吧。"

"没事的,大巴又不是黑车,我在江城还常常晚上一个人打车呢。"

祝温书买好票,搀着奶奶:"走吧,我陪你们去打牌。"

在棋牌活动室消磨了一下午的时间,晚饭后,爷爷奶奶送祝温书去乘车站点。

冬天的夜晚来得早,祖孙三人慢悠悠地走在路灯下。

奶奶走得慢,一路上和祝温书唠叨生活中的琐事。祝温书有时候听两句,有时候走神。

直到他们穿过一条小巷子,爷爷奶奶见路边有人开着小货车卖橘子,非要去买几个叫祝温书带回江城。

黄澄澄的橘子堆了满车,爷爷奶奶挑挑拣拣半天才装了几个。

祝温书站在路边裹紧了围巾,往四处随意张望,看见街边立着的路牌——百花巷。

那天和令琛的外公外婆交涉时,他们好像提到过。

祝温书小时候经常来爷爷奶奶家住,也知道这条小巷子,只是从来没注意过它的名字。

没想到,令琛以前居然和她爷爷奶奶住得这么近。

这些年汇阳发生了翻天覆地的变化,而这片老城是被遗忘的角落,经年未修的地面坑坑洼洼,房子也还是二十多年前的农民自建房,商贩把棚架支到了路边，苍蝇小馆的桌子也乱糟糟地摆在街沿，只能堪堪单向通过一辆汽车。

祝温书以前经过这条路的次数不少，她常常去的新汇广场就在巷子的另一端。

只是多年过去，汇阳有了新的现代化广场，新汇广场便彻底沦落为广场舞基地，很少再有年轻人聚集。

祝温书今晚要搭乘的站点就在新汇广场。

穿过百花巷时，她第一次细细地打量这个地方，脑海里却总浮现一个和这里格格不入的身影。

直到喧闹的巷子里传来一阵熟悉的音乐声。

不知是哪家店的劣质音响，不合时宜地播放《小蚕同学》，像一根粗糙生锈的针，猛地插进祝温书心里。

她忽然加快了脚步，匆匆朝前走去。

直到音乐声被甩在了身后，她停下脚步，回头看见拎着橘子匆匆朝她走来的爷爷奶奶。

祝温书望着爷爷奶奶的身影，思绪却飘到了另一处。

她终于明白，自己为什么这么多天都不能释怀。

只要这首歌还存在，就永远会是她心头的一根刺，提醒着她令琛心里有一处位置留给了别人。

"怎么突然走那么快？"爷爷追上来时有些喘气，"回头一看人不见了，吓我们一跳。"

"没。"祝温书说，"我怕赶不上车。"

"就说让你早点儿回去，你非要坐末班车，要是迟到了我看你怎么办！"

在爷爷奶奶的碎碎念中，三个人提前到了新汇广场。

距离末班车发车时间还有半个小时，他们在路边长椅上坐下。

看着越来越暗的天色，两个老人又开始念叨祝温书不懂事，非要这么晚回去，路上多不安全。

祝温书也没怎么听，嘴里说着"好的好的下次不会了"，人却懒懒地靠着椅背，目光漫无目的地到处飘。

忽然间，她看到一个眼熟的身影。

也不知是不是自己看错了,她凝神细望,那个凭栏而立的男人好像感觉到了她的视线,忽然转过身来。

见尹越泽朝她走来,祝温书坐直了身体:"你怎么在这儿呢?"

尹越泽昂头看了一眼天色,随后低下头。

"很多年没来了,过来走走。"

祝温书愣了下,把视线从他身上移开。

七八年前,这个广场还是学生们最爱来的地方。也是在这里,尹越泽给祝温书放了一场盛大浪漫的烟花,让她成了他的女朋友。

如今他形单影只地待在这里,很容易引人遐思。

好在尹越泽没有要继续这个话题的意思。

他转头看向祝温书的爷爷奶奶,跟他们问好:"奶奶、爷爷,好久不见,你们还记得我吗?"

两个老人细细打量尹越泽一番,一时没想起来。

直到尹越泽自报姓名,他们才恍然大悟,连忙笑了起来:"小泽啊,都长这么大了,比小时候还高还帅了。"

看到爷爷奶奶高兴的模样,祝温书有些无奈。

高三有晚自习,尹越泽几乎每天都会送她,周五她回爷爷奶奶家,他也照例。时间一长自然会被爷爷奶奶和其他邻居撞见。

几次后,大人们心照不宣,只有奶奶悄悄问过祝温书,这人是不是她男朋友。

当时祝温书否认了,奶奶只当她害羞。后来好几年没怎么见两人来往,奶奶心里也有了数,估计是最后没成。

和老人寒暄几句后,尹越泽再次看向祝温书:"你明天不上课吗?怎么还在汇阳?"

"噢……马上就回去了。"祝温书指指站牌,"在等大巴。"

"这么晚了。"尹越泽说,"我今晚也要回江城,我送你吧。"

祝温书还没开口,两个老人就答应了下来。

"正好呀!我们还担心她一个人晚上坐车不方便呢,你送她我们就放心了。"

"不用麻烦,我坐大巴就好。"祝温书看了眼时间,"就几分钟了。"

045

"不麻烦，我本来也要回去。"尹越泽说，"我车就停在那边。"

"都是同学，不比你一个人坐大巴方便？"

奶奶仿佛怕尹越泽后悔似的，把橘子塞到祝温书怀里就推她起身："早点儿出发吧，到家了跟我们说一声，我们也好放心睡觉。"

祝温书："……"

她看了眼尹越泽，又看向爷爷奶奶，两个老人着实高兴有熟人送她，恨不得立刻把她塞进车里。

"行吧。"祝温书起身道，"那麻烦你了。"

和尹越泽能聊的话题在上次的咖啡厅已经聊得差不多了。

上车后，祝温书基本没怎么开口，只有尹越泽偶尔问两句。

过了会儿，祝温书发现自己手机快没电时，才主动开了口："你车上有充电线吗？"

"有。"尹越泽指向中控台后面的扶手箱，"你找找。"

祝温书依言打开箱子，翻出了一根充电线。

同时，她看见一个只剩几支烟的烟盒。

"你现在抽烟了吗？"

"我爸的。"

尹越泽伸手关上了扶手箱盖子："这是我爸的车，借来江城开几天，不然总打车也不方便。"

祝温书点点头："噢。"

上了高速，道路上的车骤然变少，尹越泽也放松了些。

打算变道时，他看了眼后视镜，突然皱了下眉，随后回正了方向盘，按照原车道加速前行。

片刻后，尹越泽的声音突兀响起："祝温书，你还记得以前说过的话吗？"

祝温书："嗯？"

"你说我们以后还是好朋友。"

他侧头看了祝温书一眼，目光蒙眬，仿佛是陷入了回忆："但你现在对我也……太生疏了。"

祝温书心想，这么多年没联系当然生疏了，何况还是前男友。

"有吗？"她笑了笑，"可能是因为太久没见了。"

尹越泽："那以后……我们有机会多聚聚吧。"

祝温书噎了一下，不知该怎么回答。

见她哑然，尹越泽又说："回来这些天，除了那次同学会，其他时候我除了工作，基本都是一个人待着。"

他沉沉叹气："读书的时候呼朋唤友，工作了反而没什么朋友，吃饭都是一个人。"

对此，祝温书也算深有体会："是啊，大家天南地北的，工作后也没精力交新朋友。"

"有空一起吃顿饭吧。"尹越泽接话道，"就是朋友间的聚餐，叫上徐光亮他们，你赏脸吗？"

以前的尹越泽从来不会用"赏脸"这种敬辞，从来都是直来直去。

如今听他这么说，祝温书终于实实在在地感觉到，时间和经历赋予他的变化在哪里。

"没问题啊。"祝温书笑，"可是我现在是班主任，太忙了，可能没那么自由。"

"没关系，寒暑假总是空的。"

在这之后，两人没继续聊天，尹越泽打开了音响放歌。

他喜欢欧美乡村音乐，旋律轻快动人，而祝温书也不好意思在别人副驾驶座上一直玩手机，沉默间，她的眼皮越来越重。

祝温书不知道自己是什么时候睡着的，等她醒来，发现车已经停在小区门口了。

她揉了揉眼睛，想跟尹越泽道个谢，低头一看手机，发现居然已经晚上九点半了。

按她以往的经验，驾驶私家车最晚九点就该到了。

"到很久了吗？"

"刚到。"尹越泽笑着说，"进城的高速路口堵了一会儿。"

"噢，那麻烦你了。"

祝温书打开车门："你回去路上注意安全。"

目送着尹越泽的车开走后，祝温书刚转身，包里的手机响了。

她下意识感觉是令琛打来的，脚步便顿在了原地。

几秒后，她掏出手机。

果然。

一股直觉牵引着她转身，看见街对面那辆黑车时，祝温书的大脑突然空白了。

她握着手机，血液倒涌，呼吸渐渐急促。

好一会儿，她才接起电话。

就隔着一条街，却像隔着一条银河，两人谁都没有说话。

祝温书站在冷风中，听着自己沉重的呼吸声，心里默数着数字。

数到十，他再不说话，她就挂电话回家。

一、二、三……

"祝温书。"数到"九"，听筒里终于传来他那有点儿哑的声音。

祝温书看着那辆车，问："有什么事吗？"

"你这几天跟尹越泽在一起？"

听到这句话，祝温书紧咬着牙，呼吸很闷，像缺氧一般难受。

你都给你"白月光"写歌了，我坐坐前男友的顺风车怎么了？

她赌着气，沉默了很久都没回答。

半晌后，令琛的声音和路边的枯叶一同落下，砸在她耳边。

"算了，没事了。"

算了？

"算了"是什么意思？

祝温书极力忍住，才没有问出口，只是硬撅撅地"哦"了一声。

这通电话又陷入沉默。

祝温书一动不动地看着街对面的车，她不知道自己还要在这冷风中站多久，也不知道自己在期待什么。

直到几分钟后，听筒里传来电话挂断的忙音。

祝温书鼻尖突然酸得发痛，她捏着手机，转身大步朝小区走去。

街道另一边。

令琛看着祝温书的背影消失在夜色里，随后启动汽车。

开出几百米，他又靠边停下，打开了车窗，看着路边的霓虹灯出神。

他上一次看见祝温书和尹越泽出双入对，还是高三毕业那天。

和今晚的凛冽寒风不同，那天异常闷热，散伙饭上充满了离别的气息。

令琛坐在火锅店最角落的一桌，面前摆满了同学们喝完的空酒瓶。

空气里全是牛油和酒水的味道，还有男生第一次点上了烟。

在一片喧闹中，他看见尹越泽带着祝温书提前离席。

他们的动作不算低调，很多同学都发现了，对着他们的背影起哄。

不一会儿，有人透露，尹越泽今晚要搞个大的，在新汇广场给祝温书放烟花告白。

消息很快传遍一桌又一桌，很快，有人起身跟上去，打算看个热闹。

后来，店里的同学陆陆续续都走了，好奇又兴奋地朝着同一个方向去。

令琛在火锅店里，坐到几乎所有人都离开，只有几个彻底醉了的男生还趴在桌上说着胡话。

就这一次吧，令琛想，去看看烟花，去看看尹越泽的告白。

就算不能参与她的人生，也想见证那一瞬间的绚丽，即便与他无关。

他起身朝新汇广场走去。

一开始是走，后来开始跑，在炎热的夏夜跑出了一身汗，湿透的衣服紧紧贴在背上。

等他到了广场大门，隐隐约约已经可以看到打车过来的同学们围作一团，空气里回荡着躁动的喧哗声。

就在这时，他接到了邻居的电话。

大叔粗犷的嗓音从劣质的手机听筒传出，几乎要震破他的耳膜。

"你爸爸被人欺负了！你小子快来把他领回家！"

衣服上的汗水突然变凉，瘆得令琛浑身发冷。

他看向广场上涌动的人群，只可见祝温书的裙摆一角，却牵动着他的视线，流连忘返。

过了很久，也许也没有很久，尹越泽的身影闯进他的视野，像当头一棒，打醒了令琛。他立刻掉头朝家的方向跑去。

百花巷离新汇广场不远，几分钟后，他进入这条拥挤肮脏的小巷，跨进了另一个世界，一个属于他的世界。

沿路的邻居们好像都在看他,指指点点、交头接耳。

令琛一步没停,穿过邻居们的目光,一路朝家跑去。

可惜他还没到家,便找到了他的爸爸。

看清眼前的景象时,他霎时如同坠落冰窖。

在这条人来人往的小巷子里,三个光膀子醉汉正把他的爸爸像一个皮球一样踢来踢去。

而那个"皮球",身上一丝不挂。

那些眼熟的衣服就捏在那几个醉汉手里。

他们放声大笑,把衣服高高举起。每当他的爸爸站起来想去抢衣服,他们就抛给另一个人。

像逗狗一般。

偏偏四周还围了不少人。

有的也在笑,有的皱眉,有的捂着小孩子的眼睛却舍不得走开。

总之,没有人上去阻止这三个一脸横肉似凶刀的醉汉。

令琛像疯了一般冲上去,砸出第一拳时,他的手还在发抖。

直到空气里有了血腥味,有人上来帮忙,有人上来拉架,还有人终于拿出手机报警。

三个醉汉狼狈地跑了,令琛还穷追不舍,仿佛是要杀了他们一般。

最后他被爸爸哭喊的声音拦住了脚步。

闹剧散去,令琛在围观人群的目光中,紧紧咬着牙,给自己爸爸套上破旧的衣服,带他回家。

推开楼下那扇摇摇欲坠的铁门时,不远处传来巨响。

他抬头,看见夜空中绽放绚丽夺目的烟花,比他想象中还要盛大浪漫。

再低头,看见四十多岁的爸爸在他怀里哭得涕泗横流。

那时候的令琛以为,那个盛夏的夜晚,是他经历过的、最冷的夜晚。

却没想到多年后的今天,他才知道,真正冷的,还是冬天的寒风。

其实昨晚他感觉到祝温书的情绪不对劲时,猜测过,她是不是因为张老师直播时说的话才会这样。

他当时就想问,却没能张开口。

从高中到现在,他的身份发生了天翻地覆的变化,心境却一如既往。

像海，不敢澎湃，连涟漪都很克制。

但是今天下午，他还是丢开繁重的工作，开车去了汇阳。

他知道祝温书的奶奶家在哪儿。

车停在路边等了很久，直到天黑，他才看到祝温书和爷爷奶奶一起走出来。

他默默驱车跟了一段路，没上去打扰。

直到祝温书坐到站台旁的长椅上。

看见她朝双手呵气，令琛叹了口气，打开车里的暖风，同时解开安全带。

等他打开车门时，却看到尹越泽走了过来。

还是新汇广场，还是一样的人。

令琛就那么看着祝温书坐上了尹越泽的车。

到了此刻，令琛还在自我安慰，他们只是恰好碰见了。

他一路跟着尹越泽的车，开到了祝温书的家。

停在路边时，他还在想，顺路而已。

令琛目不转睛地盯着那辆车停靠在路边，开着双闪，却迟迟没有等到副驾驶座的人下来。

直到路边的商贩都开始收摊，祝温书终于下车了。

令琛低头看了眼时间。

已经过去了三十九分钟。

44

路边的霓虹灯突然灭了。

主人关了店里的灯，出来搬走摆在门口的共享充电宝。

没了绚丽的光，街道忽然显得很冷清，连行人都加快了脚步匆匆回家。

冷风从窗户"呼呼"灌进来，好一会儿，令琛才注意到有人敲他的车窗。

他侧过头，看见一个戴着毛茸茸帽子的小女孩凑在他车窗边，身上斜挎着一个篮子。

"哥哥，买花吗？"

令琛瞥了一眼她的花篮子，视线再落在她脸上时，见她脸颊都冻得通红。

"这么晚还不回家？"

"我家就在楼上。"

她开始撒娇："哥哥买吧，我赚零花钱，你就买点儿吧，送给女朋友。"

"你这都不是玫瑰花。"令琛垂眼看着她的花，"我怎么送给女朋友？"

小女孩把花捧到令琛面前："玫瑰卖完了，月季花和玫瑰花长得差不多，都很漂亮！"

令琛盯着她的花看了很久。

久到小女孩以为他不会买了，正想离开时，听到他轻轻叹了口气。

"也行。"他低声说了一句，随后拿出手机付款，"都给我吧。"

一大束鲜艳的月季花被放到副驾驶座。

其实不仔细看，确实和玫瑰花没太大区别。

人人都想当玫瑰花，但也不是人人都可以如愿。

当个第二选择，也不是不行。

至少已经是个选择了。

只是……

祝温书选择玫瑰花了吗？

回到家里，祝温书在床上躺了好一会儿。

明明也没干什么，却感觉浑身像散了架一般累。

直到墙上的挂钟指向十点二十分，她发现自己快冻僵了，这才起身准备去洗澡。

刚走到浴室门口，桌边手机振动两下，提示有新消息进来。

施雪儿：祝老师，你睡觉没？

施雪儿：帮我朋友圈点个赞吧。

祝温书：好。

施雪儿：谢谢！等你有空了记得跟我说一声，我请你吃饭！

祝温书答应下来，却迟迟没有点进施雪儿的朋友圈。

她盯着对话框看了许久，又发了一行字。

祝温书：雪儿老师，我有个朋友最近遇到了问题，请教一下你。

施雪儿：嗯？

"如果你男朋友"，想了想，祝温书删掉了"你男朋友"那四个字，重新编辑。

祝温书：如果一个男生追你，但是他有"白月光"，你会介意吗？

施雪儿：嗐，祝启森的"白月光"一只手都数不过来，我说什么了吗？

施雪儿：看开点儿，祝老师，只要他现在是喜欢你的就可以，跟过去的人计较什么？

祝温书：哦……

施雪儿：不过前提是"白月光"是活人哈。

施雪儿：万一已经过世了，那我会吐血。

祝温书：为什么？

施雪儿：因为死人就真的是一辈子的"白月光"了啊！很难忘了吧！

祝温书：……噢。

那她总不能去问令琛，你"白月光"还活着吗？

这也太不礼貌了。

说曹操曹操到。刚退出和施雪儿的聊天界面，祝温书就收到了令琛的消息。

c：你们复合了吗？

看到这句话，祝温书眉心跳了跳，一下子还没反应过来他是什么意思。

她今晚的脑子像是不转了一样，许久，才明白，他在问她和尹越泽的情况。

本来以为他不会问了。

原来他还是在乎的。

祝温书低头揉了揉鼻子，敲了两个字。

祝温书：没有。

这两个字发出去，还没等祝温书想好接下来要怎么说，对面又接连发来两条消息。

c：嗯。

053

c：你家住几栋几楼？

这段对话来得太快，没给祝温书反应时间，她几乎是下意识往窗边走去，直到视线扫过安静的小径，才想起来，这里不是临街的屋子，看不见外面的情况。

是她想的那个意思吗？

踌躇片刻，祝温书还是问了。

祝温书：你没走？

c：嗯。

她愣愣地看着手机，心里五味杂陈。

原本以为令琛这样众星捧月的人，在挂断那通电话后就会离开。没想到他没走，居然还在楼下。

过了几分钟，祝温书一直没有回复，令琛也没有催。

直到她的窗户被风吹得"吱呀"作响，她才垂着脑袋，打了一行字。

祝温书：4栋1203。

发完又觉得自己看起来也太乖了，便补充一句。

祝温书：我晚上十点半准时睡觉，不然明天要迟到。

令琛没有回。

祝温书就握着手机，直直地坐在书桌前。

两分钟后，她看了眼房门，又拿起手机走到客厅里。

应霁房间的灯还亮着，祝温书沉吟片刻，拿起手机又给令琛发消息。

祝温书：要不，有事就在手机里说吧。

刚刚发出去，家门就被敲响。

她盯着房门，心脏伴随着敲门声跳动。

不知道打开这道门后，事情的走向会怎样。

许久，祝温书慢吞吞地走到门边，只拉开了一条缝。

楼道的声控灯已经灭了，一身深色衣服的令琛站在黑暗里，只有眼睛泛着光。

祝温书盯着他看了许久，才开口道："你——"

"你喜欢月季花吗？"他突然问。

祝温书一时哑然，不知道他为什么突然这么问，和他对视许久，才低声道:"还行吧。"

她也没有特别喜爱哪种花,还不是看是谁送的。

不喜欢的人,送钻石花也没意思。

喜欢的人,送狗尾巴花都觉得浪漫。

忽然,令琛伸出背在身后的手。

一大捧粉色月季花被塞到祝温书怀里,她手小,抓不住,下意识用双手抱在胸前,才不至于散落一地。

"你……"她看看怀里的月季花,又看看令琛,"你上来就为了送花?"

令琛"嗯"了一声。

感觉到他衣服上带着的冷气,祝温书别开脸,小声嘀咕道:"我也太好养活了。"

"你说什么?"

"我说,"祝温书不想承认自己这么容易就心软了,于是闷声道,"我要睡觉了。"

令琛低头看了眼腕表:"还有两分钟,我——"

突然间,应霏房门的锁扣响动。

祝温书心头猛跳,伸手一推就关上了门,听到闷哼声的同时转身用背死死抵住门。

"你干吗呢?"

应霏听到关门声,走过来看了眼,见祝温书站在门口,手里还捧着一束花,立刻退了两步,把尿都憋了回去。

"你继续,我回去了。"

等应霏重新关上房门,祝温书才缓缓转身。

打开门后,她侧着头看出去,见令琛半弓着腰,手背遮着鼻子。

见她重新出现,令琛抬眼看她,半晌才闷声道:"你干什么?"

祝温书意识到自己刚刚关门撞到他鼻梁了,不自觉地也摸了摸鼻子:"抱歉,我室友出来了,我怕被看见……"

"我都不怕。"

他话音落下,祝温书才发现,他居然就这么带着花上来了,连口罩都没戴。

还真是不怕被人看见。

沉默半晌,她不知道该说什么,只能机械地重复:"我要睡觉了。"

"等下。"

令琛看了眼她怀里的花,低声说:"我接下来半个月要忙演唱会了。"

良久,祝温书"哦"了一声:"那你加油。"

再抬眼,发现令琛盯着她看。

"你会来吗?"他的声音沉沉地回荡在过道的黑暗中。

不知是不是因为天气太冷,祝温书从他的语气里感觉到了一丝祈求的味道。

心里有一块地方,又很不争气地塌陷。

祝温书几度动了嘴唇,却还是别过头,没去看他。

"那天……"

"那天是周六。"令琛几乎是预料到她要说自己很忙,"你们不上课。"

"噢……周六……周六?"

祝温书突然问:"不是周天吗?"

令琛轻轻叹了口气:"是二十四号,周六。"

"啊?"

祝温书眨眨眼。

不是圣诞演唱会吗?为什么会在平安夜?

"可那天是我生日,我去演唱会的话,生日怎么过……"

"我给你过。"

他答得很快。

但这四个字,却在祝温书耳边一次次回放。

每回放一次,就把她心里塌软的地方砸一下。

我给你过。

祝温书心里默念了几遍。

"噢……看情况吧。"

这四个字像是有神奇的魔力,接下来好几天,祝温书耳边老是回荡着这句话。

尤其是距离演唱会越来越近,当她在地铁站、商场大屏幕,都能看到宣传图时,一些想法在脑海里慢慢地发芽。

令琛在邀请她去演唱会的同时,说要给她过生日。

如果她没有多想的话,几乎能预料到那天会发生什么。

说不期待,这也太违心了。

但她也没有做好准备,不知道自己能不能在知道令琛有一个刻骨铭心的"白月光"的前提下,去接受他。

毕竟她不是施雪儿,没有经历过这样的事,万一她没有那么坦然的心态呢?

到了平安夜当天。

祝温书拎着包走出房间,应霏正在拆快递,见她出来,顺手把一支刚刚拆出来的口红递给她:"生日快乐。"

"谢谢。"

祝温书接过后,坐到了她面前。

"不是要回家过生日吗?"应霏说,"还不出发啊?"

祝温书低声道:"我想想。"

应霏:"想什么?"

"我今天有一个……"祝温书想了想措辞,说,"约会。"

应霏闻言笑了:"怎么,不知道是去约会还是回家过生日啊?"

祝温书耷拉着脑袋"嗯"了一声。

"正好。"应霏从包裹里掏出一枚纪念币,"刚买的,你要不试试看吧。"

祝温书觉得这方法也太幼稚了,她十岁后就没有用过了。

但想了一会儿,她还是接过。

应霏说:"正面就去,反面就回家。"

"好。"

祝温书握着纪念币,深吸一口气,然后朝着半空抛去。

落到桌面后,她凝神盯着。

等纪念币停止旋转摆在面前时,祝温书眨眨眼。

反面。

应霏在一旁叹了口气。

忽然，祝温书又说："我再抛一次吧。"

第二次还是反面，祝温书双手放在膝盖上，端端正正地看了两眼，忽然又拿起来。

第三次抛下，还是反面。

祝温书双眼耷拉着，眸子雾蒙蒙的："唉……"

应霁却托着腮，笑眯眯地看着她。

等祝温书第四次想伸手拿硬币时，应霁就先一步抢走了自己的纪念币。

她抱着一堆东西准备回房间，起身时，笑着说："得了吧，你第二次抛的时候就已经有答案了，干吗还要折磨我的纪念币。"

等应霁关上了房门，祝温书还坐在桌边没动。

包里的手机突然连连振动，祝温书有点儿烦躁，打开一看，发现是高中班群的消息。

她没心情去看同学们聊了什么，切出微信，也不知道干吗，就打开微博刷了刷。

令琛今年的演唱会和视频平台有合作，会全程直播。

平台为了宣传热度花了不少心思，因此祝温书一个不追星的人打开微博，都能看见很多营销号在预热。

原本已经沉寂了的"小蚕同学"话题，又因为今天的演唱会，布满了她的微博首页。

早知道不看了。

祝温书又关上微博。

再打开微信时，收到了老家一位邻居妹妹的消息。

周思思：姐姐，跟你打听个事儿。

祝温书：嗯？

周思思：阿姨不是说你和令琛是高中同学吗？你知道他"白月光"是谁吗？

祝温书："……"

怎么有一种今天全世界都在提这个人的错觉。

祝温书：不知道。

周思思：啊？你们不是同班同学吗？

周思思：那你应该知道他以前追过哪个女生，或者和哪个女生走得近？

祝温书：没有。

祝温书回想了一下，确实也没有印象。

祝温书：可能不是我们学校的。

周思思：好吧，好奇死我了，没想到连你也不知道。

祝温书放下手机，俯身趴到了桌上。

好吧，看来她还是做不到释怀。

不仅不能释怀，而且一想到令琛今晚还要当着所有人的面唱这首写给"白月光"的歌，她就心梗。

要不还是不去了吧。

祝温书重重地叹了口气，起身朝门外走去，同时拿出手机，打算和令琛摊牌。

打开微信，她发现这才几分钟，在最上面的高中班群居然有了"99＋"的新消息。

上一次这么热闹，还是令琛刚刚出道的时候。

消息太多，祝温书看得很潦草，一时没明白他们在说什么。

她正努力地翻着聊天记录，一个来电突然跳出来。

"干吗？"祝温书问。

"你看群了吗？"钟娅说。

"正在看呢。"

祝温书问："发生什么事了？我看他们在说盗号什么的。"

"笑死，令琛被盗号了你知道吗？"钟娅的笑声快要穿破祝温书的耳膜，"盗号的估计想不到他居然盗了令琛的号哈哈哈哈。"

又是令琛。

祝温书闷闷地"哦"了声。

"哎哟我不行了，王军冠说要不是盗号的，他都不知道令琛给他的备注是'王冠军'哈哈哈哈哈，令琛居然一直没记住他名字，笑死我了哈哈哈。"

隔着屏幕，祝温书都感觉到钟娅仿佛笑出了眼泪。

好一会儿，钟娅笑够了，又说："哎，我 QQ 下载好了，我去看看令琛给我的备——"

钟娅的声音戛然而止。

两秒后——

"他给我的备注是'第五排第六个'。"

祝温书:"……"

虽然心情很糟糕,但祝温书还是没忍住笑了出来。

"笑啥啊。"钟娅说,"你去看看你的。"

"哦……"

祝温书点开QQ,果然看到了令琛被盗号后发来的信息。

只是她没立刻点进去看自己的备注。

虽然这么想有点儿庸人自扰,但祝温书还是忍不住去设想,如果十几岁的令琛连她的名字都记不住,却在给"白月光"写歌……

"看到没啊?"钟娅催促,"给你的备注是什么?快跟我说说!"

算了,随便看看吧。

祝温书伸出手指,点开消息。

c:小蚕同学,暑琪兼职,輕淞莓天赚500沅!快来+葳薇信,JzB1551。

刚刚走到电梯口的祝温书,在看到"小蚕同学"那一刻,视线没再移动。

空气仿佛停止了流动,耳边的声音忽近忽远。

45

电梯上上下下好几次,门外的人毫无察觉,低着头站在那里,仿佛忘记了时间的流逝,连什么时候挂了钟娅的电话都不知道。

"你下吗?"楼道里的邻居进了电梯,见祝温书久久站着,忍不住提醒。

"嗯?好。"

在电梯门关上之前,祝温书连忙跨进去。

楼层数字无声跳动,电梯一如既往匀速下降。祝温书却感觉到前所未有的失重感,天旋地转,仿佛下一秒就要踩空。

电梯停在了一楼,她也没有察觉。

邻居已经走出去了,见状又有点儿不放心地回头问:"你还好吧?"

"噢……我没事。"

祝温书机械性地跨出电梯,两步之后,又停在一边。

怎么会呢?

怎么会呢?

当祝温书从眩晕的状态中抽离出来,这个问题逐渐浮现在脑海中,慢慢滋长,然后像一群被惊扰的麻雀,在她心里乱飞乱撞。

耳边"嗡嗡"响着,乱如麻线的思绪如疯狂生长的枝蔓缠得她挪不了脚步。

是错觉吧?

她低下头,再次打开手机,盯着那条盗号后发的消息看了一遍又一遍。

那四个普通的常见字眼被她看到变形,都快要不认识了。

甚至觉得,自己是不是拿错了手机。

大脑忽而一片空白,忽而又有心绪百转千回,始终没办法相信这是真的。

直到钟娅的消息又发过来。

钟娅:?

钟娅:你人呢?

钟娅:聊得好好的突然挂我电话。

祝温书的手指有点儿不受控制,好半天才发出一句话。

祝温书:刚接了个电话。

钟娅:哦,你看见没?备注是什么啊哈哈哈哈快跟我说。

小、蚕、同、学。

四个字打错了好几次才完整编辑出来。

发出前一刻,祝温书又如梦初醒一般回过神,连忙删除。

如果是她弄错了,岂不是很尴尬。

祝温书:就是我的名字。

钟娅:嗐,好吧。

钟娅：虽然我也猜到了，但不得不说，令琛这人还是有点儿偏心的。

钟娅：凭什么你有名字，我就是"第五排第六个"！就凭你漂亮吗？！

是因为漂亮吗？

祝温书一直知道自己是挺漂亮的。

但她的生活轨迹一直很普通，甚至连工作也没离开过学校，令琛这个明星同学算是唯一的例外。

她从来没有接触过声色犬马的圈层，就连那次参加令思渊的生日宴，在平常的房子里，因为几位明星的出现，她都感觉自己格格不入，从来没觉得自己会比令琛身边的女明星们更漂亮。

所以她也不觉得，自己能成为张瑜明口中那个"刻骨铭心""爱而不得"的初恋。

祝温书低下头，又去看班群里的聊天记录。

毕竟是盗号这种事情，出错的可能性很大。

同学们火热地讨论了很多，话题早已从备注信息转移到了其他的。祝温书翻了很久，一条条看过去，有不少像王军冠这样名字被弄错的。

会不会，她的也弄错了？

可如果错了，也应该是把她的名字记成了"祝书温"之类的，怎么会错成毫不相关的四个字。

不知不觉间，祝温书已经走到了小区门口。

有出租车经过，见她站在路边，开过来时放慢了车速。

司机转头看向窗外，和祝温书对上视线，见她没别开头，以为她要打车，便停了下来："姑娘，走不走？"

祝温书愣愣地应了一声，像个没有自我意识的机器人一般坐上了车。

出租车开出去一段，司机没等到祝温书说话，便主动问："去哪儿？"

祝温书大脑突然又空白了，一时竟忘了自己要去哪里。

很艰难地找出一点儿头绪，她张了张口，"西城区客运站"几个字兜兜转转到了嘴边，又被咽回去。

半晌，司机都准备靠边停车了，终于听到后排的祝温书低声说："演唱会，令琛的演唱会。"

"噢，有点儿远哦。"司机前几天就看见了省体育馆挂着的巨幅海报，因此也不用问具体地址,"走高速还是绕城?"

"随便……"

"高速的话要支付过路费哈。"

"嗯……"

近三十分钟的车程后,出租车停在了省体育馆门口。

祝温书下车时看了眼时间,才反应过来现在还不到下午三点。

但偌大的馆前广场已经聚集了不少人,除了一些卖荧光棒和周边的商贩,还有一群粉丝模样的人成群结队地聚集在一起,手里捧了很多东西,在各个立牌前拍照。

祝温书形单影只地出现在这里,一时有些迷茫,不知道自己是该另外找个去处,还是就在这里等着。

抬头看着场馆上的 LED 大屏幕,祝温书最终找了个花台坐下。

放眼望去,四周都设置了不同尺寸的宣传广告,有的是令琛的照片,有的是他的名字,就连这些提前几个小时来的粉丝,仿佛也自带了"令琛"这个标签。

入目的一切,把原本就晕乎乎的祝温书扯进更混沌的状态。

她越来越无法想象,自己就是那个人。

且不论身处娱乐圈的令琛会不会对一个高中同学念念不忘,就算会,那个人也不该是她啊。

祝温书回想高中时代,她完全不觉得自己和令琛发生过什么令人难忘的交集。

令琛甚至都没有主动找她说过话。

高中那会儿,祝温书的人缘很好,不仅因为她学习好、长相漂亮,还因为她的性格平易近人,没有学霸的高冷,经常给同学们讲题。

基本没有受过冷遇的祝温书也算一个比较主动的人,她一般不会有"主动和这个人说话会热脸贴冷屁股"的敏感想法,从小到大,遇到比较内向的同学,她都可以游刃有余地相处。

令琛,算是极少数的例外。

祝温书试图抽丝剥茧,去寻找令琛高中就喜欢她的细节,却发现挖空了脑子都是枉然。

她再次掏出手机，翻到令琛的微信对话框，盯着聊天记录出神。

他们的对话停留在两天前，令琛给她发了一张彩排照片。

真到了临近演唱会这一晚，他却没有再问过。

祝温书叹了口气，手指在屏幕键盘上反反复复地滑，却始终不知如何开口。

这种事情，她怎么好意思问。

忽然，一个来电打断了祝温书的迷茫。

她呼吸忽紧，在看清来电显示的时候又松了口气。

"雪儿老师，什么事啊？"

"祝老师，你要去吗？一直没给我回消息呢。"施雪儿问。

前段时间施雪儿就问过祝温书，但她一直没有给出确定的答案。

想来前不久她应该也发了消息，不过祝温书没看见，这会儿也没心思再去翻。

"不好意思啊，我有点儿忙没看见你的消息。"

"噢，没事，那你已经回家过生日了吗？"

"没。"祝温书垂头看着自己膝盖，"我还在江城。"

"啊！那你要去演唱会吧？"

祝温书没好意思说自己已经到了："嗯，要去。"

"太好了！"

施雪儿又问："不过你生日不回去过啦？不是说家里亲戚都在等你吗？"

沉吟半晌，祝温书说："我记错日子了，我以为演唱会在圣诞节那天。"

施雪儿这会儿正在梳妆打扮，也没细究逻辑，"哈哈"笑了两声："我真是服了，你都不仔细看看门票日期的吗？！令琛的圣诞演唱会一直是在平安夜举办的呀。"

紧锣密鼓准备的场馆后台，所有人忙得像飞人一般四处穿梭。

唯有以休息室为中心的一片地方静谧无声。

今天合作视频平台媒体带着自己的人来做演唱会前的采访，其他工作人员经过此处的时候都默契地放轻了脚步，闭上嘴巴，害怕影响里面的收音。

令兴言带着卢曼曼站在镜头后面,时不时看一眼腕表,脸上的表情越来越不好。

这个主持人也太不专业了,真就对着台本照本宣科,看样子根本没有做足功课,很多时候都不能顺着令琛的回答深入挖掘。

令琛本来也是一个在镜头前说话谨慎克制的人,整场采访下来,就像个你问我答的无聊游戏。

而且就这样的对答流程,主持人还把握不好节奏,眼看着约定的采访时间要结束了,内容却还剩下许多。

他扭头给卢曼曼递了个眼神,卢曼曼会意,找了个合适的位置用肢体语言提醒主持人注意时间。

主持人看见后,神色慌了一瞬,语气也变得僵硬。

"那接下来我们进行最后一个问题。"她迅速看了眼台本,略过一些铺垫,"今年你只举办了今天的圣诞演唱会,明年有开世界巡演的计划吗?"

令琛还没换衣服,穿着灰色的卫衣,手撑着太阳穴,语速也因为主持人的无趣变得越来越慢。

"明年会出新专辑,暂时没有开巡演的计划。"

主持人又一次卡壳,令琛平静地看她一眼,补充道:"不过圣诞演唱会照旧。"

"噢……真是太可惜了,那……"主持人讪讪笑道,"不过明年圣诞节是在周末吗?万一在工作日怎么办呢?"

听到这个问题,休息室的气氛更加凝重,连镜头后的摄影师都忍不住扶额。

主持人察觉到四周空气的变化,尴尬地咳了一声,想补救,脑子里却一时没转过弯来,嘴巴下意识就顺着话题说了下去:"既然是圣诞演唱会,为什么不在圣诞节当天举行,而是在平安夜呢?"

一直礼貌看着主持人的令琛在听到这个问题后,突然垂下了眼帘,不知在看什么。

等了几秒,在主持人以为令琛不会回答这个问题时,却听他低声道:"因为,"他目光蒙蒙,眼睛没有明确的焦距,声音也格外低沉,"今天就是我的圣诞节。"

施雪儿和祝启森一起吃了个晚饭,下午五点二十分就到了场馆。

路上祝启森一直碎碎念,埋怨施雪儿来得太早,演唱会七点才开始,天气这么冷在外面吹风有意思吗?

却没想到,祝温书比他们更早。

两人牵着手绕开拥挤的人群朝祝温书走去,在一片恍若节日气氛的喧哗声中朝她挥手。

"祝温书!"

此时的广场已经聚集了很多人,拥挤不堪。

而祝温书却坐在花台边发呆,完全没听见他们的喊声。

"干吗呢?!"施雪儿敏捷地拍了下祝温书的肩膀,"想什么呢?!"

祝温书骤然回神,眼睛还是蒙蒙的:"啊,你们来了啊。"

"老远就看到你了,喊你都没回应!"

施雪儿挤到祝温书身边坐下,问:"你怎么来这么早啊?"

"闲着没什么事就先过来了。"

刚说完,一阵寒风刮过,祝温书猝不及防打了个喷嚏。

祝启森:"……"

真是不理解女人。

"你们坐着吧,我去给你们买点儿热奶茶。"

附近人太多,连交警都出动前来管制交通。

祝启森去了很久都没回来,施雪儿则拉着祝温书游走在各个摊子前。

她见祝温书盯着地摊上的头箍,于是在对方耳边小声说道:"别看啦,戴不进去的。"

祝温书没说话。

施雪儿又拉着她往旁边走:"你自己准备了荧光棒吗?没有的话买一个吧。"

半响,没听到回应,施雪儿扯扯她袖子:"祝老师?你怎么魂不守舍的。"

"嗯?"祝温书盯着地摊上的荧光棒,忽然想起很久之前收到的便利贴,"买吧。"

她挑了一个,又转头打望四周:"有……卖花的吗?"

"花?"施雪儿笑了起来,"不是吧,祝老师你以为咱们能上台送个花啊?"

祝温书也不知道能不能。

她垂眸斟酌片刻,还是说:"买一束吧。"

施雪儿打量着祝温书的神色,忽然明白了。

"也对,你是他侄子的老师,万一卖你这个面子呢。"说完她自己也兴奋起来,"我也买一束吧!万一蹭着你的光也能送花呢!"

不过两人扫视一圈,没看见卖花的。于是施雪儿给祝启森打电话,让他带两束花回来。

近二十分钟后,祝启森带着两束花和三杯奶茶回来了。

得亏他个子高,换别人可能一手抱不了这么大的两束花。

递过来时,祝温书仔细看了眼,轻微皱眉:"怎么是玫瑰啊?"

祝启森说:"只有玫瑰了,要不就是菊花,那多不吉利。"

也是。

三个人回到花台已经没了位置,随便找个空地站着。

眼看着时间越来越近,施雪儿的兴奋开始流露到肢体上,拿着手机到处拍。

"祝老师?"忽然间,施雪儿拿着门票在她眼前挥动,"祝老师你在吗?"

祝温书眨眨眼:"嗯?"

"你把门票拿出来,咱们拍个照呗。"

"噢,好的。"

低头拿包的那一刻,祝温书脑子突然炸开了。

她今天原本打算不来了。后来收到盗号消息,又晕乎乎地上了车。

所以——

她根本没带门票!

看见祝温书脸色"唰"地白了,施雪儿也跟着一愣。

"你该不会……没带吧?!"

"等会儿。"

祝温书立刻拨打应霁的电话。

但这会儿正是她这个室友睡觉的时间，连续拨了好几个都无人接听。

祝温书的心跳忽然快得离谱，她重重地呼着气，抬头看了眼LED屏幕上的令琛。

"我现在回去拿吧。"

"啊？来得及吗？快六点了！"

"来不及也没办法啊。"祝温书紧抿着唇，丢下这句话就朝场馆外跑去。

因为交通堵塞，她几乎没犹豫就直奔地铁站，到了路况好的地方又出站打车。

辗转四十分钟到了家后，她一路跑上楼，一边喘着气，一边拉开抽屉。

自从收到门票后，她就一直夹在笔记本里。翻开本子，看见门票后，她却不自觉地停滞了动作，耳边只剩"怦怦"响的心跳声。

静静地看了许久，她一把抓起转身跑出去。

因为正值晚高峰，祝温书还是选择了坐地铁回去。

车厢里拥挤不堪，过了几站，身边的空间才稍微宽松一点儿。

此时已经六点五十分了。

眼看着还有三个站，祝温书忙不迭地拿出手机，却发现，令琛在半个小时前给她发过消息。

c：你来了吗？

好不容易平复下来的心跳，又在此刻疯狂加速。

祝温书站在人群中，深吸了一口气。

祝温书：我来了。

但是令琛没有回复，估计已经放下了手机。

祝温书紧紧蹙着眉，给施雪儿发消息。

祝温书：开始了吗？

施雪儿：还没，但是快了！人都坐满了！祝老师你到哪儿了？

祝温书：马上出地铁了。

地铁到站时间刚好卡在七点。

祝温书加快脚步跑出去，路上施雪儿又发来消息催。

施雪儿：灭灯了！！要开始了！祝老师你到了没！

068

祝温书没再回复,只是迈开腿跑了起来。

施雪儿:乐手都上台了!祝老师!

七八分钟后,她终于又站到了场馆前。

贴身的衣服已经浸了汗水,祝温书的心跳也没有因为她停下脚步而变慢。

施雪儿的消息还在涌进来。

施雪儿:倒计时了!

施雪儿:祝老师你快点儿啊!

明明还差几步就能走进去,但她莫名有点儿坐立难安,心里有一股说不清道不明的情绪。

原本的期待在临门一脚时,竟然浮上了一层害怕。

怕一切都是浮光掠影,是一场梦。

直到听到场馆内上万人的欢呼声,祝温书终于深吸一口气,走了进去。

工作人员刚帮她推开门,祝温书又被一阵浪潮般的欢呼声钉在原地,整个人被紧张和忐忑包裹着。

原本漆黑的天色被一片荧光照亮。

而她站在入口处,看着远处的舞台亮起一盏追光灯。

隔得太远,她根本看不清舞台,只能看见一架黑色的三角钢琴。

和坐在钢琴前的、令琛的轮廓。

所有观众全都安静了下来。

祝温书也没有再上前,就站在最远的地方,遥望着舞台上的人。

此时的每一秒都被拉得格外长。

祝温书屏着气,看着令琛抬起手臂,指尖落在琴键上。

琴声从很远的地方飘过来。

音符在空气里回荡着,一点点拼接成曲调。是一首所有人都熟悉,又因为只有单调的钢琴音而显得有些寂寥的《生日快乐》。

祝温书安安静静地看着台上的身影,胸膛微微起伏,所有的彷徨消散在音符里。

她好像终于有了确定的答案。

46

祝温书原本以为，这就是一首简单的《生日快乐》。

但前奏之后，音符顺畅地衔接进一段陌生的曲调里。

这曲调哀婉缥缈，就连悄然合入的弦乐也低沉喑哑。

主旋律依然是那耳熟能详的音乐，可令琛却用着完全不一样的唱腔。

唱词出来时，祝温书的身影隐在茫茫人海中，一步步上前。

她走过挥舞着荧光棒的人群，走到尽头才发现，即便是前排，距离舞台也有二十来米。

人满为患的体育馆里，第二排正中间的那个空位显得很突兀。

施雪儿听得投入，第一次这么近距离见到令琛，她早已进入了忘我的境界。

直到一首歌进入收尾阶段，旋律又悠悠变回了钢琴独奏。

"祝老师？"

施雪儿不知道祝温书是什么时候坐到她身边的，翘着手指摁眼角，声音里带了点儿哭腔："你终于到了，还好只错过了一首歌。"

祝温书盯着台上的人，嗫嚅道："没错过。"

一曲终了，音乐却没有停止。

熟悉的音节一个又一个跳出来，没了改编和合奏，还是那首童年时期听到的《生日快乐》。

祝温书的声音很小："这是什么歌？"

四周安静得只有遥远的琴声，施雪儿听见了，凑近祝温书身旁，低声说："祝你生日快乐。"

祝温书抬眼，扭头看着施雪儿："谢谢。"

"我是说，这首歌叫作《祝你生日快乐》！"也不知是不是因为天气太冷，施雪儿吸了吸鼻子，"这首歌没有收录进任何一张专辑，只有演唱会能听到。祝老师我太感谢你了，你都不知道我想演唱会想了多久。"

祝温书没再说话，耳边好像有风"呼呼"刮过。

她看着台上的令琛，音乐声已经停了很久，他却还是坐在追光灯下，没有歌声没有琴音，仿佛还没从歌里抽离出来。

这时，左边观众区有人声嘶力竭地喊道："令琛！我爱你！"

掌声与欢呼尖叫一同响起，仿佛叫醒了侧身坐在钢琴前的令琛。

他仰起头，深深吸了一口气，拔出架在钢琴上的麦克风。

可惜祝温书还没看见他起身，舞台又陷入一片黑暗。

灯光灭了，耳边的欢呼声却一浪接一浪。

几秒后，舞台的LED大屏亮起，一个舞蹈女演员出现在舞台中间。

祝温书的视线跟着她飘飘荡荡，却没再听见令琛的声音。

听到前奏响起时，施雪儿激动地抓住祝温书的手："啊啊啊！All your wishes come true！没想到第二首就是这个！什么时候唱《小蚕同学》啊！"

听到那四个字，祝温书心跳陡然一快，场馆里的寒风似乎也变成了暖气。

忽然间，右侧观众席爆发出一阵欢呼。

这一整片人都侧头看过去。

果然，在右侧的舞台角落，祝温书看见了一个模模糊糊的身影。

他还是穿着刚刚那身衣服，一边唱着，一边沿着舞台边缘朝中间走来。

看见他一步步靠近，祝温书的心跳忽然变得很快。

这一小段距离好像也变得很长，祝温书感觉自己等了好久好久，才等到令琛走过来。

也不知道他看不看得到观众席。

这个思绪刚刚从脑海里闪过，祝温书就见令琛的脚步停在了斜前方。

他手里还握着麦克风，头却偏向这一边。

舞台流光溢彩，晃得祝温书眼花。

她不知道令琛是不是看见她了，只感觉他的视线似乎朝她的方向停留了许久。

在四周的欢呼尖叫中，他的视线仿佛有温度，祝温书整个人都颤了一下，手足无措间，连忙抓起荧光棒，和身旁的人一同挥舞。

绚丽的舞台灯光从头顶投下，异常刺眼。

令琛的目光一次次扫过前排观众席，强烈的光线对比下，观众席仿佛是深夜的大海，入目黑压压一片，只能看见挥舞的荧光棒，听见震耳欲聋的欢呼声。

其实开场前，舞美灯光还没亮起，观众几乎已经全部入场时，他站在幕后看向观众席，清清楚楚地看到前排空了一个座位。

祝温书没去过别的演唱会，不知道其他歌手是不是跟令琛一样，和观众的互动很少，只是一首接一首地唱。

转念一想，两三个小时的演唱会，嗓子再好的人，估计也没力气再说话了。

不过台下的观众估计比令琛也好不到哪里去。

他们的尖叫声一次比一次高，这若不是露天体育馆，可能房顶都能被掀翻。

就连祝启森这种只是陪女朋友来的人，后来也被氛围感染，和大家一起鼓掌欢呼。

但祝温书一直很沉默。

体育馆的座椅不太舒服，她端坐着，裹着半张脸的围巾早已取下来叠在膝上。

令琛的音乐大多都很安静，唱腔低沉，声线里带着天然的沉哀。

像是深山里的潺潺溪流，甚少有波涛汹涌的时刻。

祝温书却感觉，自己在这条溪流里沉沉浮浮，会随着他的声音轻轻摆着头。

到后来，施雪儿嗓子都快喊哑了，终于后知后觉地想起，自己身旁的人一直没什么动静。

她觉得很离谱，怎么会有人在令琛的演唱会现场能保持冷静。

可一转头，却见祝温书单手托腮，头歪着，安静又专注地看着舞台上的男人。

她的眸子里好像有一种不同于其他观众的光，温柔缱绻，有一股说不上来的熟悉感。

施雪儿想了想，这好像是……自己看祝启森的眼神。

音乐声停下时，施雪儿戳了下祝温书的手臂，在她耳边问："祝老师,沦陷啦?"

祝温书如梦初醒一般坐直了身体,愣愣地看着施雪儿。

流转的灯光和凛冽的寒风下,施雪儿看见她的双腮爬上一团可疑的绯红。

"哎哟,祝老师,你这都能害羞啊,大家都这样,来听演唱会的谁不是会沦陷的人?"

"噢⋯⋯"祝温书低低地应了一声,还没来得及再说什么,施雪儿又尖叫着转开脸。

祝温书还沉浸在她的话里没有回神,只是有一股直觉牵引着她的视线转向舞台。

此时场馆里的灯光几乎都灭了,没有五光十色的舞美,也没有舞蹈演员。

令琛穿着白衬衫,拎着一把吉他,安静地走到舞台中间。

追光灯打下,他站在光柱里,伸手调整立麦的高度。

场馆里的观众却默契地涌现出比开场时有过之而无不及的热情,他们好像知道了什么。

祝温书有点儿蒙,直到她看见,令琛身后的 LED 屏幕里落下纷纷樱花。

她的心跳在这一刻再次迅速加快。

下一秒,令琛手指滑过琴弦,弹出一段耳熟的旋律。

耳边疯狂的尖叫声并没有盖住那把吉他的声音,可不怎么懂音乐的祝温书却感觉,这段旋律听起来格外低落。

就像此时,追光灯下令琛落寞的身影,伴随着伶仃的弦音。

忽然间,场馆的欢呼声发生了变化。

祝温书还没反应过来,右手就被施雪儿扯了起来。

"祝老师!你看大屏幕!"

顺着施雪儿的视线看过去,祝温书看见场馆中心头顶的大屏幕上出现了一个女性观众的脸。

那个观众也很诧异,惊喜之后迅速亲了自己身旁的老公一口。

镜头继续切换,两秒后,大屏幕上又出现了一个笑起来有酒窝的女生。

"这是……"祝温书喃喃问道。

"观众捕捉啊!"施雪儿兴奋地说,"每次演唱会最后都有这个环节!"

一张又一张的脸闪过大屏幕,祝温书发现有一个共性——全都是女生,而且还都很好看。

"全都是美女啊!"祝启森也发现了这一点,"这是干啥,选美吗?"

"不会说话就闭嘴!"施雪儿拿荧光棒砸他肩膀,"要唱《小蚕同学》了,当然要捕捉有初恋脸的观众,大家不看美女难道看你啊?"

初恋脸……

施雪儿话音刚刚落下,祝温书便看见大屏上出现了一张异常眼熟的脸。

眼熟到——

"啊!!!祝老师!!!你上镜了!!!"施雪儿一把抓起她的手疯狂舞动。

祝温书像个提线木偶一样,回过神了才猛地抽出自己的手,一时也不知道该看哪里。

和其他上镜的观众不同,祝温书完全处于紧张和懵懂的状态中,连手都不知道往哪儿放。

而且,也不知是不是因为她身处其中,总觉得镜头在她脸上停留的时间比别人长。

屏幕里,只露了小半张脸的施雪儿激动得脸庞通红,双唇一开一合,似乎在说什么。

好一会儿,祝温书才注意到她的声音:"祝老师!你笑一个呀!"

祝温书轻轻弯了一下唇角。

镜头移开,画面里她的笑容一闪而过,很快变成了另一个女生的脸。

祝温书徐徐移开眼,却发现,舞台上的吉他弦音不知什么时候停了。

她看向舞台中央,追光灯下的令琛手臂垂在吉他旁边,抬头望着大屏幕。

场馆的音浪此起彼伏,令琛却久久伫立,目光不曾移动。

许久,镜头离开观众席,回到了舞台,令琛却依然望着大屏幕。

所有人都透过大屏幕清晰地看见,令琛抿着唇,下颌线紧绷,眉心却微抖。

他的双眼在灯光下不甚清晰,蒙蒙眬眬地看向一个方向。

祝温书也收回扬着的下巴,转头看向舞台。

隔着二十米的距离,祝温书只能看清他的身形轮廓,却知道,他的视线正穿过火树银花,和茫茫人海中的她遥遥相望。

半晌,她看见令琛拖着立麦朝她走来。

"今天。"

他停在舞台边缘,沉沉的声音响起,观众席骤然安静,像按下了暂停键。

"'小蚕同学'在现场。"

当这句话落下,现场更安静了。

然而仅仅两秒后,现场尖叫骤起,比之前的任何一次都要剧烈。

而祝温书坐在人群中,恍若置身真空中,分不清是耳边的尖叫声更重,还是她的心跳声更重。

在这片狂热中,她看见台上的人垂下了头,藏住了表情,声线却轻颤,带着一丝哽咽:"她来听我的演唱会了。"

有人震惊,有人伤心,有人热情欢呼,有人不可置信地哭喊,有人躁动地转动脖子打量四周的人,在找令琛嘴里那个"小蚕同学"。

全场大概只有祝温书一人,一动不动地看着舞台。

她是一个怕冷的人,却从来没有像今天这样,在严寒的冬天,感觉到血液的温度。

就连心跳也一次比一次重,几度要挣脱胸腔的束缚。

直到令琛再度开口,已经压不住现场的势头。

"最后一首《小蚕同学》,"他抬手拨动琴弦,中断的音乐从头响起,"送给我的'小蚕同学'。"

耳边全是乱七八糟的尖叫与吼声,几乎快要震破祝温书的耳膜,连前方不停移动寻找机位的摄像师都从镜头后面抬起了头。

或许没有人在听这首歌了,就连施雪儿都语无伦次地说着话,一下拿出手机狂拍,拍了几秒她又开始疯狂地摇晃祝温书的手臂:"祝老师!祝老师啊!你听见了吗?!怎么都不激动呢!"

见祝温书不说话,她又去祝启森面前发疯。

万人喧哗中,祝温书是唯一的听众。

她耳里只有令琛的声音,一字一句,砸在她心上。

她的心跳和呼吸都在令琛的声音中平静了下来,却无法控制一股酸涩感涌上眼眶。

"我一直在等。

我一直在等。

等白日升月,等盛夏落雪。"

听到这句时,祝温书感觉脸上一阵冰冷。

她抬头,看见夜空中飘落纷纷扬扬的雪花。

"等风吹倒山,等诗倒着写。

你看我一眼,我抵达终点。"

她再次看向舞台,脸上的雪花在热流中消融。

直至舞台上的乐手也退场,全场灯光亮如白昼,舞台上空空荡荡,观众席嘈杂一片,后排的观众陆续离场,前排的人纷纷起身,乱糟糟地挤到过道上,祝温书还保持着原来的姿势,盯着已经没有人影的舞台。

直到耳里终于有了其他声音,她的意识才冉冉回笼,仿佛回到了人间。

"祝老师?"

施雪儿背好挎包起身要走,却发现祝温书还坐着,不知在想什么。

她以为自己在演唱会结束后呆坐了那么久已经够虔诚了,没想到有人比她更甚。

"回神啦!该回家了祝老师!"

祝温书猛然转头,目光在她身上逡巡一圈,最后才定住:"噢……好的。"

施雪儿想帮她把膝盖上的围巾拿起来,一抬头,整个人顿住。

"祝老师,你哭了?"

直觉有一个很大的秘密要被戳破一般,祝温书却一时不知如何回应。

她张了张口,一些说辞在嘴边徘徊,还没细想周全,又见施雪儿跺着脚转身去说祝启森。

"你看!祝老师都哭了你还笑话我,我哭一下怎么了?"她伸出手指杵祝启森的胸口,"你自己铁石心肠还好意思笑话别人!"

祝启森闻言没搭话,只是握住她的手,然后歪头看向祝温书。

两人对上视线,祝温书连忙别开脸,假装整理衣服。

祝启森狐疑地皱了皱眉。

他跟祝温书认识这么多年,从来不觉得她是个听歌都能听哭的人。

"走啦。"施雪儿说,"把花抱好。"

这两捧花最后没有机会送出去,施雪儿不意外也不遗憾,她让祝启森在前头开路,伸手牵着祝温书顺着拥挤的人潮离开场馆。

没了建筑的遮挡,寒风裹着雪花直往人脸上扑。

祝温书还有一股飘飘然的感觉,祝启森已经抱着花跺脚:"太冷了,人又这么多,不知道要堵到什么时候。"

他张望四周一圈,说道:"要不你们还是回去等着,我去把车开出来,免得你们两位大小姐在路上冻坏了。"

"太麻烦了吧。"施雪儿说,"停车场又不远,要不还是一起过去吧。"

两人说话间,祝温书的手机忽然振动。她忙不迭地去拿手机,慌乱之间还把包里的口红都掉了出来。

施雪儿见状,感觉自己这个"安利"卖得前所未有地成功。

她先一步弯腰捡起口红递给祝温书:"祝老师,你——"

"我就不跟你们一起了。"祝温书盯着手机,小声说,"你们先回去吧。"

"啊?"施雪儿不解,"没事的,反正他开了车,顺路送你就是啊,这么晚了,还下着雪。"

祝温书摇摇头:"我还要去……过生日。"

"这么晚还去过生日?"祝启森偏了半个身子过来,"不冷啊你?早点儿回家得了。"

"要你管!"

施雪儿想到了什么,拍了祝启森一下,然后转头对祝温书笑:"好呀,那我和祝启森就先回家了,祝老师你也不要玩得太晚哈。"

两人拉拉扯扯地朝停车场走去,半晌,两人的身影已经彻底消失在视野里了,祝温书才想起来——

祝启森把她准备的花带走了!

祝温书懊恼地叹了口气,正犹豫着要不要追上去,手机又响了。

c:**卢曼曼在门口接你**。

她回头,果然看到那个眼熟的女生。

祝温书两三步跑过去,想打个招呼,卢曼曼却用一种震惊又新奇的目光看着祝温书。

"小……"她临时改了口,"祝小姐,您……您先跟我来。"

热闹退去的场馆此时只有保洁工人在打扫卫生,伴着簌簌落落的雪花,格外寂寥。

看见这一切,祝温书的步伐又没了实感。

仿佛今天的演唱会就是一场梦,所有人都离场了,唯独她还没醒来。

两人穿过空旷的通道,推开一扇大门走进去,里面各色工作人员正在忙碌穿梭。

卢曼曼站在祝温书前面,打量四周,碎碎念道:"他在哪儿呢……祝小姐您等等,我去——"

身后传来响动,卢曼曼一回头,却发现祝温书人不见了。

她看了眼旁边的安全通道,抿着唇去关紧了门。

门内,祝温书靠着墙,胸口微微起伏,紧紧盯着眼前的令琛。

他还穿着那件白衬衫,垂眼看过来时,眼睫上似乎还挂了点儿雪粒。

良久,他才开口道:"我还以为你不来了。"

不知是不是因为唱了太久,他的声线比平时要哑一些。

"你不是说给我过生日?"祝温书轻声道,"我当然要来的。"

令琛低着头,视线慢慢流转到她手上:"怎么空着手?"

"我买了花的,但是被朋友——"

祝温书的声音在手掌被一片温热包裹住时戛然而止,她垂头,看见令琛握住了她的手。

怔然间,一串亮晶晶的东西套上了她的手腕。

分明是冰冷的东西,却让祝温书感觉整只手都在发烫。

她盯着看了许久,才喃喃问道:"这是什么?"

"生日礼物。"

见她半晌不说话,令琛问:"不喜欢吗?"

祝温书:"……"

她哪有不喜欢,只是在想,万一这是很贵的东西,她怎么好意思收下。

"还是说,"令琛的目光重新定到她脸上,"你更喜欢烟花?"

"……没有。"祝温书动了下僵硬的脖子,"太贵重了。"

"不贵。"令琛长长地呼了口气,"我没花钱。"

祝温书倏然抬眼:"嗯?"

令琛见她这模样,嘴角勾了勾:"你放心。"

"?"

"我说过我卖艺不卖身。"

祝温书:"……"

一只手还被他握着,祝温书也没抽出来。她不自然地别开脸,另一只手的指尖蜷缩在袖口里。

两人莫名地陷入沉默,可安全通道里的空气却很热,像开了空调似的。

好一会儿,祝温书听见令琛问:"那你喜欢吗?"

祝温书正要开口,一墙之隔的走道上忽然传来陌生的声音,令琛下意识朝另一头看去。

"完了,我觉得我出不了坑,这辈子算是栽在他手里了。"

"呜……我也是。"

"救命,我真的好喜欢令琛,好喜欢这场演唱会。"

两人经过后,声音渐渐消失。

冥冥灯光下,令琛回过头,朝祝温书挑了下眉:"你呢?"

祝温书的声音很小,却很清晰:"我也是。"

第 三 章

一见到你,耳边就会响起好听的旋律

47

令琛愣住，仿佛没有预料到祝温书会说这个答案。

"是演唱会……"他顿了很久，才问出下一句，"还是我？"

祝温书心跳得很快，但吐字依然清晰："都是。"

倏然间，祝温书感觉到握着她的那只手攥得很紧，而眼前的令琛，眸色也变得很深。

他半晌都没有说话，漆黑的双眼却像有海浪在翻涌。

祝温书不知何时被他拉进怀里。

回过神时，只觉得肩膀都快被他勒断了。

不同于之前的两次拥抱，今晚的令琛仿佛失去了控制力道的能力。

在他的体温中，祝温书逐渐找到了今晚的实感。

她像飘飘荡荡的雪花，落到了一只温柔的手掌上。

然后，在他的掌心慢慢融化。

不知过了多久，双脚已经有了酸酸麻麻的感觉。

祝温书一遍遍地调整着呼吸，想说什么，又怕打破此时的氛围。

这时，伴随着一阵突兀的手机铃声，令兴言的声音在门外响起。

"抱歉，本来想给你打个电话。"他的语气有气无力，"结果我忘了你手机在我这里。"

"……"

安全通道的声控灯不知是何时熄灭的，黑暗中，祝温书只能感觉到令琛的怀抱一点点抽离。

他转身拉开门，没急着出去，靠着门框，挡住了里面的祝温书。

"有事？"

令兴言："？"

他气笑了，胡乱地揉了把头发平复心情，随后也靠到一边门框上，疲惫又无奈地看着令琛。

欲言又止半晌，他只是摇了摇头，然后抬头望向里面的人："祝老师，晚上好啊。"

祝温书的声音从令琛的肩后传出来："令先生晚上好。"

能猜到两人有事要谈，而且多半和自己有关，于是祝温书又主动说："你们忙，我就先回家了。"

她上前两步想出去，却发现令琛还牢牢堵着门，没有要让路的意思。

男人的躯体把她挡得严严实实，看不见外面的情况。她伸手扯了下令琛的袖口，低声说："我得回家了。"

声音细细磨过令琛的耳膜。

半晌，他转过身，视线从祝温书的头发一寸寸挪到她脸上。

"我叫人送你。"

祝温书没来得及说话，便听到他朝另一头叫住了卢曼曼。

一直安静守在旁边的卢曼曼连忙跑过来，示意祝温书跟她走。

"机灵点儿。"令兴言出言提醒卢曼曼。

"好。"卢曼曼比了个"OK"，"我不派咱们的车，去借王老师的。"

祝温书没怎么听懂这两人的话。

挤出这道门，和令琛擦肩而过时，祝温书手腕上的手链被他的手指钩了一下。

随即，祝温书脚步停滞一瞬。

也不知他是有意还是无意，指尖顺着手链滑过掌心时，祝温书才听到他用几乎只有两人听得见的声音说："生日快乐。"

"我听到了的。"

两兄弟各自靠着一扇门目送祝温书离开。

等她的身影彻底消失在走道里，令琛和令兴言对视一眼，随即一前一后朝休息室走去。

原本忙碌着收拾搬运东西的工作人员见令琛过来，全都齐刷刷地停下动作看着他。

令琛目不斜视，脚步也没停，所过之处，大家的脖子像向日葵一般朝着他转动。画面非常诡异。

休息室是临时隔出来的，里面堆满了妆造道具。

令兴言用力把门关上，不让造型师再进来，随后一屁股坐到唯一空着的椅子上，也不管累了一天的令琛还站着。

令兴言今天全程待在幕后，忙得脚不沾地。他也是临近演唱会结束时才喘了口气慢悠悠地走到台下，找了个角落静静看着。

谁知他刚拿出手机打算拍两张照片发朋友圈，令琛就给他来了个大惊喜。

还没反应过来发生了什么，观众席爆发的声音就差点儿让他原地昏迷。

直到这会儿，他耳边还"嗡嗡"作响，也不知道自己听力有没有受影响。

"你但凡提前跟我说一声，"他重重地叹气，"我也不至于这么手足无措。"

令琛背对着他站着，没说话。

包里的手机一直响个不停，令兴言没心情接电话，紧紧盯着令琛的背影："你知不知道今天不仅有演唱会现场，还有平台直播？"

"知道。"

听到令琛异常冷静的声音，令兴言反而不知道怎么接话，想好的说辞全都被堵了回去。

良久，他指着门，厉声道："那你知不知道现在还有多少人堵在外面没走？"

令琛的回答还是一样。

"知道。"他转过身，平静地看着令兴言，"但我无所谓。"

令琛的声音一如既往地清越，此刻却像一盆凉水，浇灭了令兴言的急躁。

其实这些年令兴言早就习惯了令琛这种我行我素的态度。

他们之间也早已达成了共识，当纯粹的歌手，不走流量路线，也没立过男友人设。

那一套是青春饭，走不长远，也不是令琛的方向。

令兴言从没想过要阻止自己弟弟过上正常恋爱婚姻的人生，就连这段时间新签的艺人，他也没有过多干涉过私生活。

但这只是他们的想法，他们并不能控制某些粉丝群体的意愿。

加上这些年令琛从来没有绯闻，即便有，也只是对方单方面的炒作，成不了气候。甚至不需要令琛方出面澄清，只看他的态度，绯闻就不攻自破。

因而，这些年女粉丝的占比只多不少。

所以他很清楚，令琛今天的行为，会造成怎样的动荡。

他倒不担心今晚的事情会影响令琛的前程，从热度来说，这种事情只会让令琛收获前所未有的关注度。

只是这种爆炸性娱乐舆论最后的走向如何，没人能保证。

也不知道各个网络平台的程序员还好吗，这个美好的雪夜有没有在背后咒骂令琛。

"太突然了……"令兴言用力搓着脸，"真的太突然了，你怎么想一出是一出。"

令琛看向令兴言，语气轻描淡写："不是今天突然想这么做，而是我今天忍不住想这么做。"

令兴言："……"

他深吸一口气，起身朝外走去。

回家的路上，雪还没停。

祝温书走在路上，感觉自己就像在路灯光柱里飘扬旋转的雪花。

她脚步很轻，每一步都像踩在虚空中。

直到推开门，看见熟悉的房屋，才有了脚踏实地的感觉。

应霏房间的灯没开，祝温书也没听到声响，便轻手轻脚地脱了外套抖落上面残留的雪粒。

"你回来了？"过了会儿，应霏的房门突然打开，"我刚刚醒，看见你给我打了那么多电话，正想给你回电话就听到开门声了，什么事啊？"

"哦，没什么，忘了拿东西。"祝温书挂好外套，说道，"已经没事了。"

"那就好，吓我一跳，还以为出什么急事了。"说完见祝温书头发丝儿上有细小的白色颗粒，应霏惊讶道："下雪了？"

祝温书笑着从她身边经过，带着一阵冷冽的清香。

"你真是能睡，连外面发生了什么都不知道。"

应霏是土生土长的南方人，很少见到雪。听祝温书这么一说，她往窗外看去，果然见到了簌簌落落的雪。

于是她立刻拿出手机，想拍几张照片。

然而在她滑开屏幕后的那一刻，定睛看到微博的"热点推送"，没忍住发出一声惊呼。

这个夜晚注定不平静。

在祝温书离开体育馆回到家里并进浴室洗澡的这段时间，网络社交媒体平台上正在经历一场空前的盛宴。

可能是大家苦娱乐圈无聊已久，这一晚，喜欢令琛的、讨厌令琛的、相关的无关的、认识的不认识的，纷纷参与进这个话题。

论坛帖子开了一个接一个，满屏都是"令琛""小蚕同学"这几个字眼，不仔细看都分不清其中的区别。

微博每刷新一下就有营销号和自媒体纷纷搬运剪辑出来的视频片段，"令琛小蚕同学""'小蚕同学'出现在令琛演唱会"等话题更是空降热搜，霸占前排。

得益最多的自然是今晚合作的视频平台方，观看量呈直线式上升，官方连忙把预先准备的《令琛圣诞演唱会》这个标题改成了《令琛演唱会现场告白"小蚕同学"》。

可惜他们还没来得及推送更多广告，平台便崩到进不去主页。

各个短视频平台更是如火如荼地推送着相关视频，《小蚕同学》这首歌也瞬间出现在飙升榜、热搜榜、热歌榜第一。

就算不刷微博只玩微信的人，也能在朋友圈看到各种刷屏消息。

在这个互联网时代，但凡有手机的人，几乎都被这些话题包围住。

各方声音不尽相同，震惊的、好奇的、兴奋的、伤心的、怒骂的、羡慕的、看热闹的……

当然，也有人质疑这是令琛的炒作。可能是和视频平台的配合，也可能是为新专辑造势。

更主要的原因是，令琛出道几年零实锤绯闻，就连和令琛身边工作人员有私交的粉丝都打听不到消息，仿佛他是打定了主意要立一辈子单身人设。突然来这么一出，实在不符合他一贯的风格。

直至演唱会结束后的一个多小时，还有大批粉丝逗留在现场。

但那位据说在现场的"小蚕同学"，却从头到尾没有真正露过面。

祝温书在回家的路上也预料到了这样的情况，所以她一路上几乎没看过手机。

但即便这样，她放在桌上的手机也一直没停过振动。

等她洗完澡出来，微信页面的未读消息数是她多年来前所未有的量级。

有毫不知情的朋友来跟她八卦，有同事家长的工作消息，最多的，是朋友们在今晚的热闹中发现她出现在令琛演唱会的大屏幕上。

其中大部分来自各个群，包括高中班群的讨论。

其实祝温书不看也知道大家在聊什么，不过班级群里有人"圈"她，于是她打开看了一眼。

消息太多她没法一一阅览，话题无非是围绕着今晚发生的事情。

一开始@祝温书是因为想让她这个当时在现场的人出来说说情况，见她没回复，大家乱七八糟地开始猜测"小蚕同学"是谁。

许多条消息后，有人说：祝温书不是去现场了吗？该不会就是她吧？

后面立刻有人回复：应该不是吧，他们根本就不熟啊。

七嘴八舌中，有个人出来冒泡：不一定哦，我在后排扫垃圾的时候看到过令琛盯着祝温书看，哈哈。

这条消息后，班群突然沉默了。

然后祝温书就被疯狂@。

祝温书叹了口气，没有回应。

至于其他的消息，她想，若是一一回复，今晚就不用睡觉了。

于是她先处理了工作消息，又简单回复了几个关系比较好的朋友。

其中只有钟娅的风格和别人不太相同。

平时大大咧咧、咋咋呼呼的钟大哥在群里激烈地讨论了一番后，此时竟然只发来了一个问号。

事出反常必有妖，祝温书也谨慎地回了一个问号。

钟娅：是你吧？

祝温书：你是指？

钟娅：别装。

祝温书：。

钟娅：……

钟娅：你为什么这么平静？

祝温书：大概是因为，物极必反。

发完这条消息，祝温书低头看了眼手腕上的手链。

其实她也不知道自己为什么能这么平静，心里明明有一团火在熊熊燃烧，可一想到令琛，那团火就变成了冬日房间里的壁炉。

虽然灼热，却烫不到她。

她仿佛是在一个异常暖热的房间里，一点点沉沦。

钟娅：……那你们现在，是什么情况？

钟娅：搞到一起了吗？

祝温书：好好措辞。

什么叫"搞到一起了"？

不过祝温书也不知道，她现在和令琛，算互相确定了吗？

江城难得下雪，经过几个小时的堆积，路边绿植已经覆上了一层积雪。小区里不少大人和小孩都下楼玩雪拍照，时不时传来笑闹的声音。

祝温书的手机一直进新消息，因为工作，她也不敢开免打扰模式，只能任由它在桌上振动。

听着窗外的声音，祝温书心里有万千思绪回荡，她静静地坐在桌边。

过了会儿，祝温书又拿起手机看了两眼。

令琛的消息在这个时候跳出来。

c：睡了没？

祝温书双脚踩在椅子上，脸颊靠着膝盖，歪着头打字。

祝温书：没呢。

c：在干吗？

祝温书：想事情。

c：想什么？

祝温书轻哼了声。

查岗呢？

祝温书：你在干什么？

c：看电影。

真是笨，都看不出来她在回答他的问题。

两秒后，她又疑惑地盯着屏幕。

祝温书：啊？

祝温书：这种时候，你居然看电影？

c：在回家的路上。

c：令兴言在忙。

祝温书：噢……

祝温书：你在看什么电影？

c：《夏日圆月与你》。

祝温书：你居然看这种纯爱电影？

c：这部电影我有客串。

祝温书打开手边的电脑，搜出了这部电影。

片刻后，令琛仿佛猜到了祝温书在干什么。

c：找到没？

祝温书：……噢，你在哪里？

c：五十二分钟零一秒。

祝温书立刻把进度条准确定到那里。

哪里有令琛啊，分明是男女主的对手戏。

两人走在热闹的街道，背景里全是纷乱的路人。

祝温书认真地看了几秒，心想令琛不至于客串路边的小摊贩吧。

她正想发消息问令琛是不是记错了，就听见电影里男主角开口说——

"我也喜欢你。"

48

祝温书的视线在电脑屏幕上定住许久，直到画面已经跳转到新的剧情，她的神思才被手机消息提示音拉回。

c：看到了吗？

祝温书自言自语"噢"了声，弯着唇角回复。

祝温书：看到了。

c：看到我了吗？

祝温书：没。

c：那你开门。

祝温书：？

她蓦地转头看着自己紧闭的房间门。

一秒、两秒……"咚咚"，敲门声果然响起。

祝温书几乎是从椅子上弹了起来，打开房间门时还被门把手钩了一下袖口。

以至于从房间到玄关，短短十来米的距离，她居然像长途跋涉一般，需要站着微微喘气平复呼吸。

敲门声没再继续，祝温书等了会儿，轻轻拉开门。

她站在门后，露了个脑袋出来。

"你怎么来啦？"

昏暗的楼道里，令琛戴了顶鸭舌帽遮住了大半张脸，一句话没说，只是抬起右臂，晃了下手里拎着的蛋糕："还有半个小时，不晚吧？"

"噢……"祝温书把门拉得更开，刚够一人过时，令琛就挤了进来。

玄关旁就是餐桌，令琛正打算随手把蛋糕放上去时，祝温书扫了眼应霏房间门缝里透出的光，心头忽然一跳。

"别放！"

令琛动作顿住，抬眉看向祝温书。

但祝温书管不了那么多，深夜正是应霏活跃的时间，她拉着令琛急匆匆地进了自己房间。

小心翼翼地关门后,她还把耳朵凑到门上听了会儿,确定外面没什么动静,才放心地转身。

卧室里只开着一盏落地灯,勾勒出靠在书桌边的男人身影,落在她眼前。

祝温书靠着门没说话,怔怔地看着令琛。

她在这里住了一年多,房间里还是第一次出现男人,莫名觉得有点儿突兀。

床头淡淡的香薰味道好像突然被他的气息覆盖,满室都氤氲着浓烈的荷尔蒙气息。

两人目光在冥冥光线里相接半晌,都没有要开口说话的意思。

过了会儿,祝温书才清了清嗓子:"我有室友,不太方便。"

"哦。"令琛朝一旁偏了偏头,淡声道,"我还以为自己见不得人。"

那确实也有点儿。

祝温书往前挪了两步,指着书桌前的椅子:"你先坐。"

令琛手臂已经搭到椅背上,扫视一圈,把蛋糕放到桌上才坐下。

弯腰的瞬间,祝温书发现他的帽檐和肩头有细碎的雪粒落下。

刚刚她浑身都紧绷着,这时才意识到令琛浑身都被一股冷气裹着,应该是冒着雪过来的。

"我去给你倒一杯热水吧。"

"好。"令琛一点儿没客气,还提起了要求,"别太烫。"

祝温书:"……噢!知道了大明星。"

轻手轻脚走到厨房,祝温书拎起保温瓶晃了下,倒是还有半瓶。

她打开瓶盖凑近感受了下,是不烫,但也几乎快凉了。

于是祝温书拿出水壶重新烧上一壶。

开了火后,她就站在厨房,目光随着炉具上的火焰跳动。

直到水开了,祝温书才回神,连忙从柜子里翻出一瓶矿泉水,把开水兑成温水,仔细确认了热度才走向房间。

推开门时,却发现房间里的灯关了。

只剩桌上的蛋糕上,燃着两根蜡烛。

借着微弱的烛光,隐约能看见蛋糕上裱着八个字。

小蚕同学生日快乐。

蛋糕并不大，可用空间勉强，所以这八个字歪歪扭扭地挤在一起，看起来有点儿幼稚。

祝温书端着水杯站在门边，久久没有出声。

"不来许愿吗？"

令琛不知什么时候站了起来，把房间里唯一的椅子让了出来。

祝温书把水杯放到桌边，端端正正地坐到椅子上。

她挺直着背，一动不动地盯着烛光。

虽然房间灭了灯，什么也看不见，但就是因为这样，她能感觉到令琛就在她身旁站着，反而越发忐忑紧张。

也不知过了多久，祝温书脑子里飘过的想法很多，却没一个是愿望。

直到令琛出声提醒。

"你这愿望是不是长了点儿？"令琛说，"要不我拿支笔记一下？"

祝温书抿着笑，连忙交握双手举在胸前。

心里默念了非常古板的两个愿望后，她后知后觉地发现自己这个动作有点儿傻。

她微微侧头，想去看令琛的表情，却发现在这昏暗的房间里，只能看清他的轮廓。

不知道是不是因为视觉受限了，感觉就变得格外灵敏，她似乎能清晰地听见令琛的呼吸声和感觉到属于他的温度。

良久，令琛问："三个愿望许完了？"

"两个……"祝温书低头笑了下，"我没什么愿望，要不送一个给你？"

隐隐约约看见令琛好像在笑，祝温书懊恼地咬牙。

自己这是怎么了，干的事情一件比一件幼稚。

却不想令琛没有笑，而是俯下身，靠近蛋糕。

他的侧脸擦过祝温书脖颈，盯着蜡烛闭眼时，她的感官瞬间以百倍放大，感知到他每一次的呼吸都拂在她腮边。

然后，她听到他开口说："我的愿望是……"

祝温书："说出来就不灵了。"

"不会。"令琛的声音很淡，"灵不灵，全在你。"

"我希望——"他一字一句道,"祝温书能做我的女朋友。"

她的眼眸在烛光中仿佛失去了焦距,身体像被钉在椅子上,动弹不得。

在急速加快的心跳声中,她几乎就要脱口而出一个答复。

她张了嘴,又及时刹住车。

紧张至极的时候,今天一直萦绕在她脑子里的问题又一个个冒上来。她恍惚地从里面挑挑拣拣,问出了最想问的一句。

"令琛,你……什么时候开始喜欢我的?"

"书店。"

黑暗中,令琛的回答让祝温书再次陷入混沌。

"书店?"

身旁的人好像直起了腰,几度呼吸后,才说:"你还记得百花巷尾的便民书店吗?"

祝温书垂眼仔细回想,褪色的记忆里好像确实有这么一个地方的存在。住在奶奶家时,她偶尔会去买点儿闲书、杂志。

"什么时候?"

"八月吧……"烛火在令琛的眸中跳跃,他像是陷入了遥远的回忆,"高一开学前的那个八月。"

祝温书的手指忽然蜷缩在腿上,很懊恼自己的记忆力怎么这么差,怎么就没有一点儿印象。

"我们当时说过话吗?"

"没有。"

"……"

"所以,"令琛的喉结轻微滚动,在黑暗中直勾勾地看着祝温书,"我对你是一见钟情。"

一、见、钟、情?

祝温书在心跳如擂鼓的震动中找不着北,她看了眼蛋糕上的字,想到什么问什么:"那为什么是'小蚕同学'?"

令琛突然笑了下:"你不会想知道的。"

祝温书:"?"

因为……

高一那年冬天,令琛值日,在上课铃打响时才去擦黑板。

祝温书穿着一件白色长款羽绒服,趴在桌上睡觉。

老师推开门进来,盯着她的身影笑道:"哎哟,你怎么像只蚕宝宝。"

熟睡的祝温书没有反应,四周的同学都闷声笑了起来。

令琛走下来时多看了两眼,脚步微顿。

老师又瞥了他一眼:"你小心点儿,别吵醒我们蚕宝宝,春天不吐丝了,全赖你身上。"

那个角落的笑声更甚,令琛也抿了抿唇角。

令琛说完,果然没听到祝温书的回应。

黑暗中他看不见,但可以想象到祝温书的表情。

"我有那么胖吗?"祝温书的声音都沉了下来。

早知道真就不问了,现在好了,对一首歌的滤镜全碎了。

过了会儿,她又闷闷地说:"既然这样,你见过那么多女明星什么的……"

祝温书没把话说完,但语气里的不自信已经很明显。

"确实见过很多。"令琛像一个等待审判的人,在这黑暗中,他也没什么好遮掩的。

"但跟你比起来,"他轻飘飘地说,"也就一般吧。"

听到这话,祝温书原本蜷缩的手指轻轻颤了一下。

两个人都没有再说话,蜡烛一点点燃烧,眼看着快要熄灭。

"那……"令琛就站在祝温书身侧,没再弯下腰,和她隔着一臂的距离,"我的愿望可以实现吗?"

祝温书还是没有说话,她倏地握紧了手,吹灭蜡烛,然后很轻很轻地"嗯"了一声。

房间里唯一的光源熄灭,只剩窗外的路灯透进的光,影影绰绰。

两个人的呼吸声在室内此起彼伏。

怎么办?

接下来要说什么吗?

是不是还得有点儿什么有仪式感的行为?

祝温书揪紧了裤子,等了半晌也没见令琛再有什么行动。

他愣着干吗呢？

这时，祝温书听到令琛的手机一直在振动。

横竖也不知道该说什么，祝温书咽了咽口水，开口道："那我们就……"

令琛："嗯？"

"睡觉吧？"

房间里又突然安静下来。

祝温书太阳穴突突跳起来，意识到自己说的话好像有点儿歧义，连忙又说："我的意思是，你今天忙了一天，早点儿回家休息吧。"

不过这会儿令琛好像也没什么话说。

"哦，好。"

两人沉默地出门。

过道很窄，衣袖时不时擦到。

感觉到和他肢体相触时，祝温书下意识收紧了双臂，忐忑地拉开一点儿距离。

直到把令琛送到了电梯里，他转过身时，两人才有视线的相接。

但他就这么看着祝温书，祝温书也看着他。

嘴巴却像被封印了一样，半天都想不到该说点儿什么，甚至连一句简单的道别都很难蹦出嘴。

眼看着电梯门就要关上了，祝温书突然有点儿不真实的感觉。

他就是我……男朋友了？

怎么感觉，他们现在比之前还要生疏了呢？

令琛终于开口道："早点儿睡。"

看吧。

就连道别，也更话少了。

下一秒，他紧抿的唇又轻轻动了一下："女朋友。"

祝温书忽然愣住，目光直直地看着他。

直到电梯门之间的缝隙只剩一指宽时，她才弯着唇角，"嗯"了一声。

门彻底合上，祝温书还是站着没动。

她伸手摸了摸自己脸颊，烫得就像在发烧。

唉，平时学的词汇都哪儿去了。

怎么这种关键时刻，她就像个哑巴，什么话都说不出来。

连令琛都比她淡定。

回到家里，已经凌晨十二点半。

站到门口时，令琛伸手摁指纹。

熟悉的开门声没有响起，反而是"嘀嘀"的报错声。

怎么又识别不成功？

令琛换了一只手，结果还是一样。

正想推起外壳按密码时，他一抬头，盯着陌生的门牌号沉默半晌。

然后转身朝自己家走去。

这次的指纹锁识别很灵敏，推开门时，令琛揉了一把脸，才迈腿进去。

书房的灯还开着，令兴言打电话的声音断断续续传出来。

令琛径直穿过过道，正准备回自己房间，令思渊就揉着眼睛从自己房间出来了。

看到令琛，他愣了一下。

"叔叔，你回来啦？"

"嗯。"令琛停在他面前，"怎么这么晚还没睡？"

"暖气太热了，我口渴。"

"去沙发坐着。"

令琛掉头去餐厅倒了一杯温水，并顺手开了客厅的灯。

令思渊乖乖接过，捧起来喝了两口，盯着令琛眨巴眼睛，问："叔叔，你怎么没跟爸爸一起回来？"

令琛："真聪明。"

令思渊："？"

令琛蹲下，摸了摸他的头："你怎么知道叔叔有女朋友了？"

令思渊："……"

快凌晨一点时，祝温书还没睡着。

她在床上翻来覆去，一会儿盯着仿佛在旋转的天花板笑，一会儿又拿被子捂住自己的头。

每每回想起令琛离开时说的那三个字，祝温书都感觉整个人飘在半空中摇晃。

女朋友。

她现在是令琛的女朋友。

可是想到自己今晚一句话都说不出来的表现，祝温书又觉得自己完全就是一只无头苍蝇。

也不知道能不能胜任这个角色。

果然还是怪自己经验太少了。

祝温书在床上滚了一会儿，拿起手机想找个人认真请教请教。

可她细数了一下和自己关系好的女生，好像个个还不如她呢。

正好这时钟娅还在给她源源不断地转发各种微博和帖子，都是今天的演唱会相关的。

祝温书有点儿死马当成活马医的心态，给她回了条消息。

祝温书：你说，谈恋爱要注意什么？

钟娅：？

祝温书：准确说，和明星谈恋爱要注意什么？

钟娅：祝温书你别逼我扇你。

祝温书：唉，我认真的。

祝温书：我担心我做不好，会影响他的工作。

钟娅：噢。

钟娅：这个我有经验啊。

祝温书：？

钟娅：打电话？

祝温书：可以。

钟娅：我给你仔细讲讲我跟"顶流"谈恋爱那几年。

祝温书：……

她放弃钟娅这个不靠谱的，正想放下手机，突然听到门外卫生间有轻微的脚步声。

看来应霏还没有睡觉。

祝温书想了想，应霏比较了解娱乐圈，说不定有想法，于是她又把同样的问题发给了应霏。

祝温书：霏霏，你说和明星谈恋爱要注意什么？

应霏此时正拿着手机蹲马桶，回得很快。

应霏：注意关好窗户，盖好被子。

祝温书：？

应霏：别被风吹醒了。

49

清晨。

因为下过雪，窗外天光格外亮。

祝温书睁眼时还以为快中午了，一看时钟，还不到早上九点。

昨晚她不知道自己几点睡着的，只知道此刻她的脑子还是一团糨糊，不足以支撑她起床。于是祝温书关掉闹钟，又睡了过去。

再次醒来，是被一阵铃声吵醒的。

她伸手在枕边摸了半响才找到手机，迷迷糊糊地看了眼来电。

"喂……"她的声音拖得很长，还带着一股嗔意，"干吗呀，大清早的。"

"大清早？快十一点了祝温书，你还没睡醒呢？！"钟娅的声量吼得祝温书脑袋都嗡嗡的，"你什么时候开始——"

忽然间，似乎是想到了什么，钟娅又压低声音："那个……我是不是打扰到你们了？"

祝温书愣了一下，才反应过来她什么意思。

"想什么呢你，我们没在一起。"

"啊？你昨天不是问我……"

"不是，我的意思是我们在一起了。"祝温书说到一半，破罐子破摔，"但是我们没待在一起！各回各家，各找各妈了！"

"噢，啧啧，真的假的？我可不信，大家都是成年人，怎么可能——"

电话里的声音突然断掉。

祝温书等了几秒，还是没听到声音，这才看了眼手机，显示"通话已中断"。

钟娅：等下，老板给我打电话。

祝温书便放下手机，睁眼盯着上空，天花板又开始转。

回想自己刚刚跟钟娅说的话，祝温书甚至有一种错觉，自己是不是还没睡醒？

上下眼皮又开始打架，祝温书刚要睡过去，铃声又响。

她又拿起手机，瞄了一眼屏幕就接起。

"我跟他没睡一起！！一个人睡的！"

电话里响起熟悉的男声："你跟谁……没睡一起？"

祝温书整个人都是迷糊的，心想这个时候说个别人的名字估计她下一秒就变单身。

"你……吧？"

"你跟我没睡一起……"他说，"你、很、生、气？"

祝温书眨眨眼睛，意识回笼后，突然坐了起来："没啊，我没生气啊，现在很开心啊。"

令琛："没睡一起，你很开心？"

祝温书："……不该吗？你身价多贵啊。"

"……我们俩现在这个关系，"令琛"啧"了声，"给个情侣价也不是不行。"

祝温书深吸一口气，不知道话题为什么变成这样。

但她的嘴巴好像不太受脑子控制。

"情侣价多少？"

"我算算。"令琛的声音停滞片刻，没头没尾地说，"我饿了，你请我吃顿饭吧。"

"嗯？"祝温书有点儿跟不上他跳跃的思维，"一顿饭就打发了？"

"唉，没接过这业务，不熟练。"

令琛叹了口气："而且，这个时候为了不破坏氛围，你应该说，'我们去吃什么'。"

"噢……"祝温书原封不动地照搬他的话，"那我们去吃什么？"

电话那头的令琛笑了下。

"高考后就'早恋'的祝老师，居然还要我来教。"

祝温书:"……不是早恋,你不要胡说。"

"祝老师说不是就不是吧。"令琛嘴上应了,却没打算放过这个话题,"那我们是什么恋?"

这个时候知道是恋爱了。

刚刚谈钱的时候怎么不提恋爱?

令琛久久没等到回应,"嗯"了一声,祝温书脑海里也没什么合适的词汇,脱口便道:"黄昏恋?"

令琛似乎噎了一下,随后说道:"不至于。"

祝温书正在想怎么回答时,令琛又说:"不过你再不起床,我真的要等到黄昏了。"

"噢,好的。"祝温书连忙掀开被子下床,"你今天不忙吗?"

"忙,忙死了。"令琛说,"不过总理日理万机都能写情书,我能比总理忙?"

祝温书抿唇笑了下,用肩膀夹着手机去拿牙刷、牙膏。

"我们在哪儿见?"

"我已经在你家小区门口了。"

"呜……啰!"

令琛:"你……吐了?"

祝温书:"……我吞了牙膏。"

其实令琛原本没打算这么早出门。

手机昨天一晚上都在响,他睡前开了勿扰模式,一觉醒来消息和未接电话堆积如山。

唯独没有祝温书的。

然后他给祝温书发了条消息,一个多小时也没等到回应。

抬头看了眼时间,还不到早上八点,但他怎么都睡不着了,于是起床翻箱倒柜挑了件衣服。

刚收拾好准备出门,碰见从书房出来的令兴言。

他显然一晚上没睡,双眼布满红血丝,连声音都是嘶哑的:"你要出门?"

令琛"嗯"了声。

令兴言："去干什么？"

令琛看着他，脸上一副"你怎么明知故问"的不耐烦表情，却还是很有耐心地、一字一顿回答："谈、恋、爱。"

令兴言："……"

令兴言真不明白令琛是怎么做到这么淡定的。

他一晚上都在不停地接电话、打电话，三个手机轮换着充电，外面的世界仿佛已经乱成了一锅粥，而始作俑者令琛却云淡风轻地说，要出门谈恋爱。

谁早上八点半出门谈恋爱啊！

令兴言感觉自己都快要炸了，但他没办法像令琛一样手机一关一丢，任凭外界的流言纷纷扰扰。

他拿了这么多钱，就得承担这么多压力。

只是——

令兴言问出几乎是憋出来的一句话："你能不能考虑一下我的感受？"

"抱歉，忘了你单身很多年了。"令琛拍拍他肩膀，"下次我注意。"

令兴言："……滚！"

令琛"滚"到门口，又被叫回来。

"你就这么去了？"令兴言黑着脸说，"把睡裤给我脱了！"

换好衣服下楼，司机的车已经停在楼下。

看见上车的是令琛，而且是独自一个人，司机有点儿疑惑："去哪儿？"

令琛正在琢磨措辞时，司机想到了什么，略迟疑地问："光华路那边？"

后座的男人抬起眉梢，慢悠悠地偏头撑着太阳穴，好像很惊讶的样子。

"你怎么知道我去找女朋友？"

"……"

"谁跟你说的？"

"……"

"周哥，你年纪也不小了，找女朋友没？"

"……"

原本很沉默寡言的司机恨自己怎么就非要在今天多这一嘴。

"谢谢关心,我已经结婚三年了。"

祝温书原本想刷个牙、洗把脸就出门,临到门口又觉得不行,好歹现在是男女朋友了,多少得注意点儿形象。

于是祝温书又返回来换衣服,把衣柜都翻了个遍也没找到合适的。

她心里着急,想着令琛还在楼下等,可越急就越找不到,眼看着二十分钟过去了,她一咬牙,决定还是先见面比较重要,于是换了毛衣套上大衣就冲了出去。

那辆熟悉的商务车果然停在路边。

祝温书在距离他十米远的地方停下狂奔的脚步,理了理头发,平复了呼吸,矜持地走过去。

"等很久了吗?"上车后,祝温书问。

"没多久。"令琛回答,"给你打电话的时候刚到。"

司机猛然回头,不可置信地看着令琛。

令琛抬眼:"怎么了?"

司机:"……没事。"

就是觉得他们两人对时间的概念不太一样。

前往餐厅的路上,司机忍不住频频从后视镜看后面的男人。

刚刚不是话挺多的吗?

怎么这会儿一句话都不说了?

祝温书也觉得有点儿不自在。

她出门的时候想了很多,第一次正式以女朋友的身份和令琛见面,要说什么?

算了,还是等他说吧,毕竟他在电话里挺会的。

结果真到了这时候,令琛和平时好像没什么区别。

就连到了餐厅包厢,两人也还是像之前那样面对面坐着,隔着老远的距离。

唉,这样不行,祝温书觉得自己一定得找点儿话题。

于是,点完菜,祝温书想了半天,才开口道:"你之前说自己读的二

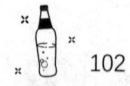

本，是哪所学校啊？"

令琛垂着眼说："比你的学校差得多。"

祝温书想起令琛之前问过她嫌不嫌弃他的学历，想补充自己不是那个意思，结果又听他说："不过你现在反悔也来不及了。"

"……"祝温书说，"祝老师为人师表，一言九鼎，八匹马都拉不回来的。"

"那我就不用担心被抛弃了。"令琛抬眼笑了，"黎城商贸学院。"

噢。

其实也还可以。

祝温书又问："什么专业？"

令琛："旅游管理。"

跟音乐真是八竿子打不着。

"那你怎么去唱歌了？"

"在学校附近酒吧驻唱，被人拍了发到网上，然后有音乐公司来联系我。"

"噢……那你拿到毕业证了吗？"

听完，令琛摸了摸下巴。

"你在跟我相亲？"

祝温书："……相亲算不上。"

她心里有小雀在飞，便有点儿控制不住自己的嘴："顶多算相爱。"

说完见令琛愣住，她撇了撇嘴。

这就被尴尬住了吗？

"理解一下，语文老师词汇多。"

令琛的手指擦过双唇，摁了摁嘴角："嗯，理解，那我们继续相爱——"

祝温书抬眼看过来。

令琛："继续相亲。"

祝温书别开脸笑了下，再回头，发现这人不知什么时候坐到她旁边了。

裤子相碰，隔着布料，能感觉到他腿上的肌肉。

祝温书忽然觉得有点儿热，却又不想拉开距离。

"我想想。"

她一会儿抬眼看他，一会儿移开眼睛，两人的目光就这么在安静的空间里撞来撞去。

后来祝温书实在承受不住了，羞赧地垂下睫毛，视线却不舍得离开他。

目光一寸寸地从他的脸下移到脖颈……胸膛……腰间……

然后看到他指尖的茧。

是长年累月磨砺的痕迹。

"你高中就开始学音乐了吗？"

令琛垂着头笑了下："高中哪儿有那钱。"

祝温书之所以这么问，是因为想到张瑜明说《小蚕同学》是令琛十几岁时写的。

思及此，她有点儿震惊："那你怎么发现自己会写歌的？"

本来只是一个平常的问题，令琛却别开脸，摸了摸耳垂。

这种事情怎么说呢？

初三毕业那年，他在家附近的便民书店兼职。

那段时间他一直处于极度纠结的状态，爸爸的病情越来越严重，每天早上都会跑到卫生所门口蹲着。

一蹲就是一整天。有时候傍晚回家，有时候半夜还不见人。

特别是冬天一到，天色暗得早，往往他放学到家了还没见到他爸爸。

一个正常的成年人长此以往都会让家人担心，何况一个神志与孩童差不多的人。

意外出现过很多次。

要么是被恶作剧的人整蛊，要么是被存了歹心的人骗钱，最危险的事情，是爸爸好几次在途中摔进路边的小河，所幸被住在河边的好心人救了起来。

他不知道爸爸是无意还是一心寻死。

他每一次赶到现场，都后怕得嘴唇发白。

他已经失去了妈妈，无法承受再失去另一个至亲的痛，或者被抛弃。

而且，家里的经济状况实在是负担不起两个人的生活了。

等他上了高中，看着爸爸的时间会更少。

那段时间，十五岁的他总在无数个夜晚辗转难眠。

如果辍学打工,既可以补贴家用,还可以守着他爸爸,以应对层出不穷的意外。

后来,无论是夜晚,还是白天,这个念头也见缝插针地冒出来。

就连邻居都劝他:"小琛啊,还读什么书?反正也没钱读大学,还不如好好照看你爸爸。"

可别人越这么说,他越挣扎。

他想读书,想上大学。

想试着去摸一下,遥不可及但至少有期待的未来。

每时每刻,他的脑海都像有两个小人在疯狂拉扯,压得他寸步难行。

他做不出选择,跨不出一步。

分明是摇摆不定最折磨人,可他宁愿被折磨。

他承认自己是个懦夫,做不到快刀斩乱麻,不能选择明确的目标埋头向前。

眼看着临近开学的时间,他每次经过一中都会刻意加快脚步。

害怕自己多看一眼,就更做不出决定。

渐渐地,令琛没有明确地做过决定,却在日复一日的绝望中明白未来的走向。

他没有办法抛下爸爸继续读书。

他走不进一中的校园。

距离新生报到只剩一周。

他照例去书店工作,整理好展示台的新书后,他拿起一本高中教辅,还没翻开,又扔了回去,随便拎了一本小说,缩到角落里翻看。

清晨的书店鲜有客人,连老板都在收银处打盹儿。

他清静地看着小说,只是没几页,就兴趣全无。

他皱着眉倒回去看书名——《一个陌生女人的来信》。

好像还挺出名的。

抱着名著一定不会差的想法,他又勉强自己翻了几页。

可他对这种暗恋实在无法共情,只觉得字里行间都是作者的自我陶醉。

看到第十页时,他终于忍不下去。

合上书的前一秒,门口风铃声响起。

他下意识抬眼看去，艳丽晨光中，一个梳着高马尾的女生背着书包走进来。

她扬着下巴扫视店内一圈，随后直奔教辅区。

狭窄的店门好像消失了，大片大片的阳光射进来。

眼前的画面仿佛被慢放成一帧一帧的。

他的视线被她牵着移动，像个失去了自我意识的机器人，头跟着她的轨迹转动，耳边却有什么声音在响动。

那股声音越来越急躁，劈头盖脸砸在他耳里、脸上、身上，甚至整个书店，铺天盖地地席卷了全世界。

他感觉自己明明坐在地上，却像沉溺在海里，鼻腔和喉咙都灌满了水，喘不上气。

当她经过他面前时，他抱紧手里的书，像在海里找到了一根漂浮的稻草，急匆匆收回视线低下头，仿佛要把脸埋进书里。

门口的老板支着脑袋，哈欠连天地说："书书来买书了？要上高中了吧？"

"嗯。"女生点点头。

老板又问："上哪所高中啊？"

"一中。"

"一中好啊，离你奶奶家近，哪个班啊？"

"不知道呢，要开学了才晓得。"

女生的身影消失在书架后，空气里余留一股淡淡的清香。

他从书里抬起头，视线飘飘荡荡、摇摇晃晃，最后落在还未来得及合上的书页上——

"我的心像琴弦一样绷得紧紧的，你一出现，它就不住地奏鸣。"

"不方便说吗？"见令琛一副难以启齿的模样，祝温书说，"没关系，我只是随便——"

身旁的男人突然靠了过来。

他的脸颊贴着她的脸颊，细细磨蹭。

发丝在两人的肌肤之间带起一阵酥痒，密密麻麻地蔓延至全身。

祝温书浑身一颤,即刻僵住。

而令琛的手却抚上她的脖颈,温热的掌心往里一摁,同时将脸埋在她另一侧脖子上。

"听见了吗?"他的声音闷闷传出来。

祝温书木着嘴唇,喃喃道:"什么?"

"你可能没办法体会。"

耳鬓厮磨间,祝温书快听不清令琛的声音,脑海里全是其他响动。

"我一见到你,耳边就会响起好听的旋律。"

50

这一整天,祝温书都像是飘在半空中度过的。

直到第二天站到学校门口,看着来来往往的家长学生,听见此起彼伏的鸣笛声,她才有一种自己回到了现实生活的感觉。

她照例先去教室看了一眼,正好在后面碰到扫垃圾的令思渊。

"老师早上好!"

"渊渊早上好。"

祝温书半蹲下来帮他理了下围巾,问道:"周末过得怎么样?"

"呃……不怎么样。"令思渊噘着嘴念念有词地说,"一点儿都不开心。"

"怎么啦?"

"叔叔惹到爸爸了,爸爸很暴躁,我在家里都不敢说话。"

祝温书偷偷摸摸张望四周一圈,把令思渊扯近了点儿,小声说:"你叔叔怎么招惹你爸爸了?"

令思渊:"就是、就是他有女朋友了!"

果然。

祝温书本来有点儿开心,但想到那些明星八卦,那层开心又蒙了一层灰。

"你爸爸因为这个很生气吗?"

"也不是吧……"令思渊把脸搁在扫把杆儿上,学他爸爸老神在在地叹了口气,"叔叔天天说天天说,肖阿姨都烦他了!"

祝温书："……"

她抿着唇，想憋笑又忍不住，最后急匆匆地转身走了。

去办公室的路上，祝温书想着想着又叹了口气。

唉，其实她也有点儿想和别人分享，想像施雪儿一样在朋友圈发合照，想在闲暇时和男朋友四处闲逛。

但理智告诉她不能这样做，也不可能有这样的机会。

思及此，祝温书的情绪莫名低落。

办公室里几个老师正在闲聊，见祝温书进来，王老师回头问："小祝，你元旦节回家吗？"

"要回的。"祝温书问，"怎么啦？"

"是这样的，"王老师在吃早餐，人没过来，就在座位上说，"上次不是说给你介绍对象吗？昨天我老公跟我闲聊，说有个学生很不错，比你大几岁，刚博士毕业，是他们院里心外科的青年才俊呢，你要不要认识认识？合适的话咱们找个时间一起吃饭。"

祝温书整理办公桌的动作顿了一下，小声说："不用了王老师，谢谢您帮忙，我有男朋友了。"

"啊？你说什么？"王老师嘴里嚼着面包，说话含混不清，"去不去啊？我先给你看看照片吧，小伙子高高帅帅的。"

"不用了。"

祝温书稍微提高了点儿音量，但王老师似乎还是没听见，已经把手机掏出来了。

眼看着她就要把照片递过来，祝温书大声说："我有男朋友啦！"

办公室安静了一瞬。

祝温书这才意识到，自己声音是不是大了点儿？

她讪讪扫视四周，然后就看见大家都揶揄地投来目光。

"哎呀，知道啦知道啦。"

"看你这兴奋得，回头去学校广播站宣布吧。"

"还是年轻好啊，谈恋爱真是开心。"

在一片调侃声中，王老师咽下面包："这么快啊？"

祝温书低头"嗯"了声。

王老师还想说什么，一旁的女老师便说道："给我们看看照片呀，祝老师的男朋友肯定很帅吧？"

有人这么一提，其他同事纷纷起哄要找祝温书看照片。

她哪儿敢给别人看照片。

"我没他照片。"祝温书说，"他不爱拍照。"

"哎哟，害什么羞啊。"王老师拍拍祝温书肩膀，"给咱们看看呗，都是过来人了，还可以帮你把把关。"

祝温书心想光看个照片怎么把关，纯看面相吗？

"他长得……不太好看。"祝温书也没想到自己说起谎来可以这么面不改色，"有点儿拿不出手。"

起哄的同事们突然安静了下来，满脸不相信。

可若不是这样，也说不过去。不然她为什么不肯给大家看照片呢？

"要上课了，我先去教室了。"

"哎，一起啊。"

"我也上课去了。"

只有王老师还用关切的眼神看着祝温书："那……我还是给你留意着，要是哪天你想开了，我再帮你介绍。"

祝温书点点头："我想得挺开的。"

同事们散开，祝温书舒了口气，正想开电脑，耳边又响起一个声音："你有男朋友了？"

祝温书回头就看见窗边祝启森的一张大脸，吓得整个人往后一弹。

"你怎么来了？！"

"学校是我家，我怎么不能来？"他抬手从窗边递进来一个小袋子，"雪儿送你的生日礼物，叫我带给你。"

"噢……好的。"祝温书收下礼物，没什么表情地说，"我等下跟雪儿老师道谢，你可以走了。"

"走什么走，我还没问完呢，你什么时候有的男朋友？我怎么不知道？谁啊？干什么的？怎么不带出来见见？"

祝温书面无表情地打开电脑，一个字都没回他。

"你说话呀，干吗呢祝温书，还是不是朋友了？

"你真找了个丑男？不是吧，祝温书你什么时候瞎的？"

"真不带出来见见啊？我跟你说，你把他带出来让我和雪儿给你把把关，免得被人卖了还帮着数钱。"

祝温书烦不胜烦，转头瞪着他："不带，不见，不数钱。"

"啧……"祝启森摇摇头，"你还怕你男朋友看上我不成？自信点儿啊小祝老师。"

说来也巧，接连好几天祝启森都在上下班时间撞见祝温书，只见她还是和平常一样独来独往，午饭也是和大家一起去食堂。

周四下午放学，祝启森看见祝温书把学生送完，凑上去说："我懂了。"

祝温书瞥他一眼："你懂什么了？"

"你没男朋友吧？"祝启森说，"只是为了应付同事？"

祝温书："……你真的很闲，下班了不用去接雪儿老师吗？"

"要啊，马上就去，晚上要约会的。"

"唉，你看你自己也明白，你这哪儿像有男朋友的样子。"

祝启森摇摇头："还是别装了，回头我给你介绍几个帅的，也别说什么丑不丑的。"

祝温书懒得理他，转头往街对面一看，目光突然定住。

熙熙攘攘的路口，停着一辆黑色商务车。

她抿着唇看了几眼，然后推开祝启森："你赶紧去约会。"

"行行行。"

祝启森跨上自行车，骑出去之前还说："先去买束花看电影咯。"

等祝启森走远了，祝温书才一路小跑过去。

站到车门外时，她看了眼四周，然后盯着车窗轻咳。

等了会儿，门没开。

怎么回事，平时不都是她来了就自动开门吗？

祝温书歪头，伸手敲了下车窗。

车窗徐徐降下，露出一张完全陌生的脸。

"您找我有什么事吗？"

"……"祝温书露出一个尴尬又有点儿礼貌的笑，"您这车可真漂亮。"

110

男人:"您喜欢?那我下来给您兜两圈儿?"

祝温书:"……抱歉,我没那意思,就是提醒下您这边不能停车,等会儿交警该来了。"

男人一听,立刻把车开走了。

祝温书目送着这辆车离开,觉得自己真是魔怔了。

明明连车型都不同,她居然能认错。

大概是因为确实好几天没见到令琛了。

她叹了口气,转过身,站在公交站台上,低头给令琛发消息。

祝温书:好丢人,刚刚把一个路人的车认成你的车了。

前几天的这个时候令琛都忙得不可开交,往往回消息已经是半夜,所以祝温书也没期待他能回复。

却没想到今天有点儿例外。

c:?

c:才几天不见,你就认不出你男朋友了?

祝温书本来想提醒一下,她说的是车,但又觉得他这么理解好像也没问题。

祝温书:嗯,不记得了,已经想不起来你长什么样了。

c:那你回头。

祝温书目光亮了一瞬,立刻转身。

几米外的路边,果然停着那辆普普通通的小轿车。

她才注意到,今天天气特别好。阴冷的冬日难得放了晴,艳阳照得所有事物都仿佛在发光。

祝温书一路小跑过去,坐进车里还没顺好气就问:"你怎么来了?"

令琛正想张口说话,转头看见祝温书亮晶晶的双眼,她胸口还微微起伏着。

他神色凝在脸上,半晌才开口:"这么开心吗?"

"不是很开心。"

祝温书埋下头,没看见令琛黯淡下来的眼神。

"是超级开心。"

说完没听到回应,祝温书懊恼地揪住了衣服。

怎么就管不住这嘴呢。

好像有点儿尴尬。

"你要是觉得有点儿肉麻……"祝温书说,"那就当我没说。"

"是有点儿肉麻。"

祝温书:"……"

"再说两遍。"

"?"祝温书抬眼看令琛。

他侧头看过来,舌尖顶着腮,也不知是在笑还是在调侃。

"多听几遍就习惯了。"

"好吧,我……"

祝温书很努力了,但这种脱口而出的话很难再重复:"算了,我说不出口。"

"害什么羞。"

令琛靠过来,伸手拉过安全带,用上肢将祝温书环住。

当他的脸靠近耳侧时,祝温书听见他低声说:"我也超级——"他像是刻意拉长了语调,"喜欢你。"

见祝温书愣着没回应,令琛轻叹了口气,低头继续给她系安全带,说的话有点儿轻佻,但语气沉沉的:"这点儿话说不出口了,像个纯情中学生,以后要是再有点儿什么——"

令琛的声音和动作同时戛然而止。

他垂着眼,目光落在祝温书肩头,久久没动。

祝温书此时也僵着,眼珠乱转,一时不知道该看哪儿。

刚刚,她是不是没克制住,亲了一下他脸颊?

好像是吧。

祝温书又垂眼,看见那张近在咫尺的侧脸,心头猛跳。

这谁能忍得住啊,也就是动动脖子的事情,她脑子还没想清楚嘴巴就先替她做了决定。

良久,她身前的人轻微动了下,说:"闭眼。"

祝温书:"……我吗?"

令琛:"不然呢?"

祝温书忽地闭上眼，很用力，感觉全身的力气都用来闭眼了。

但想象中的吻没有落下来，只是额头被轻轻地碰了一下。

温热的唇贴上来时，祝温书感觉全身的力气都消散了，只剩睫毛在轻颤。

"你下次再这样——"令琛的声音有点儿哑，几乎要被呼吸声盖过，"能不能选个没人的地方？"

许久之后，祝温书睁开眼睛，令琛已经坐回了驾驶座，还戴上了口罩。

原本想说的话在看见他耳根染着一股红晕时转了个弯。

"哦，知道了。"

令琛抬了抬眼，又听她说："纯、情、中、学、生。"

"……"

车厢内沉寂半晌，令琛的呼吸又变重。

但他没再说话，沉默地启动汽车，一脚油门踩了下去。

小学放学早，还没到晚高峰时间，路上车不多。

令琛开得很快，而且在朝着祝温书完全不熟悉的方向开。

"开这么快干吗？"祝温书很惜命地抓紧安全带，"去哪儿啊？"

"去一个没人的地方。"令琛冷着脸说，"做不纯情的事情。"

祝温书："……"

车一路开出了城区，道路越来越宽，车越来越少，祝温书被这路途弄得越来越紧张。

什么不纯情的事情，要去荒山野岭吗？？

她渐渐开始用别样的目光打量令琛，不敢相信这人居然……玩这么野？

你可是个大明星啊令琛！

我可是个人民教师啊！

可惜任祝温书心里想法百转千回，一会儿抠抠手指，一会儿看着窗外，一会儿又欲言又止地看向身旁的人，但令琛始终一言不发。

祝温书大概经历了人生中最漫长又忐忑的四十分钟。

最后，车停在一座大桥上。

这里离市区已经有二十多公里，别说人烟，偶尔有几辆车都是飞驰而过。

"下车。"

令琛说话的时候已经摘了口罩并解了安全带,而祝温书看着这地方还有点儿愣。

等令琛绕过来给她拉开车门,她才有了动静,慢吞吞地下车:"这里是……"

话没说完,令琛突然牵着她的手朝大桥中间快步而去。

没有了建筑的遮挡,这座大桥上北风怒号,一目尽天涯,连西沉的太阳也状若火盘。

令琛牵着祝温书走了很久,到后面几乎是小跑。

祝温书跟不上他的脚步,头发几次被侧面的风吹得盖住了嘴巴,最后,他终于停下。

四周只有"呼呼"作响的风声,令琛站在栏杆旁,侧头看向祝温书:"是不是你以前作文里写的'恢胎旷荡'?"

长期生活在钢筋水泥的城市里,祝温书确实也很久没有看过这样的风景,即便寒风吹得她快睁不开眼。

"是啊。"她靠着栏杆,放眼望去,澄江如练,连接着被太阳烧红的天幕,她没发现自己说话都像在喊,"你还记得这词呢?"

祝温书自己都记不清这是多久之前的事情,只记得当时她在作文里用了这么不常见的词,语文老师专门提了一下。

令琛没回答她的问题。

"今天经过这里,觉得很美,就想带你来看。"

祝温书迎着风笑了起来,闭眼深呼吸。

"是很美。"

"祝温书。"

"嗯?"

"我可以亲你吗?"

祝温书蓦地睁开眼,眨了下眼睛,才转头去看他。

令琛微微低头,眼眸被阳光映得很浅,头发也缀着淡淡的金光。

他没有笑,也没有像往常那样扬着眉眼来掩盖自己的不够从容。

祝温书看见他把情绪明明白白地流露出来，仿佛这一刻，才有他真正在等的答案。

不是止于身份上的男女朋友，而是要一个明确的肯定。

"令琛，"祝温书的声音被风吹得很散，"我不是一个很会表达自己心意的人。"

她顿了顿，低下头。

"但如果你想亲我，我只会说——

"好的。"

呼啸的风声突然变得很远。

令琛俯身靠过来的时候，祝温书立刻闭上眼，深深地吸了一口气。

他的唇温热柔软，他的动作生涩却热烈，压得祝温书背靠着栏杆微微后仰，长发被风吹得四处飘扬。

祝温书在这个毫无章法的亲吻里感到一股快要冲破胸膛的刺激与满足。

几个小时前，她还在喟叹自己的男朋友万众瞩目，却也因此，他们不能做一对普通的情侣。

但此刻，地阔天长，落日灿烂，他们在昭昭之宇里，肆无忌惮地接吻。

第 四 章

只喜欢你一个

51

这天晚上,祝温书的朋友圈更新了一条内容。

单单一张照片,配了一句"Today(今天)"。

图片里火红的夕阳被江河尽头切割掉一半,镶嵌在绯红的天空与壮阔的河水之间,光芒万丈。

但因为独特的拍摄角度,这样宏伟开阔的场景多了几分柔情,像少女垂眸,温柔地凝视着落日。

这是祝温书趁令琛不注意的时候偷偷拍的。

原本他还入镜了,但为了稳妥起见,祝温书刻意裁掉了他的侧脸。

发出去后,祝温书弯腰换个鞋的工夫,朋友圈便多了许多点赞评论。

因为她的图片没什么实质性内容,所以评论大多也只是夸夸风景或者询问"这是哪里"。

但其中一个人也这么问,就显得有点儿欠。

c:这是哪儿呢?

他像是发了语音一般,祝温书脑海里都能浮现他说这话的语气。

回到熟悉的空间,四周安静下来,只剩她一人,那股唇齿间余留的纠缠感又充盈起来。

祝温书摸了下自己唇角,没有搭理他,倒是令兴言冒了个泡。

令兴言回复c:您告诉我这是哪儿呢,下次我跳江去这里好不好?

祝温书笑了笑,没有理这两人。

脱了外套正要进房间,应霏从卫生间里走了出来。

她看到祝温书,没有像往常一样打招呼,而是盯着她,一副欲言又止的模样。

"怎么了？"祝温书问。

"你平安夜那天……"应霏说，"去令琛的演唱会了？"

毕竟这是跟自己住在同一屋檐下的人，祝温书听她冷不丁这么问，浑身神经忽然绷紧："你怎么知道？"

"……我看到你出现在大屏幕了。"

"噢……"想到应霏不喜欢令琛，祝温书进来表现得很平淡，"我是去了，随便看看。"

应霏拧眉："可你不是去约会的吗？"

祝温书干瞪着眼，突然不知道怎么解释。

好在应霏是个很"聪明"的人。

"你的约会，就是去看令琛演唱会？"

祝温书想了想，这个说法好像也没问题："是的。"

行吧。

应霏现在心里有明确答案了。

这几个月的种种迹象，包括祝温书和"雪媚娘"混到一起，都可以表明她就是喜欢令琛，非常喜欢令琛，绝对是个铁粉。

"嗯……没事，我就随便问问。"应霏表情复杂地垂下头，走了两步又提醒道，"今晚又要降温，你注意关窗啊。"

"好，你也注意别感冒。"

祝温书回到自己房间，坐下来挠着脑袋想：看来应霏是真的很不喜欢令琛，那万一某天……自己和令琛的关系被她发现了，自己会不会被扫地出门？

可祝温书挺喜欢和应霏住一起的，也不想再花时间再去适应新的室友。

半天想不出解决办法，祝温书耷拉着眉眼叹了口气，洗完澡再出来，朋友圈的评论又多出许多条。

祝启森：这是哪儿呢，约会去了吗？

后面还跟着一个"狗头"表情包。

施雪儿回复祝启森：什么约会，傻不傻，这是令琛的图。

祝启森回复施雪儿：？

施雪儿回复祝启森：我就说，没有人能躲过我们令琛的魅力！祝老师现在也是粉丝了嘻嘻!
啊?
祝温书眼皮跳了两下。
施雪儿这话什么意思?
祝温书一头雾水,慌慌张张地点开她的对话框。
祝温书:什么叫……"这是令琛的图"?
施雪儿:啊?你说你朋友圈那个照片吗?那不是令琛微博的照片吗?
祝温书立刻打开微博。
不用她专门去搜,令琛那条微博已经被转到了她的首页。
确实是一样的照片,甚至连配文和发表时间……也一样?
祝温书仔细确认了一遍,令琛大概就比她晚发了几十秒。
这算是令琛在演唱会后的首次"露面",下面的评论比往日都多。
我真的吃琛啦:"小蚕同学"是真的吗???
吸一口香辣脆爽:老公我失恋了呜呜呜呜!
Bellasleepmeer:是新专辑封面吗?一定是吧!
保持好心情:哥,我们心脏不好,"小蚕同学"是真的假的?
祝温书粗粗翻了几条评论,几乎没有人关心这张照片在表达什么。
自然也没有人会联想到,这是令琛存了她的图再发到微博的。
她轻摇头,有点儿无奈地笑了下。
再切回微信,一个很久不联系的朋友也发来了消息。
张潇夏:你也喜欢令琛?
祝温书只回了一个字。
祝温书:嗯。
张潇夏:哦对,你都去他演唱会了。
第二天是周五,也是今年最后一天。
三天的元旦假期让学生躁动不安,连老师都没什么上课的心情。
到了下午,许多没课的老师已经陆陆续续走了。
祝启森算是比较惨的,还有下午最后一节课。
目送着其他同事兴高采烈地去跨年,他无所事事地在办公楼逛了几圈,经过祝温书办公室时,趴在她窗边问:"你晚上有啥安排?"

祝温书瞥他一眼:"怎么了?"

"雪儿昨天问我呢,你要是没安排,就跟我们一起跨年去。"

祝温书整理着办公桌,嘀咕道:"你们小两口跨年,我去当什么电灯泡。"

"我还叫了其他人,咱们体育组的老师,还有俩大学同学,人多着呢。"

祝温书手里的动作停下,有点儿心动。

毕竟是跨年,她也不想一个人待着,何况祝启森那边还都是熟人。

可还没等她开口,祝启森看出她的心动,嬉皮笑脸地说:"你那个传说中的男朋友呢?跨年都不陪你啊?"

"……"祝温书扬着下巴"噢"了声,"陪啊,当然要陪。"

祝启森摇了摇头,搞不懂祝温书这是死鸭子嘴硬还是怎么。

两人这么多年的朋友关系,要是真有男朋友,干吗藏着掖着?要是没男朋友,又何必在他面前硬撑?

他想不明白就不想,起身伸了个懒腰:"行吧,上课去咯,祝老师新年快乐。"

"当然——"他扭头说道,"你要是落单了没去处,就给雪儿打电话,多你一个不多。"

等祝启森一走,祝温书立刻趴在桌上叹了口气。

她今晚确实落单了。

身边的朋友要么同事聚餐,要么情侣约会,她也不好意思插一脚。

至于她新"上任"的男朋友……此时正在参加跨年演唱会的彩排。

放学后。

路边张灯结彩,热闹喧哗,四处洋溢着新年气氛。

放眼望去,就连路边的狗都是出双入对的。

祝温书像一只流浪猫,慢吞吞地沿着街道走回家。

推开家门,祝温书看见阳台窗户没关,一盆霜打的君子兰在风中孤零零地飘着,十分感同身受。

其实去年她也是一个人过的元旦。当时她刚刚入职,又临近期末,手里堆着许多工作,拒绝了朋友的邀请,一个人在家里和电脑跨了个年。

但今年,物是人非,她感觉自己真是越来越弱。

其实她也不是非要令琛陪着她,只是觉得辞旧迎新的时刻,连亲耳听他说一句"新年快乐"都不行,多少有点儿惆怅。

"你怎么回来了?"应霏的声音打断了"祝黛玉"的多愁善感,"你没出去玩?"

祝温书摇头:"没呢,你也在家?"

"本来约了个朋友,结果她追的男人突然找她,我就被放鸽子了。"说到这儿,应霏狐疑地打量祝温书,"你不是有……在追你的男的?他没约你啊?"

祝温书舔舔唇,老实交代:"他四五个月前就定了个工作,改不了安排。"

"啊?"应霏问,"什么工作要在这个时候啊?"

"搞文娱的,要办个晚会。"

噢……这就能理解了。

应霏没再多问,两个人在屋子里沉默了一会儿,忽然都抬头看着对方。

"那咱俩……"

"出去吃个饭?"

两人说走就走,趁着车流高峰到来之前出了门。

但她们显然低估了跨年人流的威力,还不到晚上六点,各个餐厅就排满了人。

两人等了快俩小时还没吃上饭,应霏先打起了退堂鼓,说"回去吃点儿泡面算了"。

但又听朋友说这会儿特别堵,根本打不到车,连地铁也挤得要死,于是两人只好继续等,终于在晚上九点排到了号。

由于客流量大,这家店上菜特别慢,祝温书等到九点半才吃上第一口饭。

桌边手机响了下,她连嘴里的菜都没咽下去就伸手拿手机。

应霏见她慌乱的样子,摇头笑了笑。

是令琛发了一张照片过来。

照片场景貌似是演播厅后台,杂乱拥挤,一个正在做造型的男人背影入了镜,他穿着花里胡哨的外套,头发上还挑染了几缕蓝,撒着细碎的亮片。

祝温书其实是不喜欢这种风格的,但既然令琛发了,她就昧着良心夸一夸吧。

祝温书:真帅!

c:?

怎么,彩虹屁力度不够?

看来有必要给他展示一下语文老师的词汇量。

祝温书:你真是玉树临风!气宇不凡!风流倜傥!品貌非凡!

c:这不是我。

祝温书:"……"

不是你你发什么照片?

c:果然。

c:一天不见,你又忘了你男朋友长什么样。

几乎是收到这两条消息的同时,令琛的视频通话请求弹了过来。

祝温书想都没想就挂了视频通话,看向对面的应霁时,还有点儿做贼心虚的慌张感。

c:?

祝温书:我跟朋友在外面吃饭。

c:哦。

c:那你十一点四十分能到家吗?

祝温书:不一定。

祝温书:你十一点四十分回来?

c:我十一点四十分开屏。

祝温书:?

等了几分钟,对面才回消息。

c:刚刚跟令兴言干了一架。

祝温书:?

c:那条消息是他发的。

祝温书低头捂着嘴笑,笑着笑着,直接趴到了桌上。

"差不多得了。"应霁在对面咳了声,"你面前还坐着一条单身狗呢。"

"噢……抱歉。"祝温书起身摁了摁嘴角,"我下次注意。"

由于心里记挂着令琛"开屏",祝温书忽然有点儿后悔出来吃这顿饭,就该在家守着电视机的。

于是应霏刚放下筷子,祝温书就说:"那咱们回去了?"

"行。"应霏看了眼时间,眉头紧锁,"都十点多了,也不知道还堵不堵。"

堵。

当然堵。

堵到祝温书和应霏等了半小时还排在打车软件的第三百零四位。

她们又尝试了一下走地铁站,结果地铁直接堵到停运。

两人站在地铁口,吹着寒风,大眼瞪小眼。

"怎么办?"

"走回去?"

"七公里……"

"那等着吧。"

眼看着已经快十一点了,祝温书心知自己是赶不上令琛"开屏"了,不由得站在路边叹了口气。

"早知道不出来了。"应霏心里也记挂着叶邵星的表演,整个人都有些暴躁,"你说这些情侣大过节跑出来挤什么挤!"

祝温书没说话,默默地看手机。

今晚发朋友圈的人特别多,祝温书刷着刷着,看见施雪儿几分钟前也发了条。

施雪儿:长兴路堵死了,大家不要走这边!能不能来架直升机带我走啊,我还想回家看跨年演唱会呢!

祝温书给她评论了一条:我也是。

没几分钟,施雪儿私聊她。

施雪儿:你也堵在长兴路了?

祝温书本来想说自己也想回家看跨年演唱会,但听施雪儿这么说,她抬头看了眼路标。

还真是。

祝温书：我在长兴路地铁口这边。

施雪儿立刻打了个电话过来。

一接起，祝温书便听见背景音里的嘈杂声。

"祝老师，你坐地铁啊？今晚地铁停运的！"

"我知道。"祝温书说，"在等车呢，打不到。"

"今晚肯定打不到车的，这样，你就站在那里别动，我们往前开一个路口就到了，过来顺路接你。"

祝温书本来都想答应了，但转念一想，这有个施雪儿的死对头站在一旁呢，于是说道："不用了，太麻烦了，我们再等等……"

"哎呀，这有什么麻烦的，我们已经拐过来了，你就等着啊。"

"哎——"

说话间，祝温书果然看见不远处的路口一辆白色奥迪拐了过来，正在缓慢挪动。施雪儿开窗探头，朝她疯狂挥手。

几分钟后，车开到了路边。

施雪儿伸出脑袋，正要说话，看见旁边站着应霏，整个人愣了下，但还是开口道："祝老师，上车吧，站外面多冷。"

应霏自然也看到了施雪儿，但她什么都没说，别开脸张望着另一头的人群。

"那……"祝温书看看应霏，又看看施雪儿，一时不知道怎么办。

"你跟他们走吧。"应霏说，"我再等等。"

"算了，我跟你一起出来的。"

祝温书转头对施雪儿说："我们还是再等……"

"等什么啊等！"被堵得暴躁的祝启森吼道，"这天这么冷，你们要在这儿等到天亮？赶紧的！前面在动了！"

见应霏还是梗着脖子，施雪儿手肘撑在车窗上托腮，笑眯眯地说："真不上车啊？今晚降温呢，等上几个小时直接变雪人了。"

僵持半响，祝温书拉了拉应霏袖子："那……"

"走呗。"应霏突然拔腿上前开车门，一下子坐了进去："谢谢啊。"

施雪儿悠悠转身："不客气，我这人向来大气。"

祝启森虽然很直男，但也感觉到这两人之间气氛好像不太对。

等祝温书坐上车,他朝她使了个眼色,但祝温书什么都没说,还做了个"拉拉链封嘴"的动作,示意他也别乱说话。

一车人就这么沉默地待着,过了半小时,也才向前挪动了两百米。

不过车上至少有暖气,不用受冻。

祝温书拿出手机看了眼时间,已经十一点三十五分了。

看车上这状况,她也不好拿手机看跨年演唱会。

唉,真是复杂。

刚想到这儿,前座的施雪儿倒是十分自然地掏出手机,打开视频平台看起了演唱会。

声音开得大不说,还自言自语道:"我们家令琛怎么还不出来呢?"

"唉,十一点半了,该出场了吧。"

祝启森说话哄她:"红嘛,是要压轴的。"

祝温书轻咳了声,没人理她,于是她只好拿着手机装路人。

令琛的消息恰好在这时候发来。

c:到家没?

c:我要准备上场了。

"是呢,太红了,没办法。"施雪儿还在碎碎念,"那些乱七八糟的表演都结束了,令琛应该已经在后台准备了吧。"

后排的应霏冷不丁说:"也可能在后台给你家嫂子说情话呢。"

"嫂子"本人手一抖,手机差点儿落地。

不过此时车内没人注意到她的情况。

施雪儿笑着回头:"嫂子怎么了?我们这些粉丝都巴不得令琛赶紧谈恋爱呢,等他结婚我们给他放三天鞭炮,毕竟是靠实力吃饭的,又不是爱豆,难不成我们还傻乎乎地妄想他还是个处男?"

说完,她朝祝温书抬抬下巴:"是吧,祝老师?"

"啊?"被提到的祝温书说,"我怎么知道他是不是处男?"

"……"

车里瞬间安静,施雪儿"扑哧"笑了出来:"祝老师,你真会抓重点。"

一旁的祝启森傻乎乎地侧头拍施雪儿肩膀:"宝贝儿,你快看,那边大屏幕放着呢。"

车里所有人都朝路边看去。

这条路沿江,一边是步行街,一边是江边大排档。旁边一家店坐满了人,店家摆了个投影仪,正播着跨年演唱会。

"哎!哎!令琛出来了!"施雪儿整个人快趴在祝启森身上了,"你让开点儿!别挡我!"

热闹喧哗的大排档人头攒动,有的在喝酒划拳,有的在看大屏幕。

隔着半条街的距离,在车里也听不清节目的声音,只能看见人像。

也行吧。

祝温书弯着唇角,视线越过熙熙攘攘的人群,看完了令琛的三首歌表演。

就是不知道他以前是不是也这样,老看镜头。十几个机位的镜头都被他盯了个遍。

等他下台,今年只剩最后几分钟。

六个主持人全部上台说着贺词,大排档也没人再看大屏幕。

直到开始倒计时,整条街越发热闹,却热闹得很统一。

"十、九、八、七——"

渐渐地,大排档路人跟着电视里的主持人一起倒数。

"六、五、四——"

所有人都被气氛所感染,就连一直冷着脸的应霏也趴在车窗上盯着天空,脸上表情松动。

"三、二——"

最后一声倒计时落下,天空绽放盛大的烟火,映得江水流光溢彩。

"新年快乐!"

车里、车外,全都回荡着这句话。

施雪儿笑弯了眼,转头对后排的人说:"大家新年快乐!"

应霏愣了下,僵硬又小声地说:"新年快乐。"

祝温书埋下头,给令琛发了条消息。

祝温书:祝你新年快乐。

再抬头,祝温书看向大屏幕,镜头正扫过嘉宾席。

当画面定在令琛脸上时,他转头盯着镜头,目光幽深,仿佛穿过镜头，穿过遥远的距离，看着守在电视机前的某个人。

他动了动唇，却听不见声音。

"刚刚令琛是不是说话了？啊？"施雪儿摇晃祝启森肩膀，"他说什么了？！我没注意到啊！"

祝启森："没说，他都没话筒呢。"

"他说——"祝温书歪头，视线还停留在大屏幕上，但画面已经变成了演播厅上空的烟火，"新年快乐。"

52

新年第一天清晨，祝温书为了避开出行高峰，早早去了车站。

整座城市仿佛还在昨夜的狂欢中没有苏醒，连日光也暗沉，车上的乘客也昏昏沉沉的。

祝温书算是唯一有点儿活力的人。

倒不是因为精神好，而是因为她差点儿错过发车时间，下了地铁一路跑过来的。

昨晚她到家再洗漱完已经凌晨一点半了，平时忙到这个时候肯定倒床上就睡了，但祝温书还是拿着手机等了会儿。

没见令琛发消息，心知他应该还在忙。

但她又不敢打电话过去，怕打扰他工作。

等了大概二十分钟，祝温书眼皮实在撑不住，靠着床头就睡了过去。

失去意识前，她还在想，谈恋爱真是磨人，连作息习惯都给她改了。

第二天起来，祝温书感觉自己有点儿落枕。

上车时，座位已经所剩不多。祝温书坐到最后一排，放好了自己的东西，才掏出手机。

打开令琛的对话框，和她出门时一样，还是停留在她发的那条"祝你新年快乐"，没有回应。

祝温书揉着脖子，后排女生打电话的声音渐渐清晰。

"什么起没起床，我都上车了！"女生的语气含着怒意，"你能不能对我上点儿心？喝什么酒能一晚上不回我消息？"

"嘀，手机没电，没电你不知道找充电宝啊？"

祝温书没想听墙脚，奈何后排女生的声音越来越大。

她突然有点儿怅然，再次看了眼手机，那些平时不怎么熟悉的朋友都在新年第一天的早晨发来了问候。

祝温书一条条回过去，回到后面，突然发现令兴言居然在半夜给她发了许多条消息。

她下意识紧张起来，心想是不是令思渊出了什么事儿。

第一段是凌晨两点发的。

令兴言：睡了没？

令兴言：忙完了，准备回酒店。

令兴言：我手机坏了，开不了机，暂时借个手机用用。

半个多小时后。

令兴言：到酒店了。

令兴言：明天临时有个节目补录，回江城的机票改到了下午。

又过了半个小时。

令兴言：睡了。

令兴言撤回了一条消息。

令兴言：算了，别人的手机，我说话克制点儿。

令兴言：跟你说的"新年快乐"，听见没？

早起傻半天，祝温书把这几条消息看了两遍才意识到，这是令琛给她发的。

她把歪着的脖子转向车窗，背对着邻座的人。

她好想知道令琛撤回的那条消息是什么。

但顾忌着这是别人的手机，祝温书也只能克制一下。

祝温书：听见了。

几分钟后，对面回了条消息。

令兴言：？

祝温书：？

令兴言：祝老师，您听见什么了？

祝温书：……

看来是物归原主了，还好自己没乱说话。

祝温书：没什么，令琛拿你手机给我发了消息，我回一下。

令兴言：他拿我手机了？我去，我说怎么早上醒来手机在客厅！

令兴言：他还把记录都删了！

祝温书：别激动，没说什么。

令兴言：那就好，我这手机清清白白的。

祝温书：那他手机能用了吗？

令兴言：没辙了，回头有时间买个新的，都用好几年了，他非要等到坏了才换。

祝温书：那麻烦您给他说一声，我已经上车了。

令兴言：……得嘞，等他睡醒了我会转达的。

在这之后，祝温书没再收到令琛的消息，但也没了那股怅然感。

她先回爸妈家吃了午饭，下午和妈妈出门逛了会儿街。

晚饭照例是在爷爷奶奶家吃的，爷爷奶奶今晚有个文艺会演，没吃两口就放了筷子急着去集合。而祝温书的爸妈也有朋友局，急匆匆出了门。

祝温书一个人在爷爷奶奶家洗了碗收拾好厨房，坐在客厅打开电视，突然有点儿迷茫。

早知道就把电脑带回来了，还能给自己找点儿事做。

过了会儿，正愁着没去处的祝温书收到了一条高中同学的消息。

陈萱媛：你吃完了吗？我们准备去唱歌，你来吗？

陈萱媛：来坐一会儿嘛，好久没见了。

昨天早上陈萱媛就问过祝温书"元旦节要不要一起吃个饭"，和那些还留在汇阳的老同学。祝温书以自己要陪家人吃饭的理由拒绝了。

这会儿陈萱媛又来问，两人高中时关系确实也不错，祝温书没再推辞，带上包出门打了个车。

路上，她拿出手机琢磨半晌，给令兴言发了条消息。

祝温书：令先生，麻烦您向令琛转达一下，我和陈萱媛他们去台北金玩了，大概晚上十点就回家。

令兴言：？

令兴言：……哦。

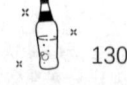

令兴言：他说知道了，叫你玩开心。

过了会儿。

令兴言：我一有空就马不停蹄地去给令琛买手机。

令兴言：买他十个！

到了KTV，在座的确实都是以前的同学。

只是没想到，尹越泽也在。

祝温书看见他不怎么意外，毕竟他和每个同学的关系都处得很好。

倒是尹越泽有点儿愣，抬眼看向门边的祝温书，久久没动。

直到他指尖夹着的烟落了点儿火星下来，他才急忙掐了烟。

陈萱媛忙不迭地从座位上起来，拉着祝温书往另一头去，并在她耳边小声说："我不知道他们叫了尹越泽，他刚刚到，我还没来得及告诉你。"

见陈萱媛这么紧张，祝温书反而笑着安慰她："没关系的。"

"噢……那就好。"陈萱媛嘴上这么说，心里却还是很懊恼。

本来陈萱媛今天叫祝温书过来是想八卦一下她和令琛的事情，自从演唱会后，同学们私底下聊了好几轮，却一直没得到一个肯定的答案，也没人好意思直接地去问当事人。

好不容易逮住机会了，可横插一个尹越泽，他们还怎么开口八卦？

祝温书落座后，几个同学都假装一点儿也不好奇，寒暄的寒暄，唱歌的唱歌。就连尹越泽也一反常态，仿佛没看见祝温书似的。

于是这场聚会的气氛就变得很诡异，祝温书明显感觉到身旁的同学蠢蠢欲动、欲言又止，几个男生又刻意围着尹越泽说话，生怕他落了单。

这样也好，至少避免了像上次和徐光亮聚餐时的尴尬。

两个小时后，祝温书已经开始犯困，哈欠打到一半，手机铃声响起，屏幕上显示有一个陌生来电。

包厢里很吵，祝温书出去接电话，但过道上还是人来人往。

嘈杂的环境中，祝温书开口道："喂，请问是哪位？"

"你男朋友。"

虽然过道上的行人不可能知道她在给谁打电话，但祝温书的脊椎还是

131

像被猛提了一下，周身神经紧绷，说话的声音也变小了："你买新手机了？"

"还没来得及买，借了司机的给你打个电话。"令琛说，"我已经到汇阳了。"

"啊？"祝温书先是一惊，转念一想也合理，"你回来陪家人过节？"

电话那头沉默了片刻。

令琛再说话时，语气不像刚刚那么轻快。

"我在汇阳早没亲人了。

"我只是来见你的。"

祝温书心头一沉，哑然间，又听他说："还在那儿？我大概十分钟后到。"

"那我去门口等你！"

祝温书说完就准备回去拿包，推门的一瞬，她目光闪了下，又说："那个……我跟你说个事情，你别多想。"

令琛："嗯？"

祝温书："今天尹越泽也在。"

"……"半响，令琛拉长音调"哦"了一声，"我有什么好多想的。"

"要不……"他漫不经心地说，"我在车上待会儿？"

"……"

祝温书二话不说推门进去，拿起包跟众人道别。

本来时间也不早了，大家都没挽留，祝温书便风风火火地拎着包跑了出去。

汇阳不比江城，人口密度小得多，这家KTV又坐落于新开发的商圈，路边没什么行人。

祝温书在门口等了一会儿，果然对面路口开来那辆熟悉的商务车。

毕竟跨了个年，也算"两年"没见了，祝温书有点儿迫不及待，等不及车掉头过来，打算穿过人行道。

刚迈腿，身后有人叫住她。

一听这声音，祝温书脸上的雀跃便消散，变成端庄却疏离的笑。

"怎么了？"

尹越泽的外套搭在臂弯上，只穿了一件卫衣，看起来有点儿单薄。

他走到祝温书身前，隔了半米远，垂眸道："问你个事吧。"

祝温书："什么？"

"我没别的意思，确实只是关心。"尹越泽说，"你跟令琛现在是在一起了吧？"

其实当祝温书被他叫住的时候，就有预感他会问这个，所以也不意外，只是笑了笑。

尹越泽看到了答案，在寒夜里长长地呼了一口气。

祝温书以为话题到此为止了，正要走，尹越泽又叫住她。

他微微拧眉，是祝温书曾经见过的表情："祝温书，你知道自己在干什么吗？"

祝温书闭口不言，怔怔望着他许久，才问："什么意思？"

"虽然我们现在不是男女朋友，但我还是希望你过得好。"尹越泽嘴角很轻地勾了一下，"而不是跳进一个甜蜜陷阱。"

祝温书神情逐渐凝重，没有说话，眼里有几丝疑惑。

"没听懂吗？"尹越泽说，"你知道令琛是什么人吗？和他谈恋爱的后果，你承担得起吗？"

半晌，祝温书扭开头笑了。

毕竟眼前的人是追了她两三年的人，即便分开很久，祝温书对他基本了解还是有的。

本来她没打算和尹越泽旧事重提，但他今晚的话实在有点儿气人。

当初在一起几个月后，她发现两人不合适，也只是出于自身的感知。当时尹越泽问她"为什么不合适"，她根本说不出个所以然，只觉得是自己辜负了人家的心意。

直到后来年岁渐长，她对人性有了更多的认知，才明白两人为什么不合适。

"尹越泽，"祝温书突然开口道，"你知道我当初为什么说我们不合适吗？"

尹越泽眼神一定，怔然看着祝温书，显然没想到她会提到这一茬。

"高考报志愿时，我说自己喜欢小孩子，想当小学老师，你是怎么说的？"

尹越泽当然记得，因为那是他第一次和祝温书争执。

他当时说了一句和今天一样的话。

"你质问我'知道自己在干什么吗'，问我清不清楚自己的分数可以去更好的大学，读更好的专业，以后能当律师、外交官、大学教授，小学老师这个职业根本配不上我。"

祝温书之所以记得这么清楚，也是因为她多年的梦想第一次被人否定，那人还是自己男朋友，当时她确实迷茫了好些天。

"我也是长大了才明白，你哪是觉得小学老师这个职业配不上我，你是觉得它配不上你。

"因为你自己优秀，家世、容貌样样出类拔萃，所以你希望你女朋友也跟你一样完美。我就像个精美的艺术品一样被你精心爱护，不敢暴露任何缺点，我连喜欢看狗血玛丽苏偶像剧这种事都不敢告诉你，天天陪你看那些无聊的文艺片，你说我累不累？"

祝温书说到这儿时，令琛那辆黑色商务车已经掉头过来，停到了路边。但他没有下车，也没有降下车窗。

"我知道你对我很好，但我真的没有对不起你。"

祝温书坦然地看着他的眼睛："也别说令琛了，其实你才是那个甜蜜陷阱。"

尹越泽不知在想什么，没有说话。

祝温书朝路边走了两步，想到什么，又回头道："还有，你以后也不要借着朋友的身份插手我的事情了。我的答案和当年一样，我自己选的路自己负责。"

"原来是这样。"尹越泽目光微闪，冷笑了下，随后又说，"那你知道令琛的爸爸是个精神病人吗？"

祝温书眼睛倏然睁大，久久地盯着尹越泽。

精神……病人？

见祝温书这么惊讶，尹越泽朝她走近一步："你确定不会遗传吗？"

其实后面这句话祝温书根本没有听进去，她的脑子里还转悠着"精神病人"这四个字。

"他——"

祝温书刚说了一个字，路边那辆车的门开了。

她下意识转过头，见车里的男人迈腿出来，没有戴帽子也没有戴口罩，就这么明目张胆地朝她走来。

"聊完了吗？"令琛站在祝温书身旁，垂头问她。

祝温书有点儿无奈，他们这模样哪里像是在"聊天"？

"……聊完了。"

"好。"

令琛拉住祝温书的手，转头看向尹越泽："那我们走了。"

见尹越泽没说话，令琛拉住祝温书就走。

等人转过身了，尹越泽平静的面容逐渐变冷，眼里流露出恼怒。

所以刚刚祝温书一直知道令琛就在旁边看着他？

把他当猴耍？

车上，两人坐在中排，隔着一个过道的距离。

令琛上车后就没说话，虽然神色看起来还好，但祝温书总觉得气氛有点儿闷。

她咳了两声，令琛扭头看她。

祝温书眨了眨眼，令琛又把头转向窗边，依然没说话。

几乎是把"我吃醋了"几个字写在脸上了。

车上还有司机，祝温书也不好说什么，只能偷偷摸摸地把手伸过去，钩了钩令琛的小指。

他垂眼看着祝温书的手，视线再次缓缓移到她身上，抬了抬眉："就这样？"

祝温书抿唇，直视前方，不着痕迹地掰开令琛的手，在他掌心轻轻画圈儿。

她没说一个字，令琛却觉得浑身都痒了起来。

他抓住祝温书的手，用力捏了一下，才转头道："跟前男友聊什么呢？"

祝温书正想开口，又听他幽幽说："要聊这么久。"

祝温书惊了："很久吗？"

"整整——"令琛一字一句道，"七分钟。"

祝温书："……"

不知道的还以为她跟前男友聊了七个小时呢。

"聊你呢。"

令琛目光顿住，沉默片刻，语气不再轻浮："聊我什么？"

祝温书说："我跟他说，早知道我高中那会儿就不当着你的面跟他玩了，免得现在天天被人酸，唉，后悔死我了。"

她说这话本意是想调侃一下令琛，却没想车里的氛围突然凝重了起来。

她转过头，见令琛沉沉地看着她。

"我确实做不到他那样的坦然从容。"

这话听着还是像在吃醋，但语气怎么不对劲？

祝温书正琢磨着，又听他说："但我没觉得你以前和他在一起有什么不好。"

祝温书眨眨眼："啊？"

"没听懂吗？"他低头笑了笑，"反正不会是我。有个那么好的人陪你三年，也挺好的。"

祝温书心头有点儿软，晃晃他的手："其实也没那么好啦，不然我为什么跟他分手。"

令琛突然抬眼："那我呢？"

祝温书："嗯？"

令琛问："现在的我跟他比起来，谁更好？"

说了半天还是在吃醋。

祝温书正了正神色："你要听实话吗？"

令琛的神情凝固在脸上。

"算了。"

"当然是——"祝温书转头看他，"你好，你最好。"

良久，令琛转开头没说话，也不知信没信。

祝温书想了会儿，突然从包里掏出一个东西塞到令琛腿上。

令琛拿起来看了眼，不明所以："这是什么？"

"新年礼物。"

祝温书当时其实纠结了蛮久，怕一个手机根本入不了令琛的眼，但她又实在想不到令琛缺什么。

见令琛只是盯着她,又不说话,祝温书忐忑问:"你不喜欢吗?"

令琛不答反问:"你这是在……哄我?"

祝温书眨眨眼,也懒得反驳:"那你就当是吧。"

令琛低头看着手机包装盒,低声道:"我没那么好哄。"

祝温书:"……那我再想想办法。"

令琛很轻地笑了一下,转头开了点儿车窗,一股冷风迎面吹向他的脸。

过了会儿,他突然对司机说:"周哥,你一天没抽烟了吧?"

司机没想到自己会突然被点名,差点儿一脚刹车踩下去。

"啊?我戒了啊。"

"戒了?"

"对啊,我都戒半年了。"

"哦。"

令琛又不说话了。

祝温书也不知道他在干什么,手机不打开看看,也不表达一下到底要怎么哄。

好在汇阳城区小,没几分钟就到了目的地。

车停进一个地下停车场,令琛戴上口罩,拉着祝温书下车。

祝温书并不知道这是哪里的停车场,也没问,心想等下上去就知道了。

谁知没走几步,令琛就拽着祝温书的手腕一拐弯,把人摁到了墙角。

祝温书慌乱间连连后退,想找一个支撑点,但后背还没抵住墙,腰就被他扶住。几乎没有停顿时间,令琛拉下口罩,俯身亲了下她的嘴角。

祝温书天灵盖突然发麻。

虽说这里是地下停车场,但也是会有人经过的!

她心跳怦然加速,脚底发软,整个人都挂在了令琛身上,耳边"嗡嗡"作响。

许久后,令琛停下动作,垂眼看她:"不是要哄我吗?"

祝温书四肢还酥麻着,没什么力气,只在鼻腔里"嗯"了声。

令琛:"以后就这么哄我。"

祝温书觉得这也太过分了,哪有这么哄人的。

她刚张口想说话,令琛的气热烈地侵袭进来。

她下意识浑身绷紧,等了一会儿,一直没睁开眼。

等祝温书的理智渐渐收回,迷迷糊糊地感觉到他把头埋进了她颈窝里。

令琛好像浑身都酥软了,整个人靠在祝温书身上。

他的声音从祝温书的围巾里闷闷传出来:"以后别花钱了,这种事情让我来。"

是夜。

令兴言应酬完,回家的路上想起件事,连忙给卢曼曼发了条消息。

令兴言:你明天找个时间去给令琛买新手机。

卢曼曼:要什么型号、颜色和内存?

令兴言:随便。

卢曼曼:好。

令兴言想了想,又按键盘。

令兴言:给他买两个!

卢曼曼:?

令兴言:三个!

交代完,令兴言揉了揉眉心,想给令琛打个电话告诉他新手机已经安排上了,以后不要偷用自己的手机。

突然又想到,令琛这会儿没手机,根本联系不上。

令兴言叹了口气,正想眯一会儿,包里手机振动。

他收到一条陌生号码的短信。

17×××××××8:在?

令兴言这是工作号码,拦截了所有垃圾信息,所以看到这儿,他戒备心大起。

令兴言:哪位?

17×××××××8:给我转十万。

令兴言:?

17×××××××8:不知道我是谁?

令兴言想了半晌,不确定地回:令琛?

只能是他了。

17××××××××8：你跟你儿子一样聪明。

17××××××××8：你怎么知道我女朋友送我手机了？

53

令兴言觉得这日子是过不下去了。

他作为合伙人，是来吃分红的，不是来吃狗粮的。

吃狗粮也就算了。

自从昨晚令琛的手机坏了，有事找令琛的人全把电话打到了他这儿，生怕他这分红吃得太轻松，在新年第一天给他奠定了这一年生活的忙碌基调。

而那位没了手机的人倒是乐得清静自在，下了飞机一刻不停就跑去谈恋爱。

原本令兴言对自己新签的艺人是持恋爱自由态度的。

现在他的想法开始动摇了。

谈个屁的恋爱，有对象的全都给我退出娱乐圈！

盯着短信看了会儿，令兴言深吸一口气，给令琛拨了电话过去。

没等对面开口，他径直问道："你什么时候从我家搬出去？"

令琛声音懒洋洋的，仿佛刚泡了温泉一般惬意："急什么？"

令兴言："嫌你碍眼行不行？"

令琛想了会儿，恍然大悟地"哦"了一声："你也急着谈恋爱了？"

令兴言："……差不多了，真的，房子都装好了，搬出去吧，算我求你行不？"

"那不行。"令琛说，"有甲醛。"

令兴言深吸一口气："我去帮你吸，行吗？

"再不行我带我儿子一起去帮你吸？

"要不我把肖阿姨、卢曼曼、阿哲他们都叫去给你吸甲醛？"

令琛笑了声："挂了。"

"等会儿。"令兴言问，"你现在在哪儿？"

"酒店。"

"……那你怎么有时间跟我废话这么多？不干正事？"

电话里直接响起"嘟嘟"声。

令兴言话还没说完呢，空对着屏幕揉了一把头发。

前两年令琛的电话号码泄露过，连带着被人扒出航班、酒店等信息。自那之后，令兴言每隔一段时间就要给令琛换个电话号码。刚想说他竟然自己弄……好吧，也可能是女朋友给他弄了新号码，要不就趁机把之前的号码注销了。

不过看样子令琛现在也没心思关心这些，他的联系人本来就不多，所有工作关系几乎都是令兴言在维持。

于是令兴言在书房里翻箱倒柜找出一个不用的手机，充了会儿电后，把令琛的旧卡插进去，想看看有没有什么重要的东西，检查完就可以交代卢曼曼注销一切关联。

刚开机没几分钟，一个陌生来电突然打来。

令兴言对数字并不敏感，没好气地接起："你又干什么？"

耳朵里没有传来想象中的声音，而是一个听着谨小慎微的老年女声："阿琛啊……你睡了吗？我是外婆啊。"

令兴言目光顿住，嘴角紧抿。

半晌，他冷冷开口："你打错了。"

卫生间里"潺潺"水声停歇，过了会儿，祝温书才出来。

新买的手机就放在桌边，而令琛安静地坐在沙发上，外套已经脱下，穿着一件单薄的卫衣靠着抱枕，垂睫出神，不知道在想什么，神色看着有点儿不自然。

"电话打完了？"

祝温书刚刚在卫生间里听到了说话声音。

几秒后，令琛才恍然回神般扭头看祝温书。

酒店整体装修呈暖黄色，灯光不太亮，衬得令琛肤色比平常要白，眼里映着灯光，但好像在晃动。

令琛见祝温书盯着他看，便别开了脸。

"打完了。"

"没什么急事吧?"

上来时,令琛拆了新手机包装,拿在手里把玩,没什么特别的表情,只是说既然手机都有了,怕令兴言有急事联系不到他,就让司机下楼帮忙买了一张卡。

"没。"令琛说,"报了个平安。"

话音刚落,祝温书手机铃声响起。

她拿出来看了眼,直接掐掉。

令琛抬眉看了她一眼,然后拿起手机埋头滑动。

"你接。"

祝温书:"啊?"

令琛没说话,祝温书自个儿想了想,突然笑道:"不是电话,是提醒我睡觉的闹铃。"

"噢……"令琛顿了下,随后漫不经心地放下手机,仰头靠着沙发,"我还以为你爸妈催你回家。"

祝温书偏着头看他,没接话。

令琛目光微闪,也扭头看过来:"怎么?"

"祝老师今天要给你上个课。"祝温书坐到他身旁,姿势端正,神情严肃,"做人不能双标啊。"

她两手抬起摁住令琛的肩膀,但由于身高矮了一大截,感觉自己气势不够,于是扬起下巴说道:"你看啊,喜欢你的人那么多,成千上万的——"

令琛突然歪头,用脸颊蹭了蹭祝温书的手:"可我只喜欢你一个。"

祝温书接下来的话全堵在了喉咙里说不出来。

她抿着唇,手背被令琛的下巴弄得有点儿痒。

"你刮刮胡子吧。"祝温书抽回手,指尖蜷缩起来,"痒死人了。"

令琛慢吞吞地抬起头,手掌仔细蹭着下巴:"我早上才刮的。"

半晌,他斜眼看着祝温书:"你哪儿痒?"

众所周知,令琛的声音是老天爷赏饭吃的、万里挑一的好听,却很少有人能听到他低语时的声线,带着一点儿气音,细细地摩擦着耳膜。

本来不痒,现在感觉哪儿都痒了。

祝温书轻咳两声掩饰自己的胡思乱想:"我得回家了。"

说完,她起身要走,令琛忽然又拉住了她的手。

"这么早啊?"

他说这话的时候还歪着头,从祝温书这个角度看过去,特别像……

"你能不能——"祝温书没想太多,脱口而出,"别撒娇了?"

令琛神情骤然一凛,怔怔地看了祝温书半晌,然后有点儿僵硬地别开了脸。

祝温书弯着唇笑:"走啦。"

一转身,却发现令琛拽得更紧,他下颌线紧绷,抿着唇低头不说话。

盯着他看了半晌,祝温书还是坐了下来:"那我再陪你坐一会儿吧。"

室内突然安静得只剩两人的呼吸声。

令琛低着头,手掌裹着祝温书的手,拇指细细地摩挲着她的指尖。

她的手指匀称细长,指甲修剪得很干净,食指尖侧面还有一层薄茧,是常年握笔的痕迹。

祝温书粉笔字写得好看,以前班里的黑板报都是她承包的,每学期总有那么几天她得一下课就去后排,踩在桌上抬手写黑板报。

所以令琛看过很多次她的手。

却没想过,有一天他能光明正大地牵着这只手。

过了会儿,祝温书收到爸妈的消息,问她"回家没"。

"我真的得回家了。"祝温书的声音有点儿闷。

其实他俩待在这里也没干什么,但她就是还想继续坐下去,一想到令琛明早就得回江城工作,她甚至想在这儿坐一整晚算了。

但她没办法,明早还要和家人去祭祖。

她一点点地抽出自己的手,最后指尖又搭在令琛手背上:"我爸妈催我了。"

见令琛不说话,祝温书拎起包起身:"你也早点儿休息哦。"

眼前的男人还是垂着头,祝温书没忍住,伸手摸了下他的头发。

令琛猛然抬头,拧紧了眉,看着有点儿生气,于是祝温书连忙缩回了手。

"嗯,走了。"

祝温书在令琛开口说话前转身朝门口走去,开门时见令琛也起身,她连忙说:"你别过来啊。"

"?"令琛果然停下脚步,不明白祝温书为什么一脸戒备,"你干吗?"

"请你时刻记住自己是个大明星。"祝温书很认真地说,"别动不动就撒娇。"

然后她可能会把持不住。

令琛:"……"

他很无奈地转了转脖子,咬紧了牙,浑身透着几分焦躁。

祝温书今晚一直说"撒娇撒娇",搞得他都产生了幻觉,自己真撒娇了?

不可能。

自从十岁之后,令琛词典里就没这两个字。

但他刚刚确实原本是打算再留她一会儿,说辞都想好了——你再陪我一会儿吧。

这像撒娇?

他抬眼,对上祝温书的眼睛。

行吧,随便她怎么想吧。

"我只是想提醒你,"他扫了一眼沙发,"是不是忘了什么。"

祝温书眨眨眼,半天想不起自己能忘什么。

再看到令琛那张在她眼前晃动的脸时,她好像突然明白了点儿什么。

唉,真愁人。

虽然祝温书也有点儿不好意思,但毕竟这是连轴转后第一时间赶来汇阳见她的人。

"过来吧。"

令琛睁着眼,眉梢抬起。

祝温书又朝他勾勾手指。

令琛虽然不解,但还是走了过去。

两人之间只剩一步距离时,祝温书突然踮脚,在他脸边很轻很轻地吻了一下。

"晚安。"

等令琛回过神,面前的门已经关上。

许久过后,他还是沉着脸,和平时没什么区别,两三步回到客厅,"咚"地一下坐到沙发上,然后拿起祝温书忘记带走的围巾,把脸埋了进去。

第二天清晨,祝温书七点就被叫起床,简单吃了个早饭后去接爷爷奶奶。

今天是太祖父的忌日,他们一家人都得上山祭拜。

爸爸开车接上爷爷奶奶,开出去没多远,又在百花巷那边停下,和爷爷下车去买祭品。

车上只剩祝温书、妈妈和奶奶,祝温书靠着车窗昏昏欲睡,视野里的事物都很模糊。

一旁的婆媳俩你一言我一语地聊起了天。

"这条街是不是要拆了?"

"不知道啊,消息传了好多年。"

"拆了也好,这房子都破成什么样了,地面也破,每回经过这里都踩一脚泥水。"

"哪是说拆就拆的,这里什么人都有,可不好说话,什么疯的、傻的都有,一群神经病。"

一直没说话的祝温书被某个词汇抓住了思绪,突然开口道:"疯的、傻的,这边有吗?"

奶奶在织小玩意儿,头都没抬。

祝温书等了半天,才见她扶了下老花镜,说道:"你忘了啊?我当时还说过你呢。"

祝温书:"啊?"

奶奶瞥她一眼:"就说你是个不长记性的,我当时还说你不要随便跟陌生人说话,也不要随便借东西给别人,万一被骗去卖了怎么办?"

奶奶这么一说,祝温书有点儿印象了。

好像是高一的暑假,她住在奶奶家,贪凉吹空调睡觉感冒了,但也不是什么大毛病,便自己去附近卫生所开了点儿药。

看完病出来,外面下着雨,祝温书从书包里翻出一把伞,正要走时,听到旁边有啜泣声。

她转身,看见一个中年男人蹲在地上哭。

在医院这种地方看见有成年人哭,祝温书自然联想到了一些人间悲剧。

没一会儿,那个男人站起来抹了一把脸,迈腿就要走进雨中。

祝温书当时根本没多想,只觉得他有点儿可怜,便叫住了他。

男人回过头,呆呆地看着她,脸上淌着雨水和泪水,什么都没说。

祝温书说把伞借给他,他只是愣了一下,然后就一言不发地拿走了,连句"谢谢"都没说。

当时祝温书还有点儿后悔,心想这人怎么这么没礼貌。而且那伞她用了好几年,都用出感情来了,看来是没机会要回来了。

后来祝温书自己冒着雨回家,淋成了落汤鸡,奶奶问她怎么回事,她交代了之后,奶奶很生气地教训她"不要随便跟陌生人说话",还说起去年这边就有一个年轻女人因为把手机借给陌生男人用,结果就被骗去偏僻的地方抢劫,争执间居然被误杀了。

这件事弄得周边人心惶惶,祝温书也因此一阵后怕。

因为那场淋雨,她病情反复,第二天又去卫生所找医生。结果到的时候,护士说有个男的早上过来留了东西给她。

祝温书跟着护士去拿,看见她的伞被叠得整整齐齐地放在一个塑料袋里。

几天后,汇阳出了大太阳,她一撑开伞,一张塞在伞面内的字条飘扬落下,祝温书伸手接住,看见上面工工整整写着三个字,"谢谢你"。

因为这张字条,祝温书当时根本没觉得这个男人精神有问题。

"是他啊……"车厢里,祝温书喃喃道,"当时看着还挺正常的。"

"人家又不会把'精神病人'四个字写在脸上。"奶奶至今对这事儿还耿耿于怀,"你是运气好,要是遇到的是那个杀人犯,你……算了,懒得说你。"

祝温书还盯着外面出神,也没接话。

过了会儿,奶奶又说:"不过那人也是命不好,听说他儿子出息了,都当大明星了,结果他都没享福。"

"啊?"祝温书忽然问,"为什么?"

"人没了呀。"

祝温书耳边"嗡嗡"响了一阵，神色呆滞地盯着奶奶手里的线团。

"哎，明星呀，是不是你们班上那个？"一直没怎么说话的妈妈突然开口，"咱们汇阳就出了一个明星吧。"

"是不是啊？"见祝温书不说话，妈妈拍她肩膀，"问你话呢。"

祝温书心不在焉地说："是的吧。"

妈妈又问："那你跟你那明星同学还有联系吗？关系怎么样啊？"

"啊？噢。"祝温书埋着头，低声说，"一般吧。"

"你跟人家是不是有过节啊？"妈妈低下头，看着祝温书。

"啊？"祝温书眨眼，"没啊。"

"得了吧，你是我生的，撒谎我还看不出来？"

祝温书："……"

这时，祝温书手机突然振动，进来一条新消息。

c：我上飞机了。

祝温书转身背对她妈回消息。

祝温书：知道了。

想了想，她又发过去一条。

祝温书：想抱抱你。

c：？

祝温书：？

他发了一条语音过来。

祝温书看了眼四周，没点开，转了文字。

"祝温书，别学我。"

祝温书：我学你什么了？

还是回了一条语音。

这会儿妈妈和奶奶都在忙自己的事了，应该不会注意她，于是祝温书把手机放到耳边。

"学我……"他的声音很小，像是不屑说出口，"撒娇。"

146

54

十几分钟过去，令琛没再收到祝温书的回复。

他拿着手机左看看右看看，又瞥了眼一旁的令兴言。

"干吗？"令兴言拿着两个手机回复消息，感觉到身旁男人的目光，头也没抬地说。

令琛："跟你说个事情。"

令兴言："嗯？"

令琛："我女……"

"打住。"

令兴言飞快地解开安全带，起身朝过道旁的座位走去："曼曼，我们换个位子。"

令琛："……"

卢曼曼朝这边看了一眼，想拒绝，但看见令兴言的脸色，她又不敢说什么。于是她不情不愿地解开安全带，坐到了令琛旁边。

令琛嗤笑一声，别开脸。

脆弱的单身男人。

过了会儿，空姐提醒飞机即将起飞，示意大家关掉手机。

开启飞行模式前，令琛再看了眼对话框，祝温书还是没回他。

说她撒个娇，还生气了？

说来也奇怪，本来他天不亮赶到江城国际机场，一路疲惫忙碌，感觉像几年没睡过觉，脑袋都是昏昏沉沉的，但祝温书莫名其妙来了句"想抱抱你"，四个字就像按下了令琛身上某个按钮，睡意顿时消散，浑身的细胞都在叫嚣。

明明提出需求的是她，令琛却觉得自己被反向下蛊了一般。

像是在沙漠求生的人，极度渴望水分一样地想拥她入怀。

如果他此时不在飞机上，一定立刻改签航班，跨过八十公里的距离去抱抱她，哪怕就一秒也好。

可惜他不仅回不了头，而且未来的半个月都将在另一个城市工作。

别说抱了，连根头发丝儿都摸不到。

过了会儿，飞机开始滑行，卢曼曼万般无奈地摘下耳机，整理东西的时候不小心侧头和令琛对视一眼，她一慌，立刻移开眼神。

可惜还是被抓了个正着。

"我有正事跟你说。"令琛淡淡道。

卢曼曼警惕地看着令琛："什么事？"

令琛："跟我说说这几天的行程安排。"

还真是正事。

卢曼曼松了口气，拿出平板电脑，仔仔细细地跟令琛讲述接下来的事情。

听完后，令琛点点头："九号晚上给我订回江城的机票。"

"啊？"卢曼曼立刻说，"但是十一号要跟 Niki 碰碰编曲的。"

"我知道。"令琛说，"订十号下午回来的机票。"

卢曼曼："……"

她没立刻答应，扭头去看令兴言。

"他是你老板我是你老板？"令琛打断她。

"噢……知道了。"

卢曼曼默默在日程上记了一笔，根本不想问为什么，只是她觉得时间确实有点儿赶："就那一天的空闲，你要不还是在酒店休息吧。"

令琛沉沉地叹了口气："你以为我不想休息吗？"

见令琛神色严肃，卢曼曼突然很自责，刚刚怎么能那么臆测老板呢，人家是真的太忙了。

"那……"

"没办法。"令琛闭眼，揭下棒球帽盖在脸上，仰头睡觉，"女朋友太黏人了。"

卢曼曼："……"

两个多小时后，飞机落地停稳。

令琛打开手机，发现祝温书在他起飞后几分钟回了消息。

祝老师：听说九号有流星雨。

祝老师：可惜江城天气不好，应该是看不到的。

令琛差点儿以为他漏掉了什么信息，往上滑了滑，看见祝温书那条"想抱抱你"。

这强行转移话题的能力也是没谁了。

但令琛强行联想的能力也不弱。

四周的乘客都起身准备下机了，令琛还稳稳坐着，不紧不慢地回消息。

c：祝温书实现愿望不需要流星。

c：令琛随叫随到。

今年春节来得早，元旦收假后，各个班级便紧锣密鼓地开始准备期末考试。

低年级的考试任务倒是不重，一天就搞定了。

只是低年级的老师并不轻松，从考试到出成绩的那一周，祝温书得批改试卷、出成绩单、写期末寄语，还要去别的学校交叉监考和批卷，感觉比平时上课还忙碌。

考完试的第二天，家委会就组织了红色革命根据地参观活动。

祝温书在改卷间隙看了眼钉钉群，家长和学生简直把这当春游在对待，照片源源不断地发到群里，还带上了定制的小红旗。

到了傍晚，还有家长专门打电话问祝温书"要不要来一起吃饭"。

其实祝温书是很乐意参加班级集体活动的，只是她这几天实在太累，连令琛都说她行程比他还满，所以此刻她好不容易忙完，只想回家里躺着。

晚上七点，天色已经全黑。

祝温书在回家的路上就点了外卖，真到了家里，却没什么胃口。

她把外卖摆桌上放着，坐着歇了口气，随后决定先去洗个澡。

天气一冷，洗澡时间就会不知不觉变长。

半个多小时了，祝温书才洗完头。抹上发膜扎了个丸子头后，她正准备去敷面膜，浴室门就被敲响。

"洗完没？"应霖在外面喊，"我看你手机一直在响，不知道是不是什么急事，跟你说一声。"

也不知道是不是试卷出了问题，祝温书皱着眉，裹上浴巾走出来。

打开手机一看，她突然起了一层鸡皮疙瘩。

十几个未接来电,全是令兴言和令思渊保姆打的。

不祥的感觉铺天盖地般席卷而来,祝温书整个人一颤,连忙回拨电话。但不管是令兴言还是保姆,两人电话都占线。

过了好一会儿,令兴言才又打过来。

祝温书一接起来,对面就是急切的声音:"祝老师?你在忙吗?得麻烦你一个事情!"

听到这个语气,祝温书就知道是出了事,连忙打开衣柜准备换衣服。"您说。"

"令思渊被令琛的外公外婆带走了!我这会儿赶不回来,最早的飞机也要晚上,令琛又在飞机上,只能麻烦你先帮忙找一下!"

祝温书原本因为洗了个热水澡浑身都热乎乎的,听到这段话后,身上的热意瞬间变成了凉气。

想到上次那老两口出现在校门口的场景,她脑子轰然炸开,四肢肌肉紧绷。

"好,他们今天是在滨江路那边,我现在就过去!"

祝温书飞速套上衣服,跑出门时,还听到应霁在后面喊:"外套!你不穿外套啊!"

她跑到楼下时,正好有出租车经过。

这会儿正值晚高峰,每到红绿灯就堵几分钟,好不容易快要到滨江路了,令兴言又打电话过来,说令思渊的手表定位轨迹显示应该是在回家的路上。

于是祝温书又让司机掉头,往令兴言家去。

这条路倒是不算堵,在祝温书的催促下,十五分钟就到了地方。

她下车的时候,保姆也正好开车回来,没把车停去地库,随便停在路边就急匆匆跑了下来。

"祝老师!"平时打扮得整整齐齐的保姆这会儿连羽绒服外套都半敞开着,额发也散了一堆,"怎么样?看到渊渊了吗?"

"我刚下车呢!"祝温书只带了个手机,四处张望着,额头冒着细汗,"到底怎么回事?"

保姆喘着气说:"我今天不是带他去参加班级活动嘛!见他跑得满身

汗水,就找了个其他家长帮忙看着,我去倒了点儿热水,结果一回来发现人不见了,听家长说是被几个男孩带去亭子那边玩了。我走过去就看见那两个老东西蹲在渊渊面前说话,我喊了一声,他们看到是我就把渊渊抱进车里了!"

"那边又不好打车,我到处喊家长帮忙,等开车追出来就看不到影子了!

"我看他手表定位是往家里来的,他爸也说联系上了,叫我来这边找,可是这儿也没见到人啊!定位也中断了!"

保姆急得团团转,祝温书没再干站着,往保安亭走去。

"这边有监控吧?先去问问保安看见人没有。"

刚走两步,祝温书看见一辆棕色汽车斜着开来。

正常靠边停车都要减速,但这辆车速度一直很快,祝温书感觉不对,停下来盯着这车。

果然,棕色汽车急刹停下,车门打开,令思渊几乎是扑出来的。

祝温书心脏快跳出嗓子眼儿了,即便知道路边是安全的,但还是条件反射地两三步冲上去。可惜人是抱住了,但八岁的男孩体重不轻,连带着祝温书一起摔倒在了地上。

保姆大喊着冲过来,令思渊也在哇哇大哭。等祝温书抬起头,那辆车已经开了出去。

令思渊被保姆抱起来后,祝温书也狼狈地起身,捡起地上的手机,看了眼大路,立刻跟着跑出去。

冲了几米远,祝温书才意识到自己根本不可能追上汽车。而且刚刚摔倒磕到了膝盖,好几秒后她才后知后觉地感到疼痛,可她跑得太急了,肢体根本跟不上大脑的反应速度,又穿着不合脚的鞋子,等脚踝传来一阵剧烈疼痛时,人已经又摔倒在地上。

好在那辆车因为路口交通被迫停了下来,祝温书趴在地上,没来得及起身就打开相机,拍下了车牌号。

一个小时后,祝温书裹着教导主任给她的外套,半歪着身体坐在派出所的铁椅上。

她刚跟令兴言通完电话,还有点儿没回过神。

年级主任、教导处几位老师，以及校领导都来了，还有一些令兴言那边的人，祝温书一个都不认识，耳边只有他们三三两两交谈的声音。

被保姆抱在怀里的令思渊哭累了，只低声啜泣着，显得审讯室里的喊冤声格外清晰。

"什么绑架啊！没绑架啊！我们把他送回家了啊！我们是亲戚啊，就是带他玩一玩！"

"我们没绑架啊！还给他爸打电话了，你们警察不要血口喷人！我们是——"

不知是哪位警察吼了一声，审讯室里的人立刻噤了声。

四周稍微安静下来，祝温书的脑子却一直"嗡嗡"响着。

刚刚令兴言在电话里跟她说，那老两口应该是联系不上令琛，才又去蹲着令思渊。把小孩弄上车后要了令琛的联系方式，发现还是之前那个空号，这才给他打电话。

令兴言当时也不知道小孩身处什么情况，不敢说狠话，怕激怒他们，只是先告知他们这种行为是要坐牢的，吓唬了一阵，又好言好语地哄着，说把孩子送回去，一切都好说。

总之令思渊是被安全找到了，老两口也因为祝温书拍下的车牌号，还没走出市区就被警车拦了下来。

现在警察正在里面办事，祝温书随时等着被问话，没办法去医院检查自己的腿。

她低头扯起裤子，看了眼自己的小腿。因为出门急，她穿的是应霁的鞋子，足足大了两码，没跑几步就摔了。裤子又是单薄的家居裤，往水泥地上一摔，小腿擦破了一大片皮，这会儿正火辣辣地疼着。

"祝老师！"还在坐月子的原班主任钟老师也赶了过来，看了下令思渊后，就来找祝温书，"什么情况啊？"

祝温书已经记不清这是第几个来问她状况的人了，把大致情况又复述了一遍。

钟老师听说有惊无险，松了口气，又转头去跟令思渊说话。

过了会儿，教导主任端了杯热水过来。

"喝点儿吧。"她从到警局就注意着祝温书，见对方脸色虽然不好，但一直安静地坐着，便说道，"还好没出什么事，你也算真的镇定，这要换我年轻那会儿估计都要急哭了。"

祝温书点点头，没什么力气说话，抿了两口就放到了一边。

几分钟后，门口传来一阵急促的脚步声。

除了祝温书，所有人都朝那边看去。

大厅的白炽灯在严肃的环境下格外冰冷，显得一切事物都没什么温度。令琛站在那里，脸上几乎没血色，只有剧烈起伏的胸口昭示着这是个活生生的人。

自从上次运动会后，学校的人都知道令思渊是令琛的侄子。

不过他们也没想到令琛会这么明晃晃地出现在这里。

按理说，孩子已经安全了，又有这么多人在场，令琛这个公众人物就没必要再来了。可他不仅来了，而且——

大厅里所有人都注视着令琛，而他在门口伫立片刻后，掠过了满脸泪痕的令思渊，只是侧头看了两眼，随即又继续朝里走去。

十几道视线，包括值班警察的目光都跟着他移动。

最后，他俯身蹲到了祝温书面前："还好吗？"

他抬手，想摸一下祝温书，却在看清她的眼神后，动作停滞在半空。

这是他从来没见过的祝温书，她穿着不合身的外套，半干的头发乱糟糟地散在肩头，下颔处还有点儿泥灰。

她埋着头时，半垂着的睫毛看起来格外浓密，却遮不住眼底的后怕。

"你终于来了。"她瓮声瓮气说道，嗓音里还带了点儿脆弱感，"吓死我了。"

那一瞬间，令琛感觉心口像被人用力揪住，久违的感觉又将他包裹。

为什么要因为他，让祝温书遭这种罪。

许久，他哑声道："对不起。"

祝温书张了张嘴，正想说话，又听见审讯室里传来那两人胡搅蛮缠的说话声。

那两人年龄虽大，声音却中气十足，听着十分刺耳。

她眉心皱着，问："他们真的是你的亲人？"

令琛闭眼，呼吸声很重，半晌才"嗯"了一声："是我连累了你。"

祝温书眼里的不可置信在他的回答中消散，随即伸手，摸了下令琛的脸颊："这是我的职责，不怪你。"

令琛睫毛轻颤，抬头看着祝温书。

她指尖轻轻滑过令琛的下颌，低声说："我还有个职责……"

没等她说完，令琛抬手，用力把她抱进怀里。

"祝温书。"令琛嗓音微哑，带着风尘仆仆的疲惫，低声说，"终于抱到你了。"

第 五 章

令琛的小宝贝

55

整个警务大厅安静无声,即便有人进进出出,也会在看到这一幕的时候愣住,脚步骤停。

祝温书的下巴靠着令琛的肩膀,呼吸渐轻。

她自然知道在场的人都盯着他们看,但她没力气,也不想挣脱令琛的怀抱。

她实在太后怕了,即便令思渊已经完好无损地坐在一旁,他从车里摔出来的画面还是一遍遍地在祝温书脑海里回放。

她甚至忍不住去想象,假如带走令思渊的人存了心要做伤害他的事情,假如令兴言没那么镇定,假如没有定位信息,一切后果,都不堪设想。

不知过了多久,审讯室里出来一位警察。

听到开门声,祝温书抬眼和警察对视片刻,随后低声在令琛耳边说:"警察找你。"

令琛回头,正要说话的警察愣怔地盯着他,表情有点儿蒙:"那个……令……琛?您进来一下……"

令琛点点头,没立刻起身,抬手把祝温书身上的外套拉链拉上,又用拇指擦掉她脸颊上的泥灰:"等我一会儿。"

祝温书轻声应了,令琛才站起身走向令思渊。

小孩受了惊吓,也哭累了,这会儿看起来懵懵懂懂,梦游似的。

"别怕,叔叔来了。"他弓腰摸令思渊脑袋,"睡一会儿吧,醒来就没事了。"

令思渊本来感觉自己眼泪已经哭干了,听到令琛这句话,眼眶又红了。

但他没真的哭出来,只是揉揉眼睛,点头哽咽着说"好",吸着鼻子把脸埋进保姆怀里。

令琛最后再看了一眼祝温书，朝审讯室走去。

在一群人的注视下，他推开门，没看外面一眼，转身很轻地关上门。

当外面的视线完全被隔绝，令琛垂着头，手还抵着门把手，没回头。

外公、外婆早已和警察说得口干舌燥，两人看见令琛进来，急急忙忙起身。

"阿琛！阿琛！你终于来了！快跟警察说啊，我们是你外公外婆，哪里就是绑架了！

"你说话啊阿琛！你跟他们说啊！"

许久，伫立在门边的男人回过头。

他似乎没有要走过来的意思，转身逼视桌边的人，凌厉的轮廓被头顶的白炽灯映得越发冰冷。

这个眼神，他们好像见过。

是十几岁的令琛发现总有几个地痞无赖欺负他爸爸时，握着棍子挡在他爸爸面前的表情。

那时他们冷眼旁观，不以为意。

可如今的男人已经不是当初那个消瘦的少年了。

他伫立于几米远的地方，穿着黑色外套，肩膀宽阔，不似当初羸弱，阴影投射在地上，压得老两口突然说不出话，怔然望着眼前的人。

令琛凝视他们许久，眼底怒意翻涌，原本静谧的审讯室仿佛霎时冷了好几摄氏度。

密闭的空间里，两个老人感觉到体温在急速下降，四肢都僵了起来。

令琛一步步走过来，双手撑桌，俯身时阴影笼罩过来，逼得老两口连连仰身后退。

"这不是绑架，是什么？"

没有想象中的怒吼，令琛的声音格外平静，却让人感到森然绝望。

面前的两人瞪大眼睛，不可置信地看着令琛，甚至觉得自己听错了。

"你说什么？什么意思？"须臾后，外公拍桌而起，"你这是要六亲不认？"

他用颤抖的手指着令琛，转头看着警察："警察同志你们看着啊！他

157

是个明星,六亲不认!他现在是不认了啊!忘恩负义啊!"

两个警察表情一言难尽:"喊什么,肃静!"

见警察没有帮他们,外公踢开椅子颤颤巍巍地要往外走去:"都看着啊!令琛他……"

胸口衣襟忽然被用力拽住,外公还没反应过来,就被令琛一只手拎着往外扯。

"来。"令琛另一只手指向门外,"跟所有人说我令琛六亲不认,翻脸不认人,你看我会不会皱下眉。"

沿路的凳子发出连续的碰撞声,慌乱间外婆哭喊着去扯令琛的衣服:"阿琛!这是你外公啊,这是亲外公啊!"

一旁的警察也没想到会发生这种场面,连忙上前阻止。

在他们发声之前,令琛手腕用力,突然转向把老头摁在墙上。

外公双脚完全没了力气,整个人几乎都靠衣领吊着,快要喘不上气。

"动我身边的人来要挟我。"令琛声音极低,眼里没有一丝温度,像极寒的夜,"我是什么人你们不知道?"

他们当然知道。

那是当初为了自己爸爸能跟人豁出命打架的人。

但他们以为现在的令琛,一定会在乎他那一身荣光。

"阿琛啊……阿琛啊!你算了吧!"外婆见状扒着令琛的手臂哭着求他,"我们真的不是绑架啊,只是想找到你,你就跟警察说说吧!我们不想坐牢啊!我们都七十了……"

令琛不为所动,唇抿成直线,手背青筋暴起,仿佛下一秒就要一拳砸上去。

"外婆求你了,我给你跪下了!"

老人拉着他的衣服,人已经半蹲着,眼看着就要下跪,连警察都来拉人,令琛却只是垂头看着她。

"跪。"他侧头冷冷看着比他矮了一大截的人,"跪啊。"

外婆泪眼婆娑地仰头望着他,仿佛在看一个冷血的陌生人:"你……你……我可是你亲外婆啊!"

令琛偏着头笑,一字一句道:"亲外婆,你今天就是跪死在这儿也别

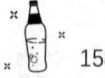

想拿一分钱。

"还有你们那孝顺的儿子、孙子。"令琛手上力道忽然又加重,死死抵着外公,"记得让他们来给你们送饭。"

令兴言赶到时,已经过了凌晨。

校领导早在一个多小时前就陆陆续续离开,只有教导主任还没走。

令兴言风尘仆仆,进来的时候表情慌张又茫然,张望一圈后看到令思渊的身影,急匆匆地跑过来伸手就要抱他。

保姆比了个"嘘声"的手势,令兴言手臂顿在半空,保持着这个姿势僵硬地蹲下,盯着熟睡的令思渊看了许久,才垂下手,轻轻摸他。

和保姆说完话,他又来找祝温书。

见她憔悴狼狈的模样,令兴言垂肩弯腰,哑声道:"祝老师,给您添麻烦了。"

"嗯?"祝温书又累又困,介于半睡半醒之间。听到令兴言的话,她花了几秒拉回意识,"没事,我应该的。"

令兴言还想说什么,突然听到脚步声,转头见令琛跟着一个警察出来。

见监护人来了,警察示意已经做完笔录、签好字的其他人可以先离开。

令兴言看了祝温书一眼,没和令琛说别的:"你先带祝老师走吧,这里交给我。"随后便去了审讯室。

令琛倒了一杯热水过来,蹲到祝温书面前:"我们回去吧。"

"好。"

祝温书喝了两口水,起身的同时脱下外套,拿给教导主任:"张老师,衣服还给您,谢谢。"

"不用,你穿着回去吧,这天这么冷,明天……"

教导主任话没说完,便见一旁的令琛脱下外套盖在祝温书身上,并对她说:"谢谢。"

"不、不客气。"

然后,她便半张着嘴,看着令琛牵着祝温书,一步步走出大厅。

令琛和令兴言原计划出差半个月,司机便休了假出去旅游。

谁都没预料到今天会出事,他来不及通知司机,都是从机场直接打车过来的。

令琛牵着祝温书走出警局,刚刚站稳便有出租车开过来。

上车后,司机扭头想问:"去——"

看清后排坐的人,年轻司机突然定住,眼也不眨地看着令琛。

"光华路。"令琛一边给祝温书系安全带一边说。

"啊?噢……"

司机半晌才回神,松了刹车。

出租车启动后,窗外夜景飞速倒退。

令琛看见路边开着一家二十四小时药店,转头问祝温书:"家里有感冒药吗?"

祝温书下巴缩在令琛的外套里,小幅度摇头。

"师傅,前面药店停下车。"

令琛说完没多久,便下了车。

祝温书见他一路小跑向药店,后知后觉地伸手摸了下自己额头。

温度倒是不算高,但嗓子很疼。

令琛怎么看出她感冒了的?

正疑惑着,祝温书慢慢转回脑袋,冷不丁和扭头看她的司机对上视线。

"……"她清了清嗓子,别开头。

过了会儿,令琛拎着一大包药上车。

他把袋子放在腿上,一个个翻出来看包装上的用药指南。忽然间,他想到什么,抬头问:"你室友在家吗?"

祝温书又摇头。

就在前不久,应霏见她没回家,还发消息问了。祝温书只是说"学生出了点儿事,等下处理好就回家"。应霏也就没多想,说自己下楼吃海底捞。

"嗯。"

令琛没再说话,专注地研究这些感冒药。

几秒后,祝温书突然意识到令琛这话的意思,猛地扭头去看他。

"怎么?"令琛问。

160

祝温书先看了眼司机，发现他盯着后视镜，身体还往这边偏，生怕听不见他们说话似的，于是低头掏出手机在备忘录里"啪啪"打字。

——你要去我家？

她把手机屏幕给令琛看。

"嗯？"令琛瞥了一眼，又继续刚刚的动作，"我给你弄点儿药吃，你小腿是不是也擦伤了？"

祝温书没回答他的问题，继续打字。

——万一我室友突然回来了怎么办？

令琛看完，眼尾微微扬起，盯了祝温书半晌，他才低下头，淡声道："我真的只是给你上药。"

祝温书："……"

她又不是那个意思！

——我室友跟普通人不一样，她半夜回来看到你，会疯的！

打好字，祝温书见令琛没抬头，于是俯身靠过去，把手机凑到了他面前。

令琛被迫看了内容，思忖不语。

祝温书以为他终于意识到了严重性，松了口气。

下一秒，却听他问："难道她是……"

祝温书严肃地抿唇点头。

"我粉丝？"

祝温书："……"

她扭开头看着车窗不再说话。

其实应霏才出门没多久，应该也不会这么快回来。

而她现在浑身酸软无力，又担惊受怕了一晚上，确实也想有一个人照顾她。

何况这个人是她男朋友。

念头一旦冒出来，祝温书便彻底放弃挣扎。

过了会儿，她给应霏发了条消息。

祝温书：你什么时候回家？

应霏：刚上菜呢，大概一个多小时吧，你回家了？

161

祝温书：嗯。

应霁：没事吧？

祝温书：没事，已经处理好了。

祝温书：那你回家的时候跟我说一声？

应霁：好。

十分钟后，车停在小区门口。

祝温书裹紧衣服下车，下意识四处张望，小声说："这个时候还是有人的，万一你被看到会不会有麻烦，到时——"

令琛忽然牵住她的手，迈步朝小区大门走去。

"走吧，外面很冷。"他淡声道，"我从来没想过要藏着你。"

两人离开后，出租车还停靠在几十米外的路边。司机望着两人背影，直到彻底看不见了，才飞速掏出手机，给自己老婆发语音。

"老婆，你猜我刚刚载到谁了！"

"令琛！我载到令琛了！"

"他跟他女朋友！"

很快，老婆发了个问号过来。

司机又说："就是他女朋友……好像不会说话？"

应霁出门的时候留了玄关的灯，家里空调也没关，一进门就感觉周身回暖。

"去床上躺着。"令琛像个主人家似的往厨房走去，"我给你倒水。"

祝温书点头。

她进房间刚把脏衣服换下来，令琛便端着热水和药进来。

"先吃这个。"他摊开手，露出药丸，又指着桌上的一盒药，"明天早上醒来吃这个，如果还是不舒服跟我说，我带你去医院。"

祝温书说"好"，从他手里接过药和水，一口吞了下去。

随后，祝温书靠着床头，朝令琛伸手。

可惜令琛根本没看见，他低头挽起祝温书的裤子。

其实祝温书只是摔跤的时候裤子被蹭了起来，这才让小腿擦伤了一大片。只是她皮肤白，衬得伤口比实际严重一些。

祝温书讪讪地收回手,见令琛盯着她的小腿,眉头拧得很紧,便说:"没事的,就是擦到了,都没流血。"

令琛没说话,扭头拿了碘伏和棉棒。

"明天还去监考吗?"

"不去了,晚上领导说让我明天在家休息,安排别的老师替……哇!"祝温书突然缩了下小腿。

令琛立刻停下动作,抬头看她:"疼?"

他的动作很轻,碘伏也没有刺激性,几乎感觉不到疼痛。

"不是。"祝温书摇头,"就是太凉了。"

但令琛没有继续,他捏着棉棒,眉心微微颤抖。

半响后,他的声音变得沙哑:"祝温书,以后别这样了。"

他抬起眼,眸子很黑,倒映着祝温书虚弱的脸:"把自己放第一位,行吗?"

"我真的没事的。"祝温书突然有点儿着急,坐直了按着他的手臂,"我是老师,发生这种事情肯定不能放任不管,而且你看我也没怎么样啊,就是一些皮外伤,我……"

"你敢把今晚的事情告诉你爸妈吗?"

祝温书顿住。

片刻后,她垂下头,闷声说:"道理不是这样的。"

"我不讲道理,只要你平安。"

令琛的声音很轻,但每个字都重重砸在祝温书心里。

"嗯。"她伸手拉了下令琛的袖子,"知道了,令老师。"

令琛神情松动了些,但也没再说话。

用碘伏处理完伤口后,他又给上了一层药,祝温书都不知道那是什么。

"今晚别洗澡了,就这么睡吧。"

他放下手里的东西,起身朝浴室走去。

祝温书不知道他在干什么,扭头看着浴室,不一会儿,听到了"潺潺"的水流声。

几分钟后,令琛拿着叠成小方块儿的毛巾出来,弯腰给祝温书擦脸。

毛巾的温度刚好,不凉也不烫。

早在令思渊生病那次，祝温书就发现令琛和她想象中不一样。

他好像特别会照顾人，就像此刻，他没问就能分辨出哪张是洗脸的毛巾，给她擦脸的时候也不会胡来，会先大致擦过脸颊，然后用边角处擦拭她的鼻翼和耳后。

擦眼睛时，祝温书配合闭目，温热的毛巾轻柔地擦着她的眼角。

过了会儿，她睁开眼，意料之中地和令琛对上目光。

"看什么？"几秒后，令琛才开口。

"我在想，万一回头你有个三病两痛的，我要是做不到你这么细致，"她笑了起来，"是不是很丢人？"

室内气氛终于轻松了些，令琛拿毛巾摁她耳朵："你这么说——"

他起身，转头朝浴室走前丢下一句："我过两天就装病。"

"你是歌手。"祝温书对着他背影说，"不是演员。"

令琛的声音从浴室里传来："唱而优则演，不行？"

行。

当然行，您有什么不行的。

祝温书调整了一下枕头，往下缩了点儿，钻进被子。

令琛再出来时，坐到了床边。

"要睡了？"

祝温书拉起被子，遮住半张脸："嗯，你也早点儿回去休息吧。"

令琛问："你室友要回来了？"

她抬眼看墙上的钟，想了下，说："大概还有半个小时吧。"

"那还早。"

令琛说完，喉结突然滚了一下："亲一会儿？"

祝温书："？"

话题怎么转移得这么突然。

"你能不能别预告，这样我会很尴尬。"

"抱歉，没什么经验。"

令琛俯下身，声音小得快听不见："怕你不想。"

怎么会不想？祝温书闭眼前，迷迷糊糊地想。

当祝温书意识到自己此时正躺在床上，令琛紧紧压着她上半身时，呼吸开始变得急促。

房间里的空气变得稀薄，两人的体温也交融着一同上升。

朦朦胧胧间，祝温书发现令琛的呼吸声变得很……粗重。

同时，隔着被子，她也感觉到了令琛身体明显的变化。

她倏然睁眼，双手推开令琛。

她现在可是个病人！

两人对视许久，祝温书脑子里空白一片，嘴巴不受控制地说了两个字："禽兽。"

"……"令琛手臂撑在她耳边，沉沉地喘气。

片刻后，他一言不发地去了浴室。

里面没有任何响动，祝温书也呆呆地看着天花板。

不知过了多久，令琛终于出来了。

祝温书下意识扫了一眼他……裤子，看见没什么异样，又钻进了被子。

"我回去了。"

"嗯。"

听到脚步声不是往门口去，而是靠近床，祝温书又闭上眼。

感觉到令琛气息的靠近，祝温书连睫毛都在轻颤。

但只是额头被轻轻吻了一下。

"晚安。"

令琛走到电梯口，盯着自己的影子，抓了把头发。

这就禽兽了？

他要是这种情况下都没点儿反应，那才禽兽不如。

站了一会儿，令琛收回视线，才发现自己没按电梯键。

他正要伸手，电梯门却开了。

令琛深吸了口气，再抬眼时，看见电梯里站了个女人。

见女人好像没认出他，神色如常，令琛便也低着头走了进去。

两人擦肩而过时，女人的脚步似乎有片刻的停驻。

但令琛站稳转身时，便看见女人步伐自然地离开了。

令琛刚走没多久，客厅里又传来响动声。

祝温书知道是应霏回来了,却没想两人前后时间差这么少,她隐隐有点儿担心,下床开了门。

应霏木着脸走过来,看着没什么异样。

"你今晚关窗了吗?"

看,还能关心她。

祝温书点头:"关了,今晚风大。"

应霏:"那你扇我一巴掌。"

56

祝温书从来没听过这么厉害的要求。

她抬起手,想晃晃应霏的肩膀,结果对面的人直接把脸凑了过来。

祝温书笑了起来,轻轻拍了一下她的脸:"你怎么了?"

应霏眼里还是一片迷茫,眼睛没什么焦距,喃喃说道:"我刚刚好像看到令琛了。"

祝温书的笑僵在脸上:"令……琛?"

应霏没说话,眉头渐渐拧起,作沉思状,随后,她突然抬眼,看着祝温书。

祝温书心头猛跳了下,闪躲地避开目光:"哪儿呢?在哪儿呢?我去看看。"

说着就要往门外走,应霏拉住她:"都进电梯了,肯定走了。"

被她拽回来后,祝温书欲言又止半响才开口:"你会不会看错了?"

"不可能。"应霏笃定摇头,"就算是脸长得像,身材、气质也不可能那么像。"

原本有点儿紧张的祝温书被应霏这坚定的语气逗笑,脱口而出:"你还挺了解他。"

"嗯?"应霏木然的神情骤然消散得无影无踪,像只突然扑腾起翅膀的小鸡,"我了解他什么,他天天营销刷屏想不看到他都难。"

"嗯。"祝温书装模作样地叹气,"要不我现在下楼追上去?说不定还能看一眼。"

"至于吗？外面这么冷。"应霁低声嘀咕，"不就是个两只眼、一张嘴的男人。"

"那能一样吗？"

跟应霁聊了一会儿，祝温书已经没刚刚那么紧绷，她突然生出一股试探的欲望，想看看应霁现在对令琛是个什么态度。

"那你觉得他……帅吗？"

应霁唇线突然抿得很紧，下巴都在轻颤，抬眼看着祝温书，半天才说："我三年前在菩萨面前发过誓，要是昧着良心说话我哥哥要糊的。"

祝温书挑眉："嗯？"

应霁："我觉得他丑得惊天动地。"

祝温书："……"

行吧，看来还是黑粉立场，坚定不移。

她低下头，无奈地笑了下："那我觉得你应该是看错了。"

应霁沉默不语，似乎还在凝神细想什么。

"早点儿睡吧，霁霁。"

祝温书转身时，还听到应霁自言自语："他怎么会在这里……"

一迈腿，祝温书又听到"啪"的一声，她猛然回头，看见应霁扇自己一巴掌的手刚刚离开脸颊。

"我真是有病！"她如梦初醒般拔高了音量，"他不是去黎城录制新专辑了吗？今天中午还有鼓手发了合照，他怎么可能在这儿！"

祝温书很惊讶地瞪大眼睛，第一次怀疑应霁的身份。

这个黑粉怎么比她这个女朋友还了解令琛的行程？

"你真的……挺关注他的。"

应霁嘴巴开开合合半天都不知道怎么辩解，脸色变得很"好看"。

"我不是关注他……算了，你不了解。"她吞了口口水，"当我今晚梦游吧。"

因为应霁笃定自己认错了人，祝温书也就没把这事太放在心上，只是睡前还是忍不住想，以后还是别让令琛过来了。

应霁这么讨厌他，万一发生什么情况，她可不想再进一次警局了。

可是他俩现在的状况，除了家里，似乎也没别的地方可以待着。

在这股愁绪中，祝温书迷迷糊糊地入睡。

第二天清晨，祝温书是被手机振醒的。

令思渊的事情才过去十几个小时，祝温书神经依然紧绷，几乎是在睁眼的那一刻就坐了起来，急急忙忙翻出手机。

定睛一看，她也不知道自己是该松一口气还是该更紧张。

学校里几乎所有跟她加了好友的老师都发了消息，没联系的也来加微信。

不用一条条点开看，祝温书都能知道他们在问什么。

最离谱的，是祝启森连发了十七条语音消息，没一条低于五十秒。

祝温书懒得点开。

祝温书：什么事？

祝启森：你没听我语音？

祝温书：手机坏了。

祝启森：……

祝启森：听说你跟令琛在警局舌吻？

祝温书：？？？？？？？？

她差点儿没拿稳手机，直接一个语音电话拨过去。

祝启森接起时，背景有点儿吵。

"说啊，咋回事啊？！早上起来看大家在聊我以为自己看错了！"

没听到祝温书说话，祝启森又问："是不是弄错了？这不可能吧？这绝对不可能吧？！"

"这当然不可能。"祝温书冷静地说。

"嘻！我就——"

祝温书："我为人师表，怎么可能跟人当众舌吻。"

"……"祝启森愣了片刻，"祝老师，你语文是我教的？"

"重点是这个吗？"

"怎么不是了？"祝温书低头揪着棉被，低声说，"你先别跟雪儿老师说啊，我怕她接受不了。"

祝启森："……"你看我像是能接受的样子吗？

电话那头沉默了很久，祝温书知道祝启森在消化这件事，也没说话。

她没有和明星谈恋爱的经验，一开始也不知道要怎么做，只一味地遮遮掩掩。

直到昨晚令琛说了那句话，她才确定，原来和他谈恋爱，也可以和其他人一样。

既然令琛都不打算藏着她，她又有什么好隐瞒的。

只是一下子被这么多同事八卦，确实有点儿头疼。

"我还是想不明白……那、那你们……"过了很久，祝启森才又开口，"可是演唱会那天令琛才——我去？！"

他终于反应过来："不是吧祝温书，你就是那个、那个……"

"好了。"祝温书手机还在不停地振动，脑子也因为感冒昏昏沉沉的，没心思和祝启森展开细节，"就先这样吧，回头有时间跟你说，总之你先别跟雪儿老师说。"

感觉到祝温书要挂电话，祝启森急忙说："不是，哎！你……哎，我现在脑袋瓜子'嗡嗡'的，等下要去监考，还有，我早上起来跟雪儿说了昨晚的事情，她知道你生病了在家休养说要来看你。"

"不用，我没事。"刚说完，祝温书就打了个喷嚏。

"唉，你看你这样子，先不说了，我已经在路口停很久了，后面的车跟催命似的。"

祝启森重新踩了油门，挂电话前，又强调："你别忘了跟我展开讲讲啊！我在开车呢，先不——哎，我……我怎么右拐了！"

挂了电话，祝温书侧身抽了张纸巾擦鼻子。

昨晚湿着头发跑出去，又没穿外套，一开始没觉得多严重，一觉醒来倒感觉病情加重了，连鼻腔都不通气。

她没想好怎么跟同事们说，就先装死，下床前给令琛发了条消息。

祝温书：我有点儿头晕，等下去趟医院。

随后她便去洗漱换衣服，又热了杯牛奶。

前后不到二十分钟，再看手机时，祝温书愣神片刻，一口灌了牛奶，急急忙忙下楼。

这会儿正是上班高峰期，小区门口人多，祝温书站在路边张望半晌也没看到令琛的车。

直到一只手从一辆红色小轿车里伸出来，朝她挥了两下，祝温书这才回想起，这是令思渊保姆平时开的车。

"你怎么来了？"祝温书坐到副驾驶座后，问道。

令琛没立刻回答，帮她把跑散开的围巾裹紧，又把贴着脖子的长发抽出来。

"问你呢。"祝温书重复道，"你怎么来了？"

"唉，"令琛很无奈地抬眼看着她，"你怎么总问我这个问题？"

祝温书没明白他的意思，迷茫地眨眼。

令琛顺势捏了下她耳垂："我不应该来吗？"

"我不是那个意思。"祝温书抬手挠他捏过的地方，痒痒的，"你是令琛嘛。"

"令琛是你的，"他停顿片刻，"男朋友。"

"我知道。"祝温书轻轻弯着唇，声音变得细软，"我是觉得医院人太多了。"

令琛也跟着她笑了："就是因为人多，才不能让我女朋友一个人孤零零地去。"

路上，祝温书见令琛接了个电话，对面似乎是令兴言。

等他挂了，祝温书问："昨天那事怎么样了？"

这句话让车内气氛突然沉重了几分。

但令琛神情倒是轻松，仿佛没把这当一回事："令兴言还在处理。"

祝温书点点头，又问："会判刑吗？"

见令琛皱眉，她补充："不是说三道四，我确实对这块儿不太了解。"

"你说两句怎么了，渊渊可是你的——"令琛扭头看了眼祝温书，像是预料到他要说什么，她不自然地抿着唇。

令琛便换了个说法："学生。"

"哦。"

其实祝温书在意的不是这个，她垂下头，小声说："我更关心你想怎么做，毕竟那是你亲外公外婆。"

"早就不是了。"令琛没什么语气地说着这话。

祝温书半天没等到下文，抬头去看他，见他白皙的脸上映着晨间浮光,眼神无波无澜,也就识趣地没再问下去。

其实仔细想想,她也是多此一举。

如果那两位老人和令琛之间尚有亲情,又怎么会做出这种事情。

但因为祝温书的沉默,令琛的情绪明显有了起伏。

还有几十米就到医院时,他突然问:"你会不会觉得我很不孝顺?"

"啊?"

祝温书愣了一下,乍一听这语气有点儿像开玩笑,但令琛的表情却很严肃,于是她摇头:"不会啊。"

车停在路边了,令琛没有出声,静静地看着祝温书。

她低头,一面解安全带,一面说:"我本来就不太喜欢'孝顺'这个词。"

令琛眉眼柔和下来,轻声说:"那你喜欢什么?"

祝温书觉得说这话有点儿不好意思,她拎起包准备打开车门时,才回头对令琛笑了笑:"相爱。"

她说完就蹿下了车,没等令琛回神便隔着车窗朝他挥挥手:"我就进去开点儿药,你别跟着了,在这儿等我就行。"

令琛没吭声,低头就开始解安全带。

"真的。"祝温书敲车窗,"你听话。"

一米八多的高个儿男人像是被"听话"两个字封印住了。

令琛紧抿着唇,没继续解安全带,耷拉着眼皮瞥了祝温书一眼。

"你快点儿。"他面无表情地说,"我这人听不了太久的话。"

等祝温书走远,令琛盯着她的背影看了很久,心里有一股冲动。

不能再这样下去了。

情侣不像情侣,去个医院都不能陪伴。

过了会儿,他突然掏出手机给令兴言打了个电话。

"我正要找你。"令兴言接起直接开口道,"你知道这事儿的严重性其实也就那样,真要追究也不会有太大的惩罚,但那两个老人家已经求我一晚上了,我考虑了很多。首先我觉得与其这样,不如拿这个事情震慑他们,效果更好;其次我实在不想跟他们有纠缠了。你觉得呢?"

"我觉得你不必考虑我。"令琛说,"他们试图伤害的是你的亲儿子,你想怎么样就怎么样,他们跟我没关系。"

令兴言沉吟片刻:"行,总之你放心,以后他们不会出现了。"

手头正忙着,令兴言说完就准备挂电话:"那行,先不说了,你赶紧回来,我得去——"

"等会儿。"令琛突然开口。

令兴言:"怎么?"

令琛望着医院大门处那道背影,说道:"我们是亲人吗?"

令兴言:"嗯?"

他感觉令琛肯定是因为外公外婆的事情伤心了,语气便软了下来:"是啊,当然是啊,我们永远是亲人,你过气了我们也是亲人。"

令琛:"亲人得相爱,对不对?"

令兴言觉得令琛可能是真的受伤了,很仗义地说:"对!咱们相亲相爱!"

令琛淡淡开口:"那你找个时间去帮我吸甲醛。"

令兴言:"嗯?"

令琛:"我想搬回自己家了。"

祝温书进去的时间比令琛想象中久。

他频频看向医院大门,正想打个电话过去时,看见那道熟悉的身影从里面走出来。

她垂着头,步伐慢吞吞的,看起来不太高兴。

等人上了车,令琛偏头去看她的表情:"怎么了?"

祝温书摇摇头:"没什么,小事。"

"你的事不是小事。"

他捏着祝温书下巴,让她看自己:"到底怎么了?"

祝温书眨眨眼:"医生说我没救了。"

令琛:"?"

"……"他抿唇,"好好说话。"

"唉,真没什么。"祝温书长叹一口气,一下接一下地拍打衣服上的皱痕,"就是拿药的时候一个老大爷插队,我跟他讲道理,他胡搅蛮缠,把我给气着了。"

令琛是真没想到祝温书因为这个不高兴。

他笑了笑："你什么时候能学会不讲道理？"

祝温书瞪他一眼："我为人师表，当然要讲道理。"

"老师也是人，该发脾气就发脾气。"

令琛扳过她的脸，认真看着她："要不我教教你？"

祝温书没理他。

"对有些人，讲道理没用。"他说，"会不会凶人？"

祝温书懒懒地说："不会。"

"那我教教你。"令琛勾唇，"下次直接说，'滚'，懂吗？"

祝温书玩起了自己的围巾，应付道："滚——"

令琛："……让你骂人没让你撒娇。"

他偏着头想了想："'老子'，会不会说？"

这个自称听起来倒很有气势。

不过祝温书抬头看着令琛时，突然觉得很好笑。

一个大明星，在教一个人民教师骂人。

于是她盯着令琛笑了起来。

令琛捏她脸："在教你骂人，严肃点儿。"

"哦。"

"学一个，'老子'，快。"

祝温书点点头，目光莹莹地看着他："抱老子。"

本来在教她发脾气，突然被她弄得没脾气。

令琛认命地叹了口气，伸手揽过她的肩膀。

闻到她发间香气时，令琛又低头，顺势亲着她的嘴角。

祝温书到家后，刚给自己泡上冲剂，就接到了施雪儿的电话。

"祝老师，你好点儿了没？"

"好多了，本来也没什么大事。"祝温书说。

"怎么不是大事呢？！祝启森说你昨晚连外套都没穿，冻坏了吧？"电话那头还夹杂着鸣笛声，"我给你买了点儿水果，还煲了鸡汤，我马上就给你送过来。"

"……啊？真不用麻烦！我没事的。"

"你别客气，祝启琛说你是为了令琛的侄子才生病的，我们这些当粉丝的怎么也得感谢感谢你，你稍微等会儿啊，我马上到你家了。"

祝温书："……"

说得好像是为了令琛的亲儿子似的。

她有些无奈，但想着人家马上都到楼下了，也就没再拒绝。

过了会儿，门铃声果然响起。

祝温书开门看见施雪儿拎着大包小包的东西，没忍住笑了起来："搞得跟我大病一场似的，就是受了点儿凉，你太客气了。"

"不客气不客气。"施雪儿进门，把东西放到桌上，"我这不是也代表我们群里的朋友来了解一下情况嘛，具体怎么回事啊？"

施雪儿说完，见祝温书脸色有点儿白，又连忙说："你先喝点儿鸡汤，不着急不着急。"

其实祝温书不知道要怎么跟施雪儿讲这个情况，毕竟涉及令琛的家庭情况。

但施雪儿已经来了，她也不好把人赶走，便倒了一碗鸡汤，一边喝着一边想怎么措辞。

几分钟后，应霏出来了。

她见到施雪儿，先是愣了一下，随即转头走向厨房，一句话没说。

施雪儿也没在意她，热切地坐在祝温书旁边："怎么样？好喝吗？"

"好喝。"祝温书觉得自己一个人喝有点儿尴尬，便说，"你要不也喝点儿？"

今天天气很冷，施雪儿过来的时候吹了风，这会儿手脚还凉着，于是点头道："好，那我去拿个碗。"

见她起身，祝温书连忙放下手里的汤："我去给你拿吧。"

话音刚落，厨房里的应霏就拿了个空碗过来，搁施雪儿面前。

施雪儿轻咳一声："谢谢啊。"

"不谢，多喝点儿吧。"应霏木着脸说，"等会儿你看到你家令琛'塌房'的消息，是得多喝点儿心灵鸡汤了。"

174

客厅里两个人都僵住了。

"什么'塌房'?"施雪儿茫然地问,"他偷税漏税了?"

"……"应霏扯了扯嘴角,"你没看到刚刚的微博?"

"什么?"

祝温书比应霏还先掏出手机,一刷新微博,果然看见有热门内容,来自十多分钟前。

@娱乐新巴士:爆!一线"顶流"今晨与女子车内舌吻,难舍难分,地下恋情已多年?周一见!

祝温书点开评论,第一条热评——

@好兆头什么时候来:令琛和"小蚕同学"?

祝温书看了一眼就关上了,呆呆地盯着地面。

"嘻!"施雪儿看完微博,笑出了声,"我还以为什么呢,这算什么'塌房',我们巴不得看看'小蚕同学'是何方神圣呢。"

应霏:"……"

施雪儿:"哎哟!这群狗仔行不行啊,今天才拍到,还周一见!给我现在就曝光!我要看照片!不是高清无码的我都不乐意!"

"要是有视频就更好了,我能当偶像剧看个八百遍。"

祝温书忽然站起来,拿着手机跑回房间关上门。

她转身,背抵着墙,大口喘气拨通令琛的号码。

几秒的等待时间,祝温书已经开始有点儿站不住。

她想过被人拍到,但怎么也没想过会被人拍到接吻的画面。

这让她怎么为人师表!

"怎么了?"令琛的声音平静响起。

"你说怎么了!"祝温书压着声音,急得跺脚,"你没看到刚刚的新闻?"

"哦,你说这个。"令琛不紧不慢地说,"听说了。"

祝温书眨眼:"你怎么这么淡定?我们被拍到了!"

"不是我们。"

他的语气格外淡定,不见一丝慌张,搞得祝温书也有点儿迷茫。

"你怎么确定不是我们?"

令琛:"我今天亲你的时候又没有伸舌头。"

祝温书:"……"

57

祝温书从房间出来,已经是几分钟后的事情。

外面两人才注意到她刚才不在,只当她是去卫生间了。

见到祝温书过来,施雪儿的兴奋劲儿还没过,捧着手机一个劲儿打字。应霆则面无表情地在客厅煮泡面。

"哎,祝老师,你来看看。"施雪儿朝祝温书招手,并把手机递给她。

"什么?"

祝温书皱眉看了眼应霆,才慢慢走过去,见施雪儿正滑着某宝购物页面:"你说费列罗的礼盒漂亮还是歌帝梵的漂亮啊?"

祝温书看了两眼,觉得都差不多:"歌帝梵吧,你要送给祝启森?"

"他才不吃巧克力呢。"施雪儿亮晶晶的指甲点了下"加入购物车","我等令琛和'小蚕同学'曝光就用来转发抽奖。"

祝温书:"……"

刚煮好泡面的应霆扯着嘴角摇摇头。

这怕不是被刺激疯了。

这时,施雪儿闻到餐厅里飘来的泡面香味儿,咽了咽口水,起身拉着祝温书往房间走:"祝老师,你还没吃药吧?赶紧去休息。"

关上门,施雪儿还贴着门听了下外面的动静,确定应霆只是在吃泡面后转身,看见祝温书坐在桌边吃药,才想起今天自己来的目的是打听令琛侄子出了什么事。

"祝老师,昨天到底怎么回事呀?"施雪儿站在一旁问,"令琛的侄子没什么事吧?我听祝启森说好像是被亲戚掳走了?"

"也不是。"祝温书一面吃药一面说,声音有点儿含糊,"就是亲戚带小孩出去玩，没通知到位，产生了一些误会。"

施雪儿睁大眼："啊？"

"后来直接送回家了。"祝温书又说，"具体的我也不太清楚了，应该就是一些误会。"

施雪儿怎么也没想到是这种情况。昨晚听祝启森跟她说令琛的侄子被掳走了，祝温书大晚上跑去找还闹到了警局，她还以为是发生了什么恶劣的绑架事件。

但看祝温书一脸镇定，施雪儿也迷糊了："就这样？"

见祝温书抬眼，她恍然回神，连忙拍两下自己的嘴："呸呸！不是诅咒啊，我以为出了什么大事呢。"

她恍惚眨眼，摁着胸口："那就好，原来是虚惊一场，没事就好。"

手机振动几下，施雪儿看了眼朋友们发的消息，又像个傻子一样笑了起来："今天怎么才周三啊，好想快进到周一，想看看'小蚕同学'到底长什么样子，肯定很漂亮吧。"

祝温书张了张嘴，正要说话，施雪儿又说："唉，也不一定，令琛不是那么肤浅的人，可能就长得普普通通吧。"

祝温书："……"

她点点头："应该还是……挺好看的……吧。"

"其实好不好看也不重要啦，只要他们好好的。"

施雪儿捧着手机笑得像个怀春少女："就是没想到令琛还挺欲，舌吻欸，车里欸，跟他平时一点儿都不像。"

祝温书脸色红了一阵，低声问："你就……这么开心？"

"当然开心啊，祝老师，你想想看，初恋欸！令琛的初恋欸！"她捏紧手机，两眼放着光，"令琛和初恋在一起了，这不浪漫这不好嗑？"

祝温书只是点点头："你坐一下吧，别光站着了。"

闻言，施雪儿一头倒在床上，望着天花板喃喃说道："等他们结婚了，我把年终奖拿出来转发抽奖，就当给他们随礼了吧。"

祝温书一口水喷出来，连连咳嗽。

施雪儿连忙起身帮她拍背，又拿纸又端水："你是不是挺难受的？要不我就不打扰你了，你继续休息吧。"

祝温书被呛得满脸通红，还挣扎着要起身送施雪儿。

再不走，她可能得憋死在这儿。

不过施雪儿没有让祝温书起身，她擦干净桌面，拎着包高高兴兴地出去。

经过餐厅时，施雪儿闻到余留的泡面香味，顿了顿脚步。

应霏上次煮给她吃的泡面实在太香了，可惜还没得及要到链接就发现了对方的网络"马甲"。

施雪儿至今对此耿耿于怀，这会儿看见应霏不在客厅，于是悄悄咪咪地走到厨房，弯下腰，伸出她那做了亮晶晶美甲的手指，翻了翻垃圾桶。

最上面的果然就是泡面包装，可惜全是韩文看不懂。

不过也没关系，施雪儿美滋滋地拿出手机正准备拍照回去搜一搜，身后冷不丁响起声音："你干吗？"

"……"施雪儿机械性地直起身，转头笑道，"没什么，看你们垃圾满了，帮忙丢下去。"

应霏看了眼只装了一小半的垃圾桶，哼笑一声："哦，我还以为你有捡垃圾的习惯呢。"

施雪儿咬着牙把垃圾袋系上，又听身后的人说："等会儿。"

她上前把泡面包装袋抓出来，然后朝施雪儿笑："谢谢，小区垃圾收容处下楼左拐。"

"……"

施雪儿骂骂咧咧地拎着垃圾下楼，一把扔进收容处，回头瞪了一眼楼上。

因为从令琛那里得到了确信消息，祝温书也就没把"周一见"当回事儿。

外公外婆的事情由令兴言全权处理，令琛在周五就飞回黎城继续工作。

周天发完成绩单后，祝温书正式迎来自己的寒假。

往常这个时候她已经准备收拾行李回汇阳了，只是今年爸妈问她的时候，她犹豫半天都没决定。

这段时间令琛很忙，两人见面时间本来就不多。

要是她回了汇阳，几乎就没可能了。

但待在江城，好像也没什么事做。

下午开完会，老师们没有立即散去。这还是考试后第一次返校，大家都陆陆续续围着祝温书八卦，她花了半个多小时才脱身。

回家的路上，祝温书坐在公交站台边，周边的店铺已经染上了春节的气氛。

都怪这群同事。

祝温书本来没怎么想，结果大家在她耳边一口一个"令琛"，现在她满脑子都是他的脸。

寒冬微风刺骨，透过围巾冷得祝温书直发抖。

也不知道黎城气候怎么样。

她拿出手机看了眼天气软件，皱眉轻喷，怎么比江城还冷上好几摄氏度，而且未来还要连续下几天雨。

祝温书：你那边好冷，还要下雨，多穿点儿。

过了会儿。

c：知道了。

c：开完会了？

祝温书：嗯，放假了。

她抬头看了眼天，很难想象在阴雨绵绵的城市生活有多难受。

祝温书：你那边工作忙吗？

c：还行。

祝温书：黎城漂亮吗？

c：一般吧。

祝温书：不好看吗？

祝温书：我都没出去过。

这条之后，令琛没有再回。

也不知道他是不是去忙了，祝温书感觉自己心情突然变得很闷。

或许是因为天气太冷，又或许是因为他不咸不淡的回复。

祝温书收起手机，伸腿踢着路边小石子。

过了会儿，公交车来了。

祝温书拎着包上去，居然没有座位。

她重重地叹了口气，抓紧扶手刚站稳，包里手机又响，但她没什么心情去看。

等到了站，祝温书下车后，才掏出手机。

是一条机票出票信息。

她盯着屏幕看了好几眼，确定是自己的身份证号码没错，随即给令琛发消息。

祝温书：你给我买机票了？

c：嗯。

c：你来了，黎城不就好看了？

她弯着唇角，在寒风中站了好几秒，随后拔腿朝家跑去。

还以为令琛听不出她的画外音呢。

第二天清晨，祝温书拖着大行李箱赶去机场。

明知道待不了几天，但她收拾行李的时候硬是给自己装了五六套衣服。她像是把这次出门当作了旅行，总觉得每天都得穿不重样的衣服。

直到飞机落地黎城，祝温书去转盘取了行李，扫视周围一圈，才发现自己带的东西好像确实有点儿多。

就好像，她要赖在令琛身边似的。

可惜现在后悔也来不及了。

祝温书的羞赧姗姗来迟，可是她迫切地想见到令琛，也管不了那么多，拖着大箱子健步如飞地朝外面走去。

上飞机之前令琛说过他在忙，会有朋友来接。

临近春节，出行的人特别多，出口围栏旁边站满了接机的人。

祝温书也不知道这个朋友长什么样子，她一路上抬着头张望，正犹豫着要不要给对方打个电话时，她突然看见一个陌生的年轻男人抱着一束玫瑰花站在围栏边，有几个接机的大爷大妈盯着他看。

因为他手里举着一个牌子，上面大剌剌地写着六个大字，"令琛的小宝贝"。

祝温书："……"

她当场愣在原地。

怎么能这样呢?

令琛好歹是个公众人物,就算不遮掩也不能这么高调吧?!

祝温书在原地站了很久,一会儿尴尬得脚趾抠地,一会儿又忍不住偷偷去瞄那个牌子。

她拿出手机,远远拍了一张照发给令琛。

祝温书:令琛!!!

c:?

"祝小姐?"刚发完,侧边一道女声响起,祝温书转头,看见一个穿着黑色羽绒服的女人朝她挥手,"您就是祝小姐吧?我是小瑜,你男朋友叫我来接你。"

祝温书眨眨眼,再看向举牌男人时,身边突然刮过一阵风。

"亲爱的!"一个年轻女生扑向举牌男人,隔着围栏抱了一下后,抬头看着他手里的东西,"哎哟,你真会,那今天我不当令琛的小宝贝,当你的小宝贝。"

祝温书:"……"

她转头就走,并飞速撤回了刚刚那张照片。

c:怎么了?

祝温书:没事。

祝温书:表达一下想念罢了。

c:哦。

c:祝温书!!!

上车后,祝温书木着脸看向车窗。

小瑜动作麻利,很快便系好安全带开出停车场,并频频从后视镜看祝温书。

感觉到她的目光,祝温书有点儿不自在,想找点话题化解无言的尴尬。

"诶,您怎么认出我的?"祝温书说,"我还以为会举个牌子什么的。"

"用不着。"小瑜笑着说,"令琛交代了,人群里最漂亮的那个准是。"

"哦……"祝温书抿着唇笑了笑。

小瑜则保持着笑容没再说话。

其实这话还有后续。

当时令琛那么说了，小瑜觉得他就是开玩笑，于是顺着他的话要一张照片，到时候好认。

结果令琛发来了整整八张照片。

正面的、侧面的各三张，还有两张背影照。

就差在照片上写"你看我女朋友美不美"九个字了。

怎么，是要她给他女朋友建个模吗？

到酒店后，令琛不在，小瑜直接带祝温书去了一间早就开好的套房，走前告诉她令琛还在录音棚，等会儿才忙完。

酒店暖气开得足，祝温书脱了外套后，把行李箱里容易有皱痕的衣服全都挂进了柜子里，又把洗漱用品摆放到洗漱台。

忙了一会儿，她坐在床边打量这间房的格局，忍不住啧啧称赞，给她一个人开这么大一间套房，真是奢侈浪费。

想着想着，祝温书抱着枕头趴下，在头顶暖风的吹拂下不知不觉睡了过去。

但到底不是晚上，祝温书没睡多久又醒了过来。

她先是睁眼看着陌生的环境，还有点儿迷茫，再徐徐转头，看到一旁沙发上坐着的男人时，下意识惊呼出声。

坐在沙发上半睡半醒的令琛闻声抬头："怎么了？"

祝温书惊魂未定地看着他："你怎么来了也不出声？"

"敲门没人应，打电话也没人接。"令琛慢吞吞地起身坐到床边，"看你睡得香就没叫醒你。"

祝温书低头，才发现自己身上盖着被子，鞋也脱了，整齐地摆在地上。

她揉了揉脸，笑着说："我要是不醒，你就一直等下去？"

"等呗。"

见祝温书掀开被子，令琛弯腰把拖鞋拿了过来，漫不经心地说："我喜欢等你。"

看到他眼下隐隐的青黑，祝温书动作一顿："我不喜欢。"

令琛昨晚没怎么睡好，像是反应慢了半拍似的，慢慢回过头。

"行吧。"令琛叹气，"那以后不等了。"

听他语气可怜又委屈,祝温书有点儿无奈,她又不是那个意思,只是觉得没必要这样将就她。

可她还没开口解释,令琛又说:"下次直接亲醒你。"

"……"祝温书抓起小方枕朝他扔去,"对人民教师放尊重点儿。"

"知道了。"

令琛揽过祝温书抱进怀里,然后把下巴搁在她肩上,原本想像平常那样说一句"祝老师",但他突然想到什么,语气里陡然带上一点儿笑意:"令琛的小宝贝。"

祝温书原本都忘了这事儿,猛然被他提起,头皮又一阵阵发麻。

他果然还是看到那张照片了。

算了。

祝温书脑袋靠着他的脖子,闻着他身上熟悉的香味,突然就认命了。

"你的小宝贝饿了。"

令琛闷头在她肩上笑了会儿,侧头看向窗外:"去吃饭吧。"他眷恋地蹭了蹭脸颊,"你一来,黎城天气都变好了。"

祝温书顺着他的目光看出去。

她下飞机的时候黎城还下着小雨,这会儿居然放晴了。

"那我可真是……"她说,"太厉害了。"

出门的时候,祝温书被令琛顺势牵住,也没觉得怎么样。

只是到了酒店大厅,客人来来往往,祝温书总觉得可能会被认出来,于是下意识想抽出手。

但令琛注意到她的动作,没说什么,反而握得更用力。

祝温书挣不脱,索性由着他去。

反正他戴着口罩,她也裹着厚围巾,不一定会被注意到。

一路顺利地上了车,令兴言已经在副驾驶座等着了。

见祝温书来,他回头跟她打了个招呼就匆匆戴上耳机接电话。

他好像在忙什么装修的事情,断断续续聊了很久。

祝温书没再说话打扰他,过了会儿,她自己的手机也响了。

见是施雪儿打来的电话,祝温书摸了下包,发现没带耳机,于是小声接了起来:"雪儿老师,怎么了?"

183

"祝老师，你明天有空吗？"施雪儿说，"咱们去逛街呗，祝启森去看他外婆了，我好无聊。"

"我最近有点儿事来着。"

施雪儿叹气："好吧，那你什么时候有空啊？"

祝温书侧头看了令琛一眼，她和令琛好像还真没讨论过这个问题。

"不确定，可能过几天吧。"

"行吧。"施雪儿是真的无聊，又碎碎念道，"今天周天了，你说那些狗仔怎么还不爆料啊？我都给那个'娱乐新巴士'发了几十条私信催他了，难道真要等到周一啊？"

她刚说完，祝温书还没想好怎么回答，前排的令兴言接了另一个电话，语气突然变得暴躁："我说了不是令琛！令琛没被拍！被拍的是叶邵星！你不信等到明天自己看啊！"

"……"

祝温书盯着令兴言的背影眨眨眼，听筒里不再有任何声音。

过了好几秒。

"祝老师……"施雪儿呆滞地说，"你跟谁在一起？"

祝温书："……我在做家访。"

下午，远在江城的应霏睡醒后，迷迷糊糊地去洗了个脸。

她回到房间，发现手机里有一条新消息。

那个施雪儿……居然给她发消息？

两人自从加上微信后就没说过话，应霏一直想着拉黑却又想偷窥她的朋友圈，才留着这个好友。

独钓寒江雪媚娘：一个好消息和一个坏消息，你想先听哪个？

应霏愣神片刻，又揉揉眼睛，怀疑自己没睡醒。

yoki肥：？

独钓寒江雪媚娘：先说坏消息吧。

独钓寒江雪媚娘：你家叶邵星谈恋爱被拍了！！！

yoki肥：？

应霏脑子彻底蒙了。

yoki肥：那冒昧问一句，好消息是？

独钓寒江雪媚娘：女朋友不是你哈哈哈！

58

吃饭的地方离酒店不远，这一片也偏，位于工业区，四周没什么行人。

下午两三点，餐厅里一个客人都没有，只有服务员在收银处打盹儿。

令兴言走在最前面，低头看着手机。

听到响动，服务员抬起蔫年年的脑袋，打着哈欠过来招呼。

等祝温书和令琛走近时，服务员的视线有明显的停顿，注意力被这个戴着口罩的男人抓住。

在她目光停顿的那两秒，令琛已经牵着祝温书和这位服务员擦身而过。

长期生活在追光灯下和镜头中的人形成了目不斜视的习惯，仿佛什么都没注意到，但祝温书却对这种异样的视线很敏感。

她带着一丝忐忑回头，果然对上服务员的目光。

好在对方似乎只是被令琛身上异于普通人的气场吸引了注意力，撞上祝温书的目光后，她讪讪笑着跟上来："就三位吗？这会儿厨师下班，只有汤锅了。"

祝温书接过令琛递来的菜单，埋头看了片刻，目光却没有停留在菜式上。

这还是她第一次和令琛在餐厅大堂吃饭，虽然没什么客人，但祝温书总被一股紧张感包裹着。

她不知道自己什么时候才能坦然地和令琛出现在公开场合，面对别人好奇又惊讶的目光。

"菌汤吧。"祝温书随口说了个汤底，随即把菜单推给坐在她身旁的令琛，"你们点。"

"好。"

令琛翻动菜单的同时，一只手顺势摘下口罩。

祝温书余光瞥见他的动作，想阻止已经来不及了。一旁的服务员果然也愣在原地，呆呆地盯着令琛。

随后,她似乎想到了什么,更加震惊地看着祝温书。

祝温书垂手揪紧了袖口,扭头假装看窗外风景。

从倒映的玻璃里,她看见服务员缓缓举起了手机。祝温书脊背一僵,茫然不知所措。

而一直低头看菜单的令琛仿佛察觉到了什么,抬头看了服务员一眼。

他的眉骨立体,眼睛形状却是典型的亚裔内双形,眼尾微微上扬。偏着头看人时,带着一股天生的冷感。

服务员立刻把手机往胸口一摁:"我、我只是下单,没有要偷拍。"

令琛眼里本来没有什么情绪,听到她这话却轻轻勾了下唇。

"牛肉套餐。"

服务员忽然就有点儿迷糊,愣了几秒才按"下单"键。

等令兴言要了壶菊花茶,她便抱着菜单一步三回头地往厨房跑去。

从手机里抽空抬头的令兴言正好看见祝温书不自然的表情,他斟酌片刻,转头对令琛说:"要不你还是戴上口罩吧。"

令琛抬眉,还没来得及开口,一旁的祝温书蓦然回过头,怔怔地看着令兴言:"戴着口罩怎么吃饭?"

"就是。"令琛立刻接话,"用鼻孔吃饭?"

令兴言:"……"

随便你们。

令琛说完这话,转头看着祝温书:"怕吗?"

祝温书抬眼:"嗯?怕什么?"

令琛说:"被人发现和我谈恋爱。"

听到这话,令兴言也抬头看着祝温书,想听听她的答案。

祝温书想了会儿,很认真地问:"和你谈恋爱犯法吗?"

令琛:"……不犯。"

祝温书:"那就不怕。"

决定和令琛在一起的那一刻她就预料到了会面对什么,现在只是有点儿不习惯而已。

一旁的令兴言愣了一瞬,完全没预料到这个答案。

还真是简单粗暴,让人无法反驳。

上菜后，令琛刚拿起筷子，手机便响起。

他大清早便开始工作，又在酒店等了祝温书一个多小时，这会儿刚要吃上午饭，肠胃已经有点儿不舒服了。

偏偏这时候来电话，他拧着眉看了眼来电显示，语气也不太好："什么事？"

对面说了几句话后，令琛道："我问问，回头联系你。"

电话一挂，令兴言问："什么事？"

"叶邵星。"令琛拿起筷子夹了块牛肉给祝温书，"找我借钱。"

令兴言："解约？那可不少钱吧，我记得他们公司违约金是天价。"

"真要是违约金，我能借他？"

令琛拿勺子喝了口汤，不紧不慢地说："他要压新闻。"

"他不是说压不了吗？"令兴言有点儿惊讶，忽然又嗤笑一声，"我以为他真那么刚，所以他找你借多少钱？"

令琛："五百万。"

"……"默默旁听的祝温书差点儿被一口牛肉送走，待令琛注意到她的异样时，她扯出一个僵硬的笑容，"你们继续。"

"五百万……"令兴言伸手挠了下太阳穴，"我得找个时间看看，还真不一定有这么多闲钱。他也真是的，这都什么时候了才开始凑钱，早干吗去了？"

令琛没再接话，满心想着赶紧吃完了好回酒店。

这时，原本放在一旁的口罩突然被递到他面前，令琛停下筷子，转头看向祝温书。

"你还是戴上吧。"祝温书说。

令琛看了眼口罩，又看了眼自己的饭碗："不是说不怕？"

"我是不怕。"祝温书从令兴言和令琛简短的对话中已经大概知道了情况，眼里的震惊久久未消散，"但我心疼钱。"

半晌没听到下文，祝温书转头，看见一旁的令琛用手背抵着唇，脸上笑意荡漾。

"你笑什么？"

难道她说得不对？

被拍到一次就五百万，这谁顶得住啊。

"没什么。"令琛抬起头，把口罩塞进包里，"祝老师说得对，我们不能花这个冤枉钱。"

因为祝温书那句话，令琛这顿饭吃得格外开心。

可是回酒店的路上，他却发现不对劲了。

酒店大堂很宽敞，祝温书走得飞快，硬是和他拉出了四五米的距离。

进了电梯后，明明就他们两个人，她也站到了角落里，就差在脸上写着"我跟这个男人不熟"八个大字。

令琛一靠近，她就往旁边挪："你别过来啊。"

令琛沉思一会儿，终于反应过来，祝温书这是在替他省钱呢。

看来是把他那句"我们不能花这个冤枉钱"理解成了"我们不能被拍到"。

"祝温书，其实我吧……"他抬眼，偏头看向祝温书，只是话没说完就被打断。

"我知道你赚得多。"祝温书平视前方，严肃地说，"但那也不是大风刮来的，还是省着点儿。"

令琛没忍住又笑了。

直到电梯到达楼层，祝温书迫不及待要出去，他才伸手拉住她。

"我的意思是，"他手臂用力，把人拽了回来，"就算没被拍到，我也得让大家知道——"

他微微弯腰，一字一句道："我是祝温书名正言顺的男朋友。"

走廊尽头隐隐有脚步声，不远处的门铃也在响，但祝温书却站着没动，定定地看着令琛的眼睛。

这个男人明明很耀眼，拥有享不尽的掌声与追捧，却没有强调"你是我令琛的女朋友"，而是说"我是祝温书的男朋友"。

就好像他特别以此为荣似的。

祝温书骨子里是个很骄傲的人，也一直坚信自己的男朋友也得是个优秀的男人。

但当这个对象是令琛时，两人的差距超过了她的设想，这段时间她常常因为自己只是一个普通人而感到不安。

但此时此刻，令琛认真又严肃地说出这句话，像给祝温书吃了一颗定心丸。

"怎么？"令琛见她久久不说话，伸手摸了下她的脸颊，"想反悔？"

"没有！"祝温书忽然笑了，抬手抱住他的手臂，"走吧。"

两人一出电梯，果然遇到推着房口车的保洁阿姨。

她对在酒店卿卿我我的情侣见怪不怪，只是迎面走来的两人特别养眼，所以忍不住多看了两眼，随即按照规定问好："下午好。"

令琛朝她点点头，没说话。

一旁的祝温书却侧身朝保洁笑得眉眼弯弯："下午好。"

保洁很少在酒店遇到这么热情的回应，走过了两步，还回头看他们俩。

年轻女人抱着男人的手臂，不知道在说什么，男人侧过头亲了她一下。

保洁浑身一颤，立刻收回视线。片刻后，却又回头去看，莫名傻笑。

令琛把祝温书送回酒店后便去找令兴言，他今天还有事，得忙到晚上，想着祝温书一个人无聊，安排了小瑜陪她出去玩。

小瑜是令兴言的下属，原本是跟着来工作的，临时接到这么一个"工作"，来不及做什么攻略。

黎城不是旅游城市，钢筋水泥的市区也没什么好逛的，两个女生商量了一下，决定开车去周边的古镇。

小瑜自己也没来过这边，平时工作又忙，难得可以带薪休假，整个人比祝温书还兴奋。

日落西山时，祝温书已经不怎么走得动了，坐在文创店的小凳上歇脚，而小瑜还兴致盎然地挑选着冰箱贴。

于是两人回程的时间比预计晚了一个多小时。

夜里九点多，祝温书才到酒店。

出电梯后，祝温书一下子收到几十张小瑜发来的照片。

她是美术专业出身，审美好，拍照角度很高级，张张都像专业摄影师的手笔，因此祝温书看得格外入神，快到房间门口了才发现令琛的存在。

"你怎么在门口？"祝温书掏出房卡开门，说话的时候还在看照片，"在等我？"

"不然呢？"令琛瞥了眼她的手机，"乐不思'琛'。"

祝温书埋着头笑，随口说："你连手机的醋都吃？"

"没那么闲。"

进门后，令琛靠在墙边，闲散地看着祝温书："我这人好养活，不挑食，什么都吃，唯独不吃醋。"

"噢！"祝温书把手机放桌边，"我去洗个手。"

刚跨进洗漱间，桌上的手机铃声便响起。

祝温书开着水龙头，探出半个身子："谁给我打电话？家长吗？"

令琛低头看了眼，目光突然变得有点儿沉，别开头没说话。

见状，祝温书甩甩手就出来："谁啊？"

没听到回答，她两三步跨过来，拿起手机一看。

尹越泽。

祝温书没立刻接，抬头看了令琛一眼。

"你接吧。"令琛双手插兜往套间厨房走去，"我给你倒杯水。"

他走得太快，祝温书根本来不及说什么。

手机铃声又一直响，她低着头，不明白尹越泽还能有什么事找她。

想了会儿，祝温书还是接起来："喂，有什么事吗？"

刚说完，令琛的声音就传了过来："你喝温的还是烫的？"

祝温书："……烫的，滚烫的！"

尹越泽沉默几秒才开口："是这样的，不少同学这两天都在问我个事儿。"

祝温书："嗯？"

尹越泽："他们问，当初你和我分手，是不是因为令琛。"

祝温书茫然地眨眼："为什么这么问？"

"因为那个'周一见'，大家都认为你和令琛在一起多年了。"尹越泽叹了口气，语气冷淡，"我知道你们才在一起没多久，但为了你的声誉，还是跟同学们澄清一下吧。"

这话里话外的意思，就是有人以为祝温书和尹越泽分手是因为令琛插足。毕竟大家都认为"周一见"说的是她和令琛，而微博又提到了"相恋多年"。

祝温书抽了张纸巾擦手:"没必要。"

"你就一点儿不在乎?"尹越泽顿了顿,"就算你不在乎,令琛也不在乎?"

其实是你最在乎吧。

祝温书坐到沙发上,沉沉说道:"那个'周一见'说的不是我和令琛,大家都搞错了。"

"……不是?"

"对。"祝温书说,"不是我们,另有其人。"

"好,抱歉,我弄错了。"

尹越泽也并不好奇是谁,沉吟片刻后,他说:"打扰了,你早点儿休息吧。"

"等下。"

因为这通电话,祝温书原本的好心情突然烟消云散。

她想不明白尹越泽都这么大人了怎么还是放不下那点儿自尊,也很后悔当初和他一起编造那个谎言。

难不成以后但凡有点儿什么,她都得出来配合他继续圆谎?

"怎么了?"尹越泽问。

"我们的事情已经过去这么多年了,不论有谁再提起,都没必要再追究了。"祝温书看了厨房一眼,没什么动静,又说道,"很多事情我都不记得了,我们也都有各自的生活了,也没必要为此再联系。"

许久后,尹越泽道:"好。"

挂了电话,祝温书往厨房张望,没听到烧水声,于是慢吞吞走过去。

橱柜开着,令琛半蹲着,不知道在找什么,看见祝温书过来了也没说话。

祝温书靠着墙,双手背在身后,歪着脑袋问:"你在找什么呀?"

令琛冷着一张脸,吐出四个字:"找不痛快。"

祝温书:"……"

第 六 章

我等到了我的"小蚕同学"

59

　　令琛说完，终于从橱柜里翻出电热水壶。

　　祝温书的视线跟着他上上下下，令琛先是用水清洗了内胆，烧上水后，又转头去了客厅。

　　祝温书的感冒还没好完全，这两天依然有点儿鼻塞，所以带了两盒冲剂过来，自从到了黎城还没喝过，就随手放在客厅的桌上。

　　令琛拿了药折返，洗杯子拆药盒，全程一言不发。

　　等水开了，他把水全倒进池子里，又烧上第二壶。

　　酒店的热水壶很小，水烧开只需要几分钟。

　　"滋啦"电流声响起，令琛沉默片刻，才转过身，靠着橱柜看向祝温书。

　　他整个人都很松散，背微驼，耷着眉眼看过来时，眼睛里像蒙了一层雾。

　　偏偏他又不说话，一动不动地看着对面的人。

　　祝温书完全没办法招架他这个眼神，原本想好的三言两语好像突然变得没什么力度。

　　"干吗呀你。"祝温书被他看得心虚，想上前两步，又不知道说什么。

　　令琛倒是没什么怒意，房间里开着暖气，祝温书不知道他是怎么做到让自己看起来像一只落汤鸡的。

　　"这么晚给你打电话，"他背过身取了一把勺子，打开水龙头冲洗，平静地说，"有什么急事？"

　　祝温书："……"

　　她真是希望令琛像电视剧里那样摇晃着她的肩膀大喊："你是不是还

爱着他！是不是忘不了他！"这样她就可以捂着耳朵喊回去："不是的！你听我解释！我跟他早就恩断义绝了，我爱的只有你！"

然后两个人歇斯底里地抱头痛哭、激情热吻，然后这事儿就这么翻篇了。

而不是像现在这样明明满脸写着"不高兴"，还要若无其事地问一句"有什么急事"。

"他就是问一下。"祝温书慢慢走到他身后，"大家都以为那个'周一见'说的是我们，又说什么相恋多年。"

令琛"嗯"了声："关他什么事？"

祝温书："有人以为你是个小三。"

令琛："……"

勺子已经冲洗干净了，水还在继续流。

片刻后，令琛才关了水龙头，淡声道："就算我想当小三，祝老师会给我这个机会吗？"

"那当然不会。"祝温书斩钉截铁地说，"祝老师为人师表，怎么可能做出这种事情？"

还认真回答上了。

令琛好气又好笑，扯了下嘴角，把冲剂倒进杯子里。

"那他有什么好怀疑的？"

"主要是别的同学这么以为。"祝温书说，"他倒是没多想。"

令琛的动作顿了一下："是吗？"

还真不一定。

如果说高中三年，有谁可能知道他对祝温书的心思，这个人还真只能是尹越泽。

高一暑假的某天，令琛从书店出来准备回家做饭。

外面下着大雨，他没带伞，一路沿着屋檐躲着雨回家。

刚进百花巷，街边小卖部老板见他经过，便跟他说，他爸爸刚刚回来的时候被打滑的摩托车撞了，膝盖流了不少血，车主见他爸一股疯傻样子，直接跑了。

令琛没再管雨，立刻往家里跑去。

等他湿漉漉地上了楼,见他爸坐在门口,正在跟谁说话。

老房子的楼道采光不好,声控灯也坏了很多年,令琛看不清人,只听到他爸的声音,于是边走边喊了一声"爸"。

中年男人"哎"了一声,随即,令琛转过楼梯角,看见站在他爸爸身旁的尹越泽。

尹越泽头发和肩膀都湿了,看起来也像是淋了雨。

那一刻,令琛的双腿像灌了铅,再也迈不动。

而尹越泽低着头看过来,满眼震惊。

"他是……"尹越泽又看了眼自己身边坐在地上的男人,"你爸?"

许久,令琛的喉咙才憋出一个"嗯"字。

随后他就没再说话,在尹越泽复杂的眼神中上前,蹲到他爸面前。

膝盖确实受伤了,地上还有一堆染着血迹的纸巾。

不用问也知道是谁帮的忙。

令琛头也不抬地说:"谢谢。"

"……不客气。"

尹越泽站在一旁,注视着令琛把地上的纸巾收拾干净,才开口道:"我路过这边,看见叔叔受伤了就送他回来。他没带钥匙,我就陪他在这儿等。"

令琛埋着头把纸巾揉成团,须臾后还是只"嗯"了一声。

东西捡完了,他却不知道该做什么。

实在不想打开门,让尹越泽看见他的家。

但这时,尹越泽说:"可以借我毛巾擦擦头发吗?我纸巾用完了。"

令琛的手攥紧又松开,只在瞬息间。

尹越泽手里有伞,明显是因为和他爸爸共用,才淋湿的。

令琛起身,闷不作声地开了门。

屋子很小,是房东为了多赚钱隔出来的,只一个通间,进门左侧是床,右侧是饭桌,吃喝拉撒全在这里,一览无余。

但尹越泽跟着他进屋后没有四处打量,甚至都没多走几步,只是站在门口。

也是因为屋子小,他刚掏出手机,令琛就拿了一条干净的毛巾过来。

尹越泽擦了头发，又去擦拭后颈，扭头的一瞬间，他瞥见桌边放了把看起来很旧的吉他。

"你还会弹吉他啊？"

令琛沉声道："邻居家的。"

"哦。"

尹越泽再擦了下手臂，把毛巾还给令琛："那我先走了。"

令琛点头，接过毛巾去晾。

这时，进屋后就坐在一旁的爸爸突然起身，拉开尹越泽身旁的柜子抽屉："我给你糖。"

这个柜子的年龄和令琛差不多大，一拉开就有一股腐木的味道。

尹越泽说"不用了"，但令琛的爸爸就像没听见似的，在抽屉里翻找。

"哎，我帮你找吧。"

尹越泽刚说完，手还没伸出去，就见令琛的爸爸抽出一张画纸。

他下意识凝神看去。

令琛不知道尹越泽看清楚没，但当他回头看见这一幕时，几乎是拔腿冲过来拽出他爸爸的手，把抽屉合上。

"砰"的一声，尹越泽和令琛爸爸都愣住了。

昏暗的屋子里，令琛感觉浑身就像被定住似的，四周空气突然有了重量，沉沉地压向他。

沉默半晌，尹越泽没多问，开口说道："我回去了，你好好照顾你爸爸吧。"

在那之后，令琛整个暑假都处于惴惴不安的状态。

他不确定尹越泽有没有认出画上的人是祝温书，也不知道尹越泽会不会告诉别人他家里的情况。

但开学后，尹越泽对令琛的态度没有半分改变，也没有提及那天的事情，像是什么都没发生过，令琛也因此松了口气。

直到过了一年多的某个体育课后，尹越泽和几个男生打完篮球回来，挤在教室后排换衣服。

他们提起今天祝温书被高三的一个男生拦着要电话号码，有人笑道："尹越泽，你情敌可真多。"

坐在一旁的令琛看见尹越泽扫了他一眼。

很轻的一眼，甚至都没什么表情。

"习惯了。"

他轻描淡写地回应，却又笑着摇头，仿佛是在说——我根本没把这些情敌放在眼里。

……

令琛现在想起这些，只觉得当时的自己庸人自扰、做贼心虚。

就算尹越泽知道又怎样，他根本不会把自己当成威胁。

但多年过去，物是人非，祝温书还真成了他当初没放在眼里的情敌的女朋友。他会不会多想，真不好说。

"算了，随他怎么想。"令琛直起身走了两步，从冰箱里翻出一瓶矿泉水，"要是我成名那会儿跟你有联系，说不准还真会当个小三。"

"你好好说话，跟一个人民教师提什么小三不小三的。"祝温书对着他的背影挥了一拳，"而且你成名那会儿我们早都分手了，你想当小三都没机会。"

令琛手还伸在冰箱里，愣怔片刻，才回头："你不是说你们大二才分手？"

"……骗你的。"祝温书叹了口气，靠到水池边，"高三暑假还没结束就说拜拜了，没好意思跟同学们说。"

令琛拧眉，震惊又恍然："他对你不好？"

"也不是，他对我很好。"祝温书第一次把这件事说出来，有一种卸了担子的放松感，但也不好在现任面前说前任坏话，"就是三观不合。"

"这么久才发现三观不合？"

"怎么说呢，我可能对他太有滤镜了吧，之前又没确定关系，再怎么也就只是朋友，在那条分界线外就觉得挺好的。后来在一起，关系转变了，我就发现他这人只适合做朋友，不适合做男朋友。"

说完后她发现水开了，连忙把电关上，然后把水倒进放了药的杯子里。

细微的水流声中，她没听见令琛再有什么动静。

直到她拿起勺子准备搅拌冲剂时，突然被人从背后抱住。

令琛把下巴搁在她肩上来回蹭了两下。

祝温书虽然看不见他的脸，却能感觉到他心情很好。

"很开心吗？"祝温书无奈地说，"令琛，你这样有点儿像小人得志了。"

"我就是小人。"令琛闷声道，"现在是挺得志的。"

"……"

祝温书随他去了，免得这"小人"又找什么不痛快。

她拿起勺子搅拌冲剂，又听令琛说："那你觉得什么样的适合做男朋友？"

祝温书偶尔也会想这个问题，不同时期有不同的想法，拼凑出一个模糊的男朋友画像，怎么也跟明星不沾边。

但此刻，令琛这么一问，她脑海里的画像好像清晰了起来。

但明明，他和她设想的男朋友职业、性格、气质都完全相反。

祝温书低下头，往杯子里倒了点儿矿泉水，抿了一口冲剂，才有点儿不好意思地说："我觉得你就挺合适的。"

令琛"嗯"了一声，手臂收紧，掌心贴着祝温书的腰侧，在她耳边低声说："那我今晚想睡你这里。"

祝温书："……你觉得这合适吗？"

令琛走后，祝温书一口干了感冒药，再去洗个澡，出来便晚上十点多了。

祝温书平时都是这个时候睡觉，但今天她倒在床上，竟然毫无睡意。

除了有点儿认床，这还是祝温书第一次单独住酒店。

以前不管是旅行还是出差，都有同伴一起。此时她盯着窗外漆黑的夜空，突然有点儿明白施雪儿为什么不敢一个人住酒店。

但凡外面有一丁点儿响动，她都会联想到网上那些关于酒店的怪谈。

真的，网络害人不浅！

辗转反侧半个多小时后，祝温书掏出手机，先是整理了一下今天小瑜给她拍的照片，又看了会儿小说，只觉得越来越精神。

她思来想去，给令琛发了条消息。

祝温书：睡了吗？

对面秒回。

c：没。

祝温书：在干吗？

c：看电影。

祝温书：你明天不是要工作？

c：找点儿灵感。

祝温书：……哦，你看什么电影？

令琛发了张截图过来。

祝温书打开一看，只见黑乎乎的画面中，一个瘦骨嶙峋的女人对着镜头笑得阴森森的。

她看了一眼就关了照片。

祝温书：大晚上的看这种电影，你不害怕？

c：不怕。

"那你可真厉……"祝温书打字打到一半，对面又发了新消息过来。

c：才怪。

祝温书：？

c：你这么一说，是挺瘆人的。

祝温书盯着手机，有点儿不清楚令琛是真怕还是假怕。

c：算了，看都看了，不能半途而废。

c：大不了开着灯坐个通宵。

c：我没关系的。

行，破案了，是装的。

还好令琛不拍戏，不用荼毒观众的眼睛。

但心知肚明的祝温书还是捧着手机，红着脸敲下两行字。

祝温书：那要不……你过来？

祝温书：多个人就不怕了。

过了会儿。

c：这不合适吧？

祝温书：？

c：我说了我卖艺不卖身。

祝温书：爱卖不卖。

她发完就放下手机用被子捂住了头。

其实一开始她也不是非要赶令琛走，决定来黎城找他的时候，她就想过男女朋友一同外出，同床共枕是很正常的事情。

但他当时说得太直接，她没法儿跟他一样不要脸。

没想到这会儿她都这么直接了，这个大男人居然还拿起了乔。

几分钟后，敲门声响起。

祝温书缓缓从被子里露出两只眼睛，看向外面。

好像又不意外。

敲门的人仿佛有点儿着急，一下比一下快，就像她的心跳一样。

好一会儿后，祝温书才掀开被子下床。

转头看到窗户上自己的倒影时，祝温书很佩服自己，在这个时候竟然还想着头发是不是有点儿乱。

她不仅想了，还真打算往洗漱间去梳头发。

不过她刚刚走了两步，门锁"嘀嘀"两声，是用感应卡开门的声音。

祝温书这辈子没这么敏捷过，在两秒内完成了扑到床上并滚进被窝把自己捂得严严实实的动作。

旋即，房门开了。

但在这之后的几秒，祝温书没再听到其他声音，耳边只有自己的心跳声。

直到那人走进房间，脚才在地毯上踩出了点儿轻微的动静。

祝温书没睁眼，听到了他的呼吸声，却再感觉不到自己的气息。

好像氧气都被抽走了。

直到床边陷下去一块儿。

祝温书浑身绷紧，每一处感官都成千上百倍放大，就连他的衣服发出的"窸窣"声都震耳欲聋。

他躺下来的几秒尤为漫长。

祝温书感觉自己好像飘起来又坠下去好几次，身旁的人才躺好。

在那之后，两人都没了动静。

窗外夜色浓重，偶尔有鸣笛声响起，屋子里漆黑一片，只有此起彼伏的呼吸声。

祝温书知道令琛和她隔着距离,没有贴过来,但他的体温好像顺着床单蔓延,让祝温书感觉全身发热。

她紧紧闭着眼,在一阵汽笛长鸣声中,轻轻叫了他一声:"令琛。"

"嗯?"

他的声音好像近在耳边,又好像很远。

祝温书觉得自己的感官似乎又瞬间失灵,感觉他仿佛就紧紧贴着自己的背。

"你心跳好快。"祝温书说。

"嗯。"令琛平静地应了一声,没否认。

下一秒,他翻身抱住祝温书,下巴抵着她的后颈,贪婪地吸了一口气。

"我太害怕了。"

60

令琛第一张专辑里有一首歌叫作《听不见的心跳》。

祝温书第一次听的时候觉得令琛还挺文艺,跟她想象中完全不一样。

现在看来,不过是一个男人的矫情罢了。

哪有什么听不见的心跳。

他的心跳声重得就快要蹦出胸膛似的。

特别是现在祝温书侧身躺着,后背紧贴着他的上半身,仿佛能感觉到他心脏的跳动。

当然祝温书自己也没好到哪儿去。

令琛的呼吸和他的体温一样灼热,毫无规律地拂在祝温书脖子上。急促的时候,祝温书的心跳就同频加快。当他的气息平稳绵长时,祝温书感觉像被一股温柔安全的暖气包裹,浑身舒坦。

但反反复复几次,令琛倒是没什么别的动作,祝温书就有点儿受不了。再这样下去,她今晚是别想睡了。

过了会儿,祝温书盯着窗户,低声道:"令琛,我们说会儿话吧。"

"嗯。"令琛的声音低沉喑哑,乍一听像有零星睡意,可他不稳的呼吸出卖了他,"说什么?"

祝温书也不知道说什么，脑袋里一团糨糊，懵懵懂懂地说："你的梦想是什么？"

说完她就猛闭了一下眼。

这问的是什么问题，仿佛综艺节目里的心灵导师。

"我就随便问问。"

"我的梦想啊，"他调整了一下姿势，把祝温书抱得更紧，迷迷糊糊地说，"不就是你？"

她心跳不可抑制地又漏了一拍。

哪个女生听到这种话不开心？

但开心归开心，祝温书还是用手肘杵了他一下："好好说话，没让你哄我。"

"没哄你。"

令琛睁开眼，视野被祝温书的头发挡住，模糊一片，但她身上的沐浴乳香味浓郁地萦绕在鼻尖。

他单臂撑起上半身，垂头看着祝温书，伸手拂开她脸颊上的发丝："如果不是你，我现在可能在哪个厂里打工吧。"

"嗯？"祝温书扭头，在黑暗中对上令琛的目光，"什么？"

令琛说："其实我初中毕业后就想过辍学了，如果没上大学，你说我这会儿是不是在打工？"

祝温书是个老师，对"辍学"这种说法很敏感。

她没在意令琛后面那句话，只是问："为什么不读书？"

"穷。"令琛手指玩着祝温书的发梢，平静地说，"想赚钱。"

好像是这样的。

祝温书知道他以前家境不好，只是没想到穷到需要辍学的地步。

她心里有点儿酸，伸手抱着令琛的腰。

还好现在已经不一样了。

令琛顺势躺下，把祝温书抱在怀里："还记得我说，第一次见你是在书店吗？"

"嗯。"

"那时候我听到你说自己是一中的，"令琛轻笑，"我就想着，要不还是去报到吧,说不定能再看到美女呢。看一眼,就看一眼。

"然后就发现我们在一个班。"

从此之后,每天早上醒来,看着家里一贫如洗的环境,在继续读书和辍学打工之间摇摆时,他都想着,再去看一眼。

他低头笑:"我是不是很肤浅?"

令琛三言两语说完,祝温书却听得很难受。

听着像是一个色令智昏的故事,但字里行间都是他在深陷沼泽时的盲目挣扎。

祝温书知道自己好看,但难以想象生活是有多绝望,才会让令琛把一个只有一面之缘的女生当作了救命稻草。

她皱了皱鼻子,闷声道:"我也没做什么。"

"你不需要做什么。"

令琛手指穿过她的长发,抚摸着她的背:"你能出现,对我来说就已经是恩赐了。"

他话音落下,两人都陷入沉默。

祝温书心里五味杂陈,很心疼令琛的过去。她家里虽然不算大富大贵,但也从来没缺过钱,根本无法想象是怎样的家境才会沦落到需要孩子辍学。

又惶恐着,自己从未放在心上的经历,竟然能对令琛造成这么大的影响。

同时也庆幸,还好她和令琛能相遇。

就算她和令琛没有再相遇,如果自己的无意之举能让他走上这条灿烂繁华的路,也值得庆幸。

"你呢?"见祝温书一直不说话,令琛反问她,"问了我这么多,你说说你的梦想。"

"我的梦想很普通。"她在黑夜里构想了一幅画面,"能一直当老师,一直教书育人,老了以后有很多学生来看我。"

"没了?"

"还有啊……"祝温书慢吞吞地说,"我很喜欢小孩子,想有个可爱的小孩。"

她顿了下,又说:"两个吧,一个孩子太孤单了。"

令琛笑:"就这么简单?"

"这不简单。"祝温书严肃地说,"养小孩要费很多精力的,不是添两双筷子的事情。"

"想那么多。"他再次撑起上半身,一只手撑在祝温书耳边,把她环在身下,"先一步一步来?"

祝温书:"啊?"

令琛直勾勾地看着她:"现在生一个?"

祝温书怔住,大脑"宕机"了两秒,才惊慌地推了他一下。

可惜她力气不大,撑在她身上的人纹丝不动。

"太、太快了吧。"祝温书手掌还贴在令琛胸前,"什么就……生一个了。"

令琛漆黑的眼睛被黑夜藏住,祝温书看不清他的眼神,只感觉他胸口起起伏伏,无言地看着她,像是在勾引。

两人就这么僵持了许久,就在祝温书浑身热得要自焚时,令琛忽然笑了起来,浑身松懈下来,再次躺下,把祝温书拉进怀里。

"逗你的。"他似乎是真的觉得很好笑,肩膀都在颤抖。

"我身价这么高,不能随随便便就被你占了便宜。"

"……"

祝温书这次是用力地捶了他一下。

令琛顺势捉住她的手,摁在自己胸口。

他深深吸了口气,轻声说:"能这么抱着你就很满足了。"

夜色浓稠,窗外灯火连缀成线,车流不息,鸣笛声由近至远,渐渐消融在耳边的呼吸声中。

祝温书伏在令琛怀里,听着他清晰的心跳声,徐徐闭上眼睛。

其实她也很满足,在这个陌生的城市,拥有了充足的安全感。

在这个寒冷的夜里,祝温书因为令琛的怀抱,睡得很安稳,自然不知道网上发生了什么。

一过凌晨,营销号"娱乐新巴士"吊足了众人胃口,终于放出拍到的叶邵星车内亲密视频。

虽然画面不算清晰，拍摄时间又是深夜，但十分钟内，话题"叶邵星田又晴"便直冲热搜，霸占了各种娱乐话题。

作为偶像爱豆，叶邵星这次的热度算是他出道至今最高的一次。

粉丝震惊崩溃，路人吃瓜看戏，对家粉丝煽风点火，一时间热闹无比。

其中有不少人表示失望，还以为能得见"小蚕同学"真容呢。

第二天清晨，祝温书醒来时发现手机里有很多消息，都是知道她和令琛关系的朋友来八卦的。

祝温书一早从令琛嘴里知道了被拍的是叶邵星，所以她倒也不震惊。而且她本身就不怎么关注娱乐圈的事情，因此也没有跟朋友们多说什么。

网上各方舆论战火纷飞，而祝温书在黎城安安稳稳地待了三天。

令兴言那天午饭后就回了江城处理令琛外公外婆的事情，令琛也忙着工作，祝温书在这里没什么认识的人，加上也见到令琛了，她记挂着没几天就得回家过年，自己还有几个微课任务没做，又不想带着工作回家，于是订了周五中午的机票回江城。

这几天令琛每晚都待在祝温书房间里，她夜夜枕在他的怀里睡觉，体验是不错，但每天早上起来祝温书都觉得脖子酸痛，又不好意思说。

到了要回江城这天，祝温书感觉自己的脖子已经不堪重负了，便早早起床收拾行李。

令琛站在床边，看着她把保温水杯放进行李箱后，蹲下来帮她合上行李箱。

"还有一个多小时出发去机场。"祝温书说，"叫酒店把早餐送上来？"

令琛习惯性地点头，突然想起什么，又说："你还没吃过黎城的小笼包吧？"

祝温书摇头："怎么了？"

"挺出名的。"他拉上行李箱的拉链，牵着祝温书起身，"吃了再去机场？"

"远吗？"

"不远，酒店附近就有。"

祝温书想到时间还早，便答应下来。

黎城难得出了太阳，虽然温度没什么变化，但整座城市至少不再阴沉。

可惜酒店位于工业区，四周没什么人有闲心出来晒太阳。

令琛出门时连口罩都没戴，只戴了顶棒球帽，牵着祝温书走得很慢。

六百多米的距离两人硬是走了二十分钟还没到。

途中，令琛突然掏出手机看了一眼，随后抬起牵着祝温书的手，拍了一张照片。拍完后，又把手机放进外套包里若无其事地继续朝前走。

"你干什么？"祝温书问。

令琛懒洋洋地说："令兴言回来了，问我在哪里。"

祝温书低声嘟囔："那你拍照干什么？"

"我开不了这个口。"令琛歪着头笑，"跟一个单身汉说我跟女朋友在一起，"他捏了捏祝温书的掌心，"太过分了吧？"

……拍照就不过分是吗？

祝温书弯着唇笑了笑，没再说话。

吃完早餐后，令兴言打电话催令琛，两人便没再多停留。

把祝温书送回酒店后，令琛给她留了个司机，随即和令兴言会合前往工作地点。

今天航班延误了一个多小时，祝温书回到家里，暮色已经降临。

客厅里没开灯，祝温书一进门就闻到了一股浓重的劣质鸡精味儿。

她抬手开灯，扫视屋内一圈，不由得皱眉。

餐厅桌上摆着还没吃完的外卖，门口也堆积了不少外卖袋子。一旁厨房垃圾桶的垃圾也都满了出来，几个泡面袋散落在地上。

她下意识往应霏房间看去，见门缝里没有灯光，心知她还在睡觉，于是叹了口气，把行李箱放到一旁就开始收拾垃圾。

应霏这人虽然宅，却很爱干净，从来不会让吃过的外卖在家里过夜，平时打扫公共区域的卫生也很积极。

祝温书一边擦桌子，一边想她这几天是不是生病了。

但也不对劲，生病了怎么会全点麻辣烫和炸鸡这种辛辣油腻的食物。

花了快半个小时收拾客厅和厨房，等祝温书拖着行李箱回房间时，正好碰见应霏出来。

她穿着宽松的睡衣，头发乱糟糟的，像好几天没洗。脸上更是油光满面，眼底又挂着浓重的黑眼圈，看起来像刚刚逃荒出来。

"你怎么了？"祝温书震惊地上下打量她，"病了？"

"……没。"应霏提起一口气，盯着祝温书看了两眼，又摇摇头，"年底了，没日没夜赶了几天稿子。"

她还算了解祝温书，知道对方是真不明白自己为什么成了这副样子。

若是几个月前，应霏或许还会跟祝温书倾诉一下。可惜她现在已经确定祝温书是令琛的粉丝，自然也开不了这个口。

"唉，你也别总是这样。"祝温书放下心来，轻声说，"我还以为你出什么事了。"

"没事。"

应霏埋头打算去卫生间，走了两步想起什么，回头道："我垃圾还没收，等下就去打扫。"

"我已经打扫了。"祝温书说，"你好好休息吧。"

"嗯。"

进了卫生间后，应霏埋头扑了一捧冷水到脸上，有气无力地撑在洗漱台上。

另一边，祝温书回到房间后，打开行李箱，把这几天穿过的衣物全都拿出来清洗。

她从来不用洗衣机洗贴身衣物，加上江城这几天天气还不错，索性就把床单、被套全都换下来丢进洗衣机。

等她回到房间的卫生间开始手洗贴身衣物时，书桌上的手机突然响起铃声。

因为已经放了假，祝温书心想应该不会是学生的急事，便没急着过去，把手头的衣服拧干放到一旁，擦干净了手，才出去。

结果刚拿到手机，电话就因为无人接听自动挂断。

是钟娅打来的。

祝温书正想给她回过去，施雪儿的来电又跳了出来。

"喂？"祝温书接起的时候，还用空着的一只手整理着书桌。

施雪儿听到她的声音，半天没说出一句完整的话，"祝老师祝老师"喊了半天，才激动不已地说："你看到了没？！我的天！令琛真的被拍了！就在今天早上啊！"

祝温书的手僵在半空，呆若木鸡地盯着桌面。

什么？被……拍到了？

这时，钟娅又打来了电话。

如果刚才的祝温书还是蒙的，这会儿她就已经很清楚施雪儿在说什么了。

这两人同时给她打电话，只能是她和令琛被拍了。

虽然祝温书早就预料过会有这么一天，但真的突然来临时，她还是措手不及。

愣了片刻，祝温书结结巴巴地说："你、你等一下，我有朋友给我打电话。"

说完不等施雪儿回应，她又接起钟娅的电话。

"祝温书！年底了明星们冲 KPI 是吧？！"钟娅的声音虽然也很激动，但比起施雪儿还是镇定多了，"不给我们这些吃瓜群众休息的时间吗？！"

"所以，"祝温书一字一顿地说，"是我和令琛、被、拍到、了？"

"不然还能是我？"钟娅说，"你快看啊！我都发你微信了！"

祝温书没挂电话，直接打开了微信。

不只钟娅一人，还有许多其他朋友也发了消息过来。

她滑了两下才找到钟娅的对话框，点开来看，就三张照片，还带着论坛水印。

即便这样，也能清晰地辨认出照片上的那个男人是令琛。

祝温书对照片里的场景也很熟悉，就是今天早上，他们牵着手去吃早餐的路上。

晨光明媚，给路边枯黄的树木也带来几分生气。令琛偏着头，看向身旁的女人，不知道在说什么，嘴角带着笑意。

而女人只有一个背影，仰头望着他，长发被围巾裹住，只有几缕发丝倔强地扬了起来。

看着这几张照片，祝温书脑海里思绪如乱麻，根本理不清。

神奇的是，她居然还能抓住一丝意识，去想——这算不算她跟令琛的第一张合照。

61

电话那头,钟娅"喂"了几声,祝温书终于回过神。

须臾后,她喃喃说道:"还有吗?"

钟娅:"什么?"

"就是,照片还有吗?"祝温书挠挠头,"我觉得还挺好看的。"

钟娅:"……要不您去请摄影师拍个八百张?"

"……不必花这个钱。"祝温书笑了下,"挂了,我去给他打个电话。"

钟娅没想到祝温书这么平静,她设想了一下,如果这事儿发生在自己身上,估计已经连手机都拿不稳了:"祝温书,我终于知道我为什么没法儿跟'顶流'在一起了,真的,我悟了。"

"好了,真的挂了。"

祝温书拉开椅子坐下,给令琛打了个电话,但无人接听。

她想起令琛说今天下午会进录音棚,于是转而给令兴言打。

十分钟内,祝温书给令兴言打了两次都是占线,念及他现在应该是最忙碌的人,也就没再继续打。

她重新打开微信,看着朋友们发来的照片,还有点儿疑惑。

叶邵星被拍到后足足憋了好几天才放出来,而她和令琛早上一起吃了个饭,怎么当天下午就被曝光了?

祝温书一面想着,一面打开微博。

她不怎么玩这些,注册的时候只是为了关注一些教育博主,而后关注列表就被塞了许多营销号。

此刻她一刷新,首页几乎全是她和令琛的照片。

连看了几条,祝温书总算明白为什么曝光得这么快。

原来这是今天早上路人拍到的,随后就发到了某个娱乐论坛,立刻被各路营销号搬运到微博。

怪不得一点儿缓冲时间都没有。

祝温书撑着太阳穴,看了很久。

这些热门内容大同小异,媒体几乎都认定了照片里的人就是"小蚕同学"，只有那么两三个营销号用了疑问句。

大家似乎并不震惊，热度只是来源于"小蚕同学"真人出现。

可惜连个正脸都没有。

至于那些成千上万的评论，祝温书一次都没点开。

虽然她不怎么关注娱乐圈，但也明白在当下的互联网环境中，一定会有各种不堪入耳的声音。

万一有人说她背影不好看呢？她还是别学令琛给自己找不痛快了。

这时，微信里来了条新消息。

令兴言：祝老师，我三个手机都被打爆了，等下给你回个电话。

祝温书：嗯，不急。

令兴言：令琛在录音棚，估计一会儿就出来了，他录音的时候谁都进不去。

祝温书：我明白，没事的。

令兴言没再回，估计忙去了，祝温书也就没再多看，关了铃声后进卫生间继续洗衣服，任桌上的手机一直振个不停。

等她晒好床单、被套出来，也才过了不到一小时，加上一整个下午都在机场奔波，祝温书有点儿困，拿着手机回消息，回着回着就睡着了。

夜色静悄悄地降临，万家灯火在窗帘上轻微晃动。

祝温书这一觉睡到了快八点，但因为不是生物钟中的休息时间，她睡得极不安稳，做了好几个断断续续的梦。

等她被脸边的手机振醒时，迷迷糊糊地睁开眼，意识还没回笼，只感觉自己的脸好像被压得有点儿变形。

几秒后才看了眼来电，没坐起来，就趴在枕头上接电话。

"吓死我了。"

电话那头的人沉默片刻："吓到你了？"

祝温书揉揉眼睛，声音格外软糯："我还以为地震了。"

"……"令琛提在嗓子眼儿的气松了下去，"你在睡觉？"

"嗯。"祝温书说，"被手机振醒的。"

等了许久没听到他说话，祝温书坐起来问道："怎么了？"

"给你打了十几个电话都没接。"令琛叹气，"还以为你吓到躲起来了。"

祝温书眨眨眼睛，好一会儿才反应过来令琛在说什么。

"没啊，怎么可能？"她轻笑，"我又不是小学生，怎么会吓到躲起来了。"

听到她轻松的语气，令琛拖着调"哦"了一声："但是我被吓到了。"

祝温书："啊？"

"我刚从录音棚出来，一堆人堵在外面跟我说这事儿，你电话又打不通，我差点儿就——"

他突然顿住，叹着气低笑了声，像是在自己笑自己。

"什么呀？"祝温书问，"你说呀。"

"没什么。"令琛声音很轻，"我一大男人，说出来有点儿丢人。"

祝温书嗤笑出声。

总不能是差点儿急哭吧。

沉默的间隙，祝温书又听到电话那头模模糊糊的背景音，好像是在说什么"舱门"和"安全带"之类的。

"你在哪儿呢？"祝温书拧眉，"飞机上？"

"嗯。"

"你要去哪儿啊？"

"回江城。"

"啊？"祝温书仔细回想着前几天令琛跟她说的行程，怎么也不该是今天回来，"有急事？"

"是啊。"令琛漫不经心道，"以为你吓到了，这不赶紧回来了。"

祝温书觉得好笑但又不好意思笑，只得仰头长呼一口气："不至于，我早就有心理准备了，真就是太困了，不小心睡着了。"

她又抓起枕头抱在胸前，低声哄道："工作去吧，我没吓到。"

"来不及了，舱门关了，等我。"

航班播报的提示音再次传来，挂电话前，令琛又说："算了，你不用等。早点儿睡觉。"

听筒里传来忙音后，祝温书还将手机持在耳边，弯着唇角笑了好一会儿。

随后，她抱紧枕头在床上滚了几圈，把头发都滚得乱糟糟的，才跋

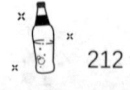

拉着拖鞋下床。

刚推开房门，旁边卫生间里的水流声正好停止。

应霏了无生气地走出来，迎面撞见祝温书时，脚步一顿。

她上下打量祝温书一眼，见对方头发凌乱，脸上有一道红痕，身上的衣服也皱巴巴的。

"你……"

应霏神情凝滞几秒后，似乎想明白了什么。

两个多小时前她也看到了令琛和女子牵手闲逛的照片，只是她当时沉浸在自己的情绪中，没空去关心自己这位室友。

这会儿看见她这副面容，更是确定了自己的想法。

同是天涯"塌房"人。

"唉，"应霏朝她伸手，"抱抱你吧。"

祝温书："啊？"

祝温书一头雾水地看着应霏，没明白她什么意思，只是觉得她这几天应该过得不好，于是一脸蒙地抬起手："抱、抱抱吧。"

"我知道你也不好受。"应霏把她搂在怀里，轻轻拍着她的背，"没事，天涯何处无芳草。"

祝温书："……啊？"

"唉，没想到咱俩也会同病相怜。"应霏沉沉叹了口气，"别再惦记令琛了，爱下一个。"

祝温书没跟上应霏的脑回路，愣怔了好一会儿也没明白她的意思："不爱下一个了吧。"

应霏摇摇头，没再说其他的，拉着她的手往客厅去。

"你还没吃晚饭吧？"应霏打开餐桌上刚刚到的外卖，"我点得多，一起吃吧。"

正好祝温书也没吃晚饭，便懵懵懂懂地坐下来。

也不知道是不是因为大家都一样惨，应霏对祝温书突然有了倾诉欲，拆外卖的时候就打开了话匣子。

"其实我也不是第一次'塌房'了。"她有气无力地说，"之前粉颜泽，他比叶邵星还过分，居然在生日那天官宣恋情，我们还像个傻子一样给他准备生日惊喜。

"不过后来想想，他都三十岁了，也就释怀了。"

应霏拆出一次性筷子，刚夹起一块牛肉，突然又抬高声量说："可是叶邵星！他才二十一啊！"

刚吃了块土豆的祝温书吓得差点儿噎住："……啊？"

"他到底有没有脑子啊？！二十一岁啊！"应霏握着筷子的手都在颤抖，"事业上升期谈恋爱，是真觉得自己血厚不用把粉丝当一回事了？！

"要不是我们这些粉丝支持，他能有今天？！就他代言那酸奶，我上次洒地上连狗都不舔！他还真以为自己的销量是路人买出来的？！

"这也就算了，出道这两年他自己算算出了几首歌？每次工作室说有惊喜我们都以为是新歌、新舞台，结果一官宣又是综艺和电视剧，他到底知不知道自己是个爱豆啊？"

祝温书听得一愣一愣的，土豆都忘了咀嚼。

粉丝和爱豆之间水这么深吗？

"最过分的是——""啪"的一声，应霏硬生生折断了筷子，"我们送他的宝格丽项链，你猜怎么着？"

祝温书："怎么着？"

"他居然送给了宝贝女朋友呢！"应霏咬牙切齿地说，"我前几天看见田又晴的机场街拍照片里她戴着这条，还以为这么巧同款呢，结果根本就是我们送的那条！"

祝温书受气氛感染，同仇敌忾地点点头，并给应霏递去新的筷子。

怎么能这样呢？就算不是粉丝，朋友送的礼物也不能转送别人吧？

突然间，她想到什么，垂眼看向自己的左手，突然睁大眼。

应霏刚要接过祝温书递过来的筷子，就见她火速抽回了手。

"怎么？"

"没事。"

祝温书手放在桌下，把那条令琛送她的手链藏进袖子里。

她记得当时令琛说了这个没花钱，该不会也是粉丝送的吧？

应霏没在意，又接着说："他哄得我们成天省吃俭用给他花钱，结果转头就拿我们的钱养女朋友，他真当我们是冤大头？！"

"而且自从周一视频爆出来,他到现在还没出来回应,连原定的直播都取消了,真就不管我们粉丝死活了!"

祝温书呆若木鸡。事情这么严重的吗?

"唉,算了。"应霏闭眼深呼吸,"他毕竟年纪小,又是我们一票一票投出道的,要是他能迷途知返,我也就默默脱粉算了。"

祝温书挠挠头,不知道说什么。

"说说你吧。"应霏倒完苦水,朝祝温书抬抬下巴,"你现在心情怎么样?"

我心情……挺好的呀。

但祝温书看着应霏那心灰意冷的脸,也不敢说这话。

"我心情有点儿复杂。"

"是担心令琛直接公开了接受不了吧?"应霏作为过来人,很是理解,"不过你放心,令琛不可能公开的。"

"啊?"祝温书问,"为什么?"

"他不是靠着冷淡人设吸了一大拨粉丝吗?他能舍得这人设?"

应霏冷笑:"他要是敢公开,我马上把我征战多年、名气响彻互联网的微博ID改成'令琛的狗'!"

"不至于不至于!"祝温书连连摆手,还想再说什么时,应霏的手机突然响了。

应霏看了眼屏幕,目光突然定住,捏着手机的指头骨节泛白。

"你、你给我抓一下手。"应霏颤颤巍巍地把手伸过来,抓住祝温书的手,"我朋友说叶邵星回应了。"

祝温书本来是不关心叶邵星的,却被应霏弄得也有点儿紧张。

她咽了咽口水,盯着应霏的手机。

应霏深吸一口气,打开微博一刷新,第一条就是叶邵星的最新微博。

@叶邵星v:和田小姐只是好朋友,大家不要多想,我永远是你们的星星。

后面还跟着几个爱心表情。

祝温书本就不了解叶邵星,看着这条微博也没什么特别的感觉。

只是那只握着她的手却越来越用力,像是要把她的手掌捏碎。

下一秒,应霁紧闭双眼重重叹气,同时也松开了祝温书的手。她眼里什么情绪都没有了,只剩一片茫然。

其实这几天她虽然过得如同行尸走肉,但已经做好了心理准备,就等叶邵星官宣恋情,也算给她一个痛快,从此做个路人。

但她怎么也没想到,叶邵星会在证据如此确凿的情况下否认这一切。

也是此刻,应霁才意识到,这才是真正的致命一刀,剜心挖肺,疼得她满脑子只想着——自己这两年,到底是喜欢了一个什么品种的人渣?

祝温书感觉到应霁的情绪可能不太好,连忙说:"别看了别看了。"

她伸手想拿走应霁的手机,但应霁下意识捏紧,拉扯间,微博界面往下一滑,两人的目光再次定住。

就在叶邵星澄清微博的下一条,是一个营销号转发的令琛的微博。

@令琛:是的,我等到了我的"小蚕同学"。

配图很简单,是两只交握的手,衣袖和今早曝光的照片里的一个样。

62

虽然令琛早就说过从来没想过要藏着她,但祝温书也没意料到,他会回应得这么快。

就在几分钟前,祝温书还接到了令琛的电话。此时看到手机上的内容,她的眼睛像定住了一般,眨也没眨一下,好像在做梦。

祝温书也难免有些紧张,尽管这张照片中没有她的正脸,但她也知道这会掀起怎样的惊涛骇浪。

客厅里两个人都盯着手机静默不语,直到屏幕自动熄灭。

应霁闭上双眼平复情绪,再睁开时,见祝温书还盯着黑屏的手机出神,嘴角还……弯着?!

"你笑什么?"应霁问。

"啊？我笑了吗？"祝温书连忙摁住自己的嘴角，"没啊。"

应霏收回视线，紧抿着唇，放开手机，撑着额头痛苦地闭眼。

祝温书真没想到应霏会这么难受，几度张口都不知道怎么安慰她，最后只是说："要不我给你倒杯热水吧？"

应霏摇头，但祝温书还是去了厨房。

倒好水后，她想到应霏平时不喜欢喝白开水，于是转头又去房间找出前几天在黎城买的花茶。

一进房间，桌边手机响起，祝温书一边抓起茶包，一边接起电话。

"雪儿老师，什么事？"

"祝老师你看到了吗？！"施雪儿激动地说，"真的是'小蚕同学'！真的是！呜呜呜怎么没有正脸啊，我好想看正——"

施雪儿听到隐约的啜泣声，突然停住："谁在哭啊？"

她俩说话间，祝温书已经回到了餐厅。

在哭的自然是一旁的应霏。

祝温书看着应霏掩面啜泣本就吓到了，此时施雪儿一问，她茫然片刻，才回过神："没什么。"

她没敢靠应霏太近，怕施雪儿听出什么，然而电话那头的人过于敏锐，立刻问道："你室友在哭？你回江城了？"

祝温书一边担心着应霏的情况，一边又不知道怎么应对施雪儿，毕竟她知道这两人不对付。

于是她慌乱地拍了拍应霏的后背，敷衍地说："嗯，我还有点儿事，就先挂了。"

放下手机，祝温书俯身说："怎么了？别哭啊，你饭还没吃呢，要不要喝玫瑰花茶啊？或者我去给你熬点儿粥？"

这下应霏连头都不摇了，直接趴在桌上呜咽。

换作其他事情还好，但祝温书实在不懂应霏这种追星族的心态，也不知道还能说什么，只好去厨房煮粥。

现在的电饭煲都有快速煮粥功能，祝温书也没费什么工夫，几分钟后她回到餐厅，坐在应霏旁边，听着她断断续续的哭声，心就像被人揪住似的。

217

她最怕这种压抑的难过，很想让应霁放声哭出来，又怕弄巧成拙。
　　二十多分钟后，应霁终于抬起了头，祝温书立刻递上纸巾："小米粥马上就好了，你吃点儿吧？"
　　"不了。"应霁摇头，"我去睡觉。"
　　她刚起身，门铃突然响起。
　　两人都惊诧地朝同一方向看去，不知道这么晚了还有谁会来。
　　"你点外卖了？"祝温书问。
　　应霁还是摇头："没啊。"
　　"那是谁……"
　　祝温书迟疑地走过去，看向猫眼的同时问道："谁啊？"
　　"我啊！"
　　"……"不用看，祝温书也知道是谁了。
　　她缓缓打开门，还没开口，施雪儿就抬起双手，展示自己拎的两袋子酒："铛铛！"
　　见祝温书愣着，施雪儿自己挤了进来："也不知道你喜欢喝什么，所以我买了啤酒和一瓶梅子酒，口感都还——"
　　餐桌后的应霁冷冷打断她："你来干什么？"
　　"我当然是来……"看你哭的。
　　她确实是来看戏的，只是真看见伤心欲绝的应霁，施雪儿突然说不出口。
　　这怎么还……一副世界都坍塌了的模样呢？
　　"找祝老师喝喜酒的。"
　　祝温书："？"
　　冷不丁被提到的祝温书左右看看两人，感觉自己就像个夹心饼干。
　　要不还是让施雪儿先回去吧？
　　她正要开口，一旁的施雪儿已经把手里的酒放到了桌上，并坐下来脱外套："嘁，为一个没见过面的男人这样，不值得。"
　　应霁这才看清施雪儿竟然穿着睡衣就来了，还卸了妆，脑袋上贴着魔术贴。
　　就这么迫不及待来看笑话？！

她一秒进入战斗状态,怒气冲冲地吼道:"要你管!"

"我可没想管你。"施雪儿悠悠打开一听啤酒,看见一桌子外卖,又说,"这么多菜啊?我还说没下酒菜呢。"

她刚拿起筷子要夹,一旁的应霏又说:"让你吃了吗?"

施雪儿看了她一眼,脸上还有点儿无奈:"你怎么这么抠啊。"她把啤酒递出去,"一物换一物,总可以吧?"

应霏盯着她手里的啤酒不知在想什么,好一会儿后,她突然上前夺过易拉罐,一屁股坐下,仰头就开始灌。

几口下去,她突然又埋着头开始猛咳。

全程一脸蒙的祝温书还没搞清楚状况,连忙去给应霏拍背,对面的人也递了张纸巾过来。

应霏咳着咳着,突然抱着祝温书的腰放声哭了出来。

令琛所坐的航班落地时,已经近凌晨。

他没带行李,孑然一身走出航站楼。坐上车后,司机问他去哪儿,令琛掏出手机看了眼,二十分钟前给祝温书发的消息还没回,她应该是睡了。

"回博翠云湾。"刚说完,他想起自己这房子冷冰冰的,像个样板间,又改口道,"富力首府。"

虽然这会儿令思渊和保姆已经睡了,但多少有点儿人气。

汽车起步没多久,令琛的手机突然振了下。

祝老师:没睡哪?上 fsε=(? o ` *))) 呀!

令琛眉头忽皱,一脸莫名地盯着屏幕。

这什么东西?

c:?

祝老师:完美视觉 zhj。

令琛已经大概知道了情况,电话打过去后,不等祝温书说话,他就开口道:"你喝酒了?"

"嗯……"祝温书的声音倒是挺正常,就是语速比平时慢,"一点点。"

令琛:"你在哪儿?"

祝温书:"在家里嘛。"

"跟谁?"

"霏霏,还有……有雪儿老师。"

令琛不知道她嘴里的两个人是谁,叹了口气后,说:"等我。"

随后,他挂了电话,让司机掉头。

应霏已经破口大骂了两个小时,端起手边的啤酒发现易拉罐空了,再扭头一看,施雪儿带来的啤酒已经全被喝光了,于是抬手想去拿梅子酒。

"别了。"施雪儿拦住她,"这梅子酒后劲儿很大,你混着喝会醉的。"

"醉就醉吧。"应霏拎起梅子酒晃了下,突然转头去看祝温书:"就剩这么点儿了?"

施雪儿也惊讶地说:"祝老师你全都喝完了?!"

"啊?"祝温书反应慢半拍,目光呆呆地盯着酒杯"哦"了一声。

这晚上她一直不太能插得进话,也不会安慰人,只好安静地坐在一旁陪着喝酒。

啤酒的味道她不太能接受,但这甜甜的梅子酒她还挺喜欢,又不辣口,所以不知不觉就当饮料喝了大半瓶。

"你还好吧?"

施雪儿伸出一根指头:"这是几?"

"我没事。"

祝温书挡开她的手,看了眼正在振动的手机,忙不迭地接起:"怎么了呀?"

"还在喝?"电话那头,令琛说,"我在你家楼下,方便让我上来吗?"

祝温书眨眨眼,看向眼前的人。

"谁呀?"施雪儿注意到祝温书半个小时内已经接两通电话了,笑着问,"这么晚了还给你打电话干吗呀?"

祝温书慢吞吞地吐出六个字:"男朋友,在楼下。"

"哟?"施雪儿一直很好奇祝温书的男朋友,此时知道人就在楼下,连忙说,"你们要出去吗?你叫他上来接你呀。"

祝温书点点头,忽然又摇头。

她脑袋晕晕的,没问令琛来找她干什么。

当然这也不重要，眼前关键的是，她一直不知道怎么开口把自己男朋友是令琛这件事告诉他的粉丝和黑粉，拿不准她俩会做出什么事。

但总不能一直瞒下去。

现在她酒精上头，有一股借酒撒泼的底气。

随便吧！

电话还没挂，令琛听到了施雪儿的话，也没催。

祝温书垂着脑袋默默想了一会儿，借着酒劲儿开口道："那我叫他上来了。"

五分钟后，门铃响起。

施雪儿目不转睛、满脸好奇地看向那边，弄得应霏也来了点儿兴趣，慢悠悠地抬起头。

祝温书揉了揉脸，起身的时候感觉脚下一飘，差点儿没站稳。

但两个女生都没注意到她的异样，还眼巴巴地看着门。

祝温书只好一步步挪过去。

门被她徐徐拉开，如同剧场幕布。

当令琛的脸露出来时，身后突然一声巨响。

祝温书猛地回头，看见应霏手里的梅子酒瓶砸在地上。

寂静。

死一般的寂静，衬得酒瓶滚动的声音尤为清晰。

桌边两个人一个扭着脖子，另一个半抬着手臂，一动不动地看着门边的人。

"还好吗？"令琛摸了下祝温书的脸颊，有点儿烫。

随即又看向餐厅。

桌上摆了一大堆外卖，地上乱糟糟地堆着空了的啤酒罐，空气里弥漫着酒精的味道。

令琛原本只是想上来看一眼祝温书的情况，他知道她有室友，不可能留宿。只是此刻看着这番场景，屋子里两个女人看样子也醉得不轻，他无奈地皱眉，扭头问祝温书："怎么喝这么多？"

祝温书呆呆地站着，片刻后才摇头："不多。"

令琛的视线落在应霏和施雪儿身上。

"你们好。"这两人自从他进来就没眨过一下眼睛,此时也没有任何反应,"没什么事的话,我先带她走了?"

安静,还是安静。

安静到令琛都要以为这两人是JPG格式的——要不是应霁突然打了个酒嗝儿的话。

"……"令琛叹了口气,牵起祝温书,"走吧。"

直到房门关上,令琛和祝温书的身影彻底消失在视野里,应霁才机械性地转过头,看着施雪儿。

施雪儿也看向她。三秒后,两人不约而同、默契十足地抬手,给了对方一巴掌。

房门外。

令琛牵着祝温书走了两步,发现她步伐特别慢,于是停下脚步,问道:"你还能走吗?"

祝温书盯着前方点头。

于是令琛又带着她走到了电梯口:"喝了多少?"

"一瓶梅子酒。"祝温书盯着电梯门,眨了眨眼睛,"我没醉。"

那就好。

令琛按电梯的时候还在想,看不出祝温书酒量还挺好。要是给他喝一瓶梅子酒,他这会儿估计都站不直。

"令琛。"祝温书突然叫他。

令琛:"嗯?"

"这电梯门怎么歪了?"祝温书歪着脑袋,语气平平地说,"你把它扶正一下。"

令琛:"……"

正好这时,电梯门开了。

令琛一句话没说,把祝温书打横抱起。

祝温书突然腾空,下意识地抱紧令琛的脖子。

进了电梯后她才开始挣扎:"你干吗呀?我没醉,能走!"

令琛没理她,侧身靠近电梯门,很勉强地用手肘杵了"1"。

令琛步伐虽快,却走得很稳。

本就晕乎乎的祝温书钩着他的脖子，随着他的动作起起伏伏，很像小时候被奶奶抱在怀里哄睡的感觉。

于是没等到令琛走出小区，祝温书便睡着了。

再睁眼时，她在一张陌生的床上。

入目的天花板很高，像飘在天上，一盏黑白几何灯亮着淡光。

祝温书转动脖子，看见一大扇落地窗上映着远处的灯塔。

她眨眨眼，突然坐起来。

由于动作太快扭到了手腕，她吃痛地"嗒"了一声，才后知后觉地感觉到自己的头快要炸了。

"醒了？"

突然听到熟悉的声音，祝温书抬头，见一旁的浴室亮着灯，令琛穿着一套灰色的家居服，靠在门边看着她。

沉默半晌，祝温书定定地看着他，一字一顿道："这、是、哪？"

"我家。"

"哦……"祝温书又问，"现在几点了？"

令琛直起身，慢慢地坐到床边："早上五点。"

"五点了？"

待令琛靠近，祝温书感觉到他身上一股凉气，再联想到他刚刚从浴室出来，便问："你五点起来洗澡？"

令琛看她一眼，没说话。

但那眼神别有意味，惹得祝温书忍不住侧头看了下身侧。床单、被子乱糟糟的，枕头也有凹陷，而她手掌撑着的地方还有温热。

"……"她咽了咽口水，"我没干什么吧？"

令琛俯身靠近，轻声道："你说呢？"

其实人在酒精上头的时候，并不会睡得很沉。

祝温书隐隐约约有点儿印象，脑海里残留了一些片段的肢体感觉，画面非常碎，像蒙太奇一般，所以她以为自己是在做梦。

毕竟在黎城同床共枕那几天，她有过这种体验。

但此时，她想到自己喝了酒，不由得开始怀疑自己。

她视线缓缓下移，埋着头，看了眼自己的衣服。

这不好好的吗？

还穿着她昨晚的贴身毛衣。

"我撒酒疯了吗？"

令琛"啧"了声，没说话，拉开被子躺进去，然后背对着祝温书，说道："祝温书，你酒品真的很差。"

令琛的背影看起来仿佛像受了什么委屈。

而且他丢下这句话后就闭嘴了，祝温书不受控制地浮想联翩。

她到底……干吗了？

房间里鸦雀无声。

令琛躺下后没闭眼，虽然他也没看祝温书，但感觉到她的迷茫后，不由得勾唇笑起来。

她昨晚确实不太老实。躺下来后总往人身上贴，像把他当个毛绒玩具一般，一会儿摸一下，一会儿蹭蹭下巴。

夜深人静，房间里暖气氤氲，令琛很快就出了汗。

但连续三四次，他摁住祝温书的手，翻身把她压在身下，克制着欲望沉声问："祝温书，你确定吗？"回应他的都是祝温书醉意浓重的呓语。

就这么反反复复折腾到四点半，令琛觉得再这样下去自己得出问题，于是起身去了卫生间。

本来只是想简单冲个冷水澡冷静一下，直到他打开洗漱台抽屉，发现里面有一盒东西。

这房子的装修一直是令兴言在负责，令琛从没费过神，对这个又当哥又当妈的经纪人很放心。

没想到这位老妈子居然妥帖到给他准备了"小雨伞"，还贴心地在上面贴了张便利贴——"请严格按照说明使用，以免像我一样英年当爹。"

于是令琛这个冷水澡洗了得有半小时。

沉默许久后，祝温书见令琛没有要说话的意思，便偷偷摸摸躺下来，缩进被子里。

过了会儿，身旁的人动了动，她不安地看着他的背影，小心翼翼地问："我真撒酒疯了？"

令琛没应。

就在祝温书以为他睡着了的时候,他突然翻过身,直勾勾地看着祝温书,眼神里好像还有点儿委屈。

"我到底……"祝温书战战兢兢地问,"干吗了?"

令琛还是没说话,只是抓着她的手,摁在自己胸前,双眼还是直直地看着她:"你这样,"他拉着她的手往下滑,贴在自己腰间,"还这样。"

祝温书被那股触感吓得浑身一僵,用力挣脱手,说话都不利索了:"我怎么可能做这种事?"

令琛没回答,只有眼神里的暧昧在向祝温书传达——你就是做了这种事。

在这个万籁俱寂的冬夜,祝温书清晰地听见自己的心跳声,感觉脑子更晕了。

半晌,她喃喃道:"我第一次喝醉,你别骗我。"

"我确实在骗你。"令琛忽然翻身过来,双手撑在她耳边,"你当然不只干了这些。"

祝温书被他的气息密不透风地笼罩着,仿佛回到了酒意最浓的时刻,思考变得很慢。甚至在令琛俯身吻下来时,她的所有意识都和空气一同凝滞。

令琛的这套房子在城市最高楼。

它矗立着,空中没有任何遮挡物。

任狂风暴雨侵袭而来,毫无退路,偶尔也有飘摇欲坠的感觉,让住在房子里的人浑身战栗。

仿佛要随着风雨消融在这半空中。

63

祝温书迷蒙睁眼,这个时刻,灯光再昏暗也显得刺眼。

近在咫尺的男人身影变得朦胧,利落的轮廓仿佛被细密的汗水晕开,模糊一片。

"最后一次问你,确定吗?"

祝温书看着令琛,许久没有说话。

她知道自己此刻醉眼迷离。

可若不是酒意上头，祝温书根本不知道该如何向令琛表达，她愿意全心全意接纳他，去爱他。

她不希望令琛总是小心翼翼地捧着她，仿佛稍不注意就会失去。十几通电话没有接听，他便连夜赶了回来。就好像，于令琛而言，她只是在恩施，随时可能离开。

所以今晚是祝温书情不自禁先用眼神邀约的。

"我很清醒。"

祝温书闭上眼，深深吸了一口气。

她很想告诉令琛，不用担心她会后悔。

"我现在和你一样。我很喜欢你。"

令琛眼睛紧紧盯着祝温书，似乎要把此刻的她烙进心里。

黎明前的天色阴沉如墨，稀疏星月也被滚动的黑云吞没，整片夜空恍若波涛暗涌的深海。

好在有风吹过之后，浓云开始徐徐散开。

天边终于透出一丝晨曦亮光。

天气预报说今天江城有小雨。

冬日暖阳只露了个头，没能等来云散雾开，阴云始终压在城市上空。

不知过了多久，祝温书听见淅淅沥沥的水声。

她很少这么嗜睡，挣扎着睁眼后，只见窗帘后透着细微亮光。

不像是雨天。

她撑着晕沉沉的脑袋坐起来，目光涣散地扫视四周，最后看向亮着灯的浴室，才反应过来，这水声不是雨声。

她迷茫地盯着那亮光，不明白令琛为什么又去洗澡。

算上中途两人一起洗澡，这已经是令琛今天第四次淋浴了吧。

是有洁癖吗？

正想着，浴室水声骤停。

祝温书条件反射地缩回被窝里，背对着浴室的方向闭眼装睡。

房间铺着柔软的地毯，听不见脚步声。

但几分钟后,祝温书能感觉到令琛在靠近。

她现在对令琛的气息格外敏锐,几乎能靠感觉判断他距离自己有多远。

等人走近床边后,祝温书立刻闭上了眼。

身前笼上一道阴影,随即,他的呼吸拂到祝温书脸上。

这几秒格外漫长,令琛没怎么动,也没说话,就静静地看着祝温书。

好一会儿过去,祝温书快憋不住时,额头忽然被他轻吻。

当肌肤再次相触,好像又回到了黎明时的亲密,坦诚无间。

祝温书因为这个亲吻松弛了下来,长呼了一口气,驱散紧张,还没睁开眼,就听令琛说:"还准备装睡?"

祝温书被迫睁眼,令琛的脸映入眼帘。

他头发没完全干,几缕发丝贴着额头,有水珠滚落。

还有他此刻盯着她的眼神,漆黑的眸子里还有未完全退去的欲望,好像下一秒,他就要说出那些让祝温书羞耻又沉沦的话。

"没装。"祝温书一恍神,连忙避开他的眼神,挣扎着要坐起来,"几点了?"

掀开被子的瞬间,祝温书听到令琛说:"下午五点。"

"五点?!"

她动作僵住片刻,随即慌忙下床。

双脚沾地时,没了黑夜这块遮羞布,那些肢体记忆在她脑海里变得具象。

甚至,她忍不住去想象令琛视角中自己的姿态。情动时不觉得有什么,这会儿天亮了,人也清醒了,羞耻感铺天盖地而来。

祝温书闭了闭眼,对令琛说:"我得回去了。"

她走下床,去找自己的衣服。

清晨令琛给了她一件自己的短袖,宽宽大大,用来当睡裙正好。

她找到裤子后,正要弯腰穿上,就听到令琛冷不丁说:"我就知道。"

祝温书停下动作,扭头去看令琛:"什么?"

令琛低头看了眼她手里拎着的裤子后,抬起眼,颇有些压迫感地看着她:"穿上裤子就要走。"

"……"

他洗完澡后穿了件黑色睡袍，腰带松垮地系在腰间，露出一大片胸膛。

此时他半仰着身体坐在床边，发梢半干，脖子上还有水珠流动，偏头看着祝温书，嘴角还有隐隐的笑意。

明知道他不是在真的控诉，但祝温书被他的模样蛊惑了，感觉自己好像真的有点儿过分。

她想了想，放下衣服，重新走回床边。

令琛慢慢直起身，在她靠近时，伸手一拉，祝温书从善如流地坐到他腿上。

"我是真有事。"祝温书垂头，捧着他的脸，"还有几个慕课要做，不想过年带回家。"

"嗯。"

令琛侧脸在她掌心蹭了蹭，格外温顺。

可他的双手却不老实，祝温书全身的神经末梢随之一颤，摁住令琛的手："哎，别，天都又要黑了。"

令琛没说话，也没再动，只是把头埋到她脖子处，过了许久，声音才从肌肤之间传出来："吃点儿东西再走吧。"

祝温书不知道令琛什么时候订的晚餐。

他一个个打开盒子，摆在餐桌上，祝温书则扭着脑袋，明目张胆地打量这个房子。

自从昨晚过来，祝温书在令琛的卧室待了十几个小时，这还是第一次走出来。

如同令琛自己所说，这就像个样板间。装潢前卫简洁，大到格局划分，小到茶具摆设，全都精致得挑不出毛病。

可惜就是没什么人气，连桌上摆件的位置仿佛都经过了精心的设计。

"你这是新房吗？"

"不是。"令琛说，"才重新装修。"

"噢……"祝温书点点头，突然想到什么，猛地回头去看令琛，"那不是有很多甲醛？"

"是啊。"令琛撕开碗筷包装袋，垂眸轻笑，"就等着你来吸。"

这是人说的话吗？

祝温书瞪大眼睛，双手撑着椅子，做好了随时走人的准备。

她风华正茂，还不想早早得癌症。

令琛瞥她一眼，把筷子递过来："大晚上抱着令思渊在地上滚的时候怎么没见你这么惜命。"

大概是梅子酒后劲儿太大，祝温书听他这么说了才反应过来，这房子要是真的才装修好，令琛也不可能带她过来。

估计已经晾几个月了。

"那你怎么一直住渊渊家里？自己有家不住。"

令琛目光在饭菜上顿了片刻，才轻描淡写地说："懒得搬。"

在祝温书问他之前，其实他还真没考虑过这个问题。

卢曼曼倒是提过两次，问他准备什么时候搬过来，她好做准备。令琛一直用"再说"两个字敷衍卢曼曼，然后一直赖在令兴言家里。

现在想来，其实就是习惯了家里随时有人的声音后，就不愿意回到这个样板间了。

但此时此刻，他却完全没有这样的感觉。

无非就是因为面前坐了一个祝温书。

"温书。"他忽然开口道。

"嗯？"祝温书还在打量这房子的装潢，看都没看令琛一眼，"干吗？"

"你觉得这房子好看吗？"

"好看。"祝温书给了个中肯的评价，随即又补充自己的意见，"但我不喜欢这种风格，像个艺术品，不像一个家。"

令琛放下筷子，坐直了平视祝温书："那你喜欢什么风格？"

"美式田园风吧。"祝温书转回头，没注意到令琛的神情，只是托腮看着前方的黑白壁画，"餐厅里摆点儿花花草草，不比这种后现代风格让人有食欲吗？"

"嗯。"令琛点点头，没再说什么。

今天的雨在傍晚时分落了下来，天色比平时暗得更早。

还不到晚上七点，小区家家户户都亮起了灯。

应霁睡醒后，拖着疲惫的脚步出来，要去洗手间，却被客厅里的呻吟吸引了注意力。

她徐徐转头，看见沙发上躺了一个人。

"你怎么还没走？"

昨晚令琛带着祝温书离去后，应霁和施雪儿在餐厅里呆坐了足足有三四十分钟。后来应霁实在撑不住，直接回了房间睡觉。

这一晚她哭了、醉了，还受了惊吓，一觉醒来头痛欲裂。

这会儿看到施雪儿，应霁想起自己昨晚在她面前痛哭流涕，幡然醒悟，还顺着她的话夸了令琛两句，现在恨不得再给自己一巴掌。

"我不走。"施雪儿捂着肚子哼哼唧唧地说，"我要等祝老师回来。"

"……"应霁翻了个白眼，"你俩互相拉黑了是吗？就不能打个电话？"

"我不。"施雪儿咬咬唇，低声嘀咕，"我怕打扰他们。"

见应霁愣着不动，施雪儿又说："有吃的没？我胃痛。"

"没。"应霁掉头就走。

"哎哟……要不是陪有的人喝酒，我至于这么胃痛吗？"

施雪儿抱着枕头滚了两圈："算了，我还是点个外卖吧。"

"烦死了！"应霁跺跺脚，怒气冲冲地走去厨房，粗暴地掏出小煮锅开始洗米。

经过一晚上的心理建设后，应霁还没能接受祝温书的男朋友是令琛这件事。

可眼见为实，她欺骗不了自己。

而她作为令琛的黑粉，平时在网上变着花样撑他的时候完全没在怕的，不过是因为隔着网络罢了。

现在意识到自己很可能舞到当事人面前，应霁只觉得眼前一黑，预感自己即将被令琛亲自"制裁"。

她还年轻，她不想吃牢饭。

于是，她背对施雪儿说："喂，等下她回来了，你去问。"

"凭什么？！"施雪儿说，"你俩是室友，你跟她比较熟。你去问。"

比起黑粉，施雪儿这个粉丝也好不到哪去。

震惊过后，她想到自己平时在祝温书面前疯狂对人家男朋友花痴，就恨不得挖个坑把自己埋了。

呜呜呜，她真的只是随口说说啊。

"我跟她不熟！"应霏说，"你和她是好朋友，你去问。"

"我不要！我跟她才认识几个月，我们关系不好！"

"我是令琛的黑粉！我问不出口！"

"我是令琛的粉丝！我更问不住口！"

话音刚落，门突然打开了。

祝温书走进来时，屋子里两人像被按了暂停键，目光定定地看着她。

"怎么了？"祝温书问。

应霏突然竖起两根手指："我发誓，我对令琛从此黑转粉！"

施雪儿瞪大眼睛看向应霏，也学她竖起两根手指："我从此粉转黑！"

第 七 章

令琛，我听到了

64

  房间里的外卖包装和酒瓶还没有收拾,充斥着难闻的味道。
  祝温书昨晚第一次醉酒,至今还有点儿头晕,闻到这些更难受,便沉默了一会儿。
  她其实没听明白应霏和施雪儿话里的意思,不过也无所谓了,总之她们现在已经知道了一切,不用她再琢磨怎么开口。
  片刻后,祝温书平静地点点头:"令琛说他同意了。"
  室内鸦雀无声。
  应霏和施雪儿目瞪口呆,只有视线勉强能跟着祝温书移动。
  她脱下外套后,便开始收拾餐厅的垃圾。
  祝温书先把地上的易拉罐全都丢进垃圾桶并系好袋子拎出来,经过施雪儿身旁时,袖子被她拉了一下。
  "真的……是我……看到的那样吗?"
  祝温书把垃圾袋放到门边后继续收拾餐桌,背对着两人说:"是的。"
  又是半晌没声音,祝温书收好了外卖,回头一看,两人还保持着原来的姿势一动不动地盯着她。
  祝温书想了想,说:"我就是那个'小蚕同学'。"
  应霏正想说什么,就见一旁的施雪儿两眼一翻,倒了下去。
  施雪儿这一晕,把祝温书吓得不轻。
  祝启森又不在江城,她更不敢在这个时候找令琛帮忙,害怕直接把施雪儿送走。
  好在她和应霏手忙脚乱地把施雪儿架着下楼送去医院后,施雪儿便醒了过来。

受刺激是一个原因，主要原因还是施雪儿本来就有低血糖，宿醉一晚后又一整天没吃饭，身体早就支撑不住了。

附近的诊所没什么人，挂上葡萄糖点滴后，施雪儿躺在床上激动得说不出话，抓着祝温书的手"嗯嗯呜呜"，像个濒死之人。

等身体里的糖分补充足够后，她莫名其妙开始又哭又笑，最后语无伦次地说自己对令琛绝对没有非分之想，她就是口嗨两下，以后还想跟祝温书做没有血缘关系的亲姐妹。

就连平时相对内敛的应霏也受了施雪儿的感染，颠三倒四地说着什么她只是气不过叶邵星总是比不过令琛才骂他，她这就把所有微博全都删了，让令琛别告她诽谤。

而施雪儿就这样还能插嘴刺应霏两句，应霏也不甘示弱撑回去。

两人你一言我一语，引得护士都频频进来问有没有事。

祝温书感觉自己头快炸了，并意识到自己的直觉果然没错，这两人知道了真相确实让人有点儿招架不住。

直到点滴挂完，祝温书才把这两人安抚好。

此时夜已深，送走施雪儿后，祝温书和应霏也都没什么多余力气，一路沉默着回了家。

重新打扫好屋子，各自回房间前，应霏扒着门，只留了一条缝："我还有最后一个问题。"

祝温书回头："嗯。"

应霏："网上说令琛有个儿子到底是不是真的？"

祝温书："啊？"

应霏微顿，低头看祝温书的肚子："你没生过孩子吧？"

祝温书："……"

因为施雪儿生病这个小插曲，祝温书这一晚上又没能工作。

之后几天她紧赶慢赶，终于在年前两天做完慕课和课件，收拾东西回了汇阳。

祝温书有个亲舅舅，每年的年夜饭轮流在两家吃，今年正好轮到祝温书他们家请客。

晚上六点多，爸爸和奶奶都在厨房忙碌。

祝温书接到令琛的视频通话时,正带着侄子在客厅玩。

她见家里闹得很,便打算去阳台接视频通话。谁知小侄子不乐意,一刻都不想离开,祝温书只好抱着他坐到阳台上。

"你不是要上台了吗?"

接通视频通话时,祝温书怀里的小侄子在乱动,她手忙脚乱地忙着抱紧他,来不及仔细看屏幕。

直到手机里传来声音,祝温书才扭过头,定睛看着他。

画面里令琛只露了上半身,穿着一身黑白正装,身后造型师正在给他弄头发,他却直勾勾地盯着镜头。

只这么两三秒的时间,好几个工作人员都凑过来围观,还包括一个祝温书很眼熟的演员。

令琛没注意到自己身后围了这么多人,直到他看见手机里的祝温书有点儿不自在地咳了两声,这才转过头。

一个眼神过去,围观群众如鸟兽散开,造型师又继续弄头发,只有那个演员笑吟吟地对着镜头挥挥手。

"在后台,快了。"说完,令琛感觉有点儿不舒服,抬手扯了下领结。

其实令琛工作的时候不爱穿正装,平日里宽松的卫衣更是像钉死在他身上的。

但祝温书看他穿正装的模样,板正挺直,和他清晰利落的面部轮廓相得益彰,增添了几分自信张扬。

特别是松领结的时候……

可惜令琛扯到一半,一旁的妆造师立刻过来制止他,让他别乱动。

令琛抿唇,有点儿无奈地垂下手。

"还没吃饭?"他问。

"马上就要吃,桌上都摆满了。"说话间,祝温书见卢曼曼递来一杯黑咖啡,"你还没吃饭?"

"没怎么吃。"

令琛喝了两口咖啡后,说道:"靠这个吊命。"

"你怎么不多吃点儿?今天可是——"祝温书说到一半,突然停下叹了口气。

他应该没什么过年的感觉，年夜饭也是工作餐，换她，她也没胃口。

"你这是干什么？"令琛看她一脸心疼的模样，笑道，"我只是怕吃饱了——"

祝温书抬眼："嗯？"

"上台会打嗝儿。"

"……"

祝温书努力憋了两秒，还是没忍住埋头在侄子身边笑了起来。

"你今天是去演小品的吧？"

"你要是想，我转个行也不是不行。"屏幕里，令琛说，"不过别人是逗全国人民开心，我只逗你开心。"

祝温书没空理他，笑了一会儿，怀里的小侄子问："姑姑，这个哥哥是谁呀？"

祝温书忽然抬起头，捏了一把侄子的脸："你为什么叫我姑姑，却叫他哥哥？"

倒不是想占令琛便宜，就是突然感觉自己年龄上去了。

小侄子眨巴眼睛，没懂祝温书的意思。

"那该叫我什么？"

祝温书看向手机，令琛偏着头，似笑非笑地看着她，眼里带着呼之欲出的答案。

两人隔着屏幕对视片刻后，祝温书凑到侄子耳边，小声说："叫姑父。"

小侄子懵懵生涩地看着手机，半天说不出口。

"嗯？"令琛抬眉，"到底叫我什么？"

这时，舅妈在客厅喊祝温书，叫她吃饭。

于是祝温书顺口就说："就叫哥哥。"

她抬起眼，看到令琛眼里有若隐若现的笑意，于是重复道："哥哥。"

视频通话因为网络不好出现了卡顿，最后一秒，定格在令琛别开脸的模样。

但若不是画面定格，祝温书还注意不到他有点儿脸红。

由于人多，祝温书家的年夜饭足足吃了一个半小时。

直到电视机响起联欢晚会开幕的歌舞声，一家人才陆陆续续地从饭桌移到客厅。

　　这几年的晚会对中老年人越来越不友好，请的大多数都是他们不认识的年轻明星。只有小品稍微能激起长辈们的热情，而歌舞等节目越发趋于保守，长辈们只是听个响，大多数都捧着手机在各个群里抢红包。

　　整个客厅只有祝温书一个人认认真真地盯着电视机，不想错过任何扫过嘉宾席的镜头。

　　一个多小时后，令琛登台。

　　小侄子抱着皮球在电视机前跑来跑去，频频挡住祝温书的视线，于是她把他叫过来抱在怀里，任凭他怎么挣扎都不放手。

　　最后小侄子放弃挣扎，安分地躺在祝温书怀里。

　　看向电视屏幕时，他突然指着令琛喊道："姑父！"

　　一旁的大人们被这声音抓回注意力，都跟着小侄子看向屏幕。

　　"哎哟，我们嘉嘉真会替姑姑着想。"舅妈笑着说，"这就选好姑父了，那叫你姑姑努力努力啊。"

　　祝温书在热闹气氛中盯着屏幕不说话，笑得眼睛都弯了起来。

　　祝温书的妈妈从手机里抬起头，瞥了电视一眼，拧眉道："这不是你那个高中同学？叫令什么来着？"

　　"令琛。"祝温书说，"玉石那个琛。"

　　"我知道，听你们学校老师说过。"

　　小侄子还在兴奋地喊："姑父！姑父！"

　　祝温书妈妈伸手揉揉他脑袋，随后打趣道："你姑姑高中的时候要是努力一点儿，说不定令琛现在真是你姑父了。"

　　"跟小孩子说些什么呢。"祝爸爸接话，"真高中跟人谈上了，我看你不打断他的腿。"

　　"就你话多。"

　　妈妈瞪爸爸一眼，忽然又转头朝祝温书挤眉弄眼："高中的时候有没有发生点儿什么？"

　　"没啊。"祝温书笑着说，"我们高中不熟。"

　　妈妈遗憾地"啧"了声："亏你遗传了我的长相，我高中那会儿迷倒全班男生呢。"

238

"那我现在……"祝温书扭头看着妈妈,"去勾引他?"

"瞎说什么话。"

妈妈慢悠悠地转头盯着屏幕,嘴角肌肉不受控制,她笑了笑:"要是有机会的话,也不是不行。"

"没机会了,他有女朋友了。"祝温书说。

"那就算了。"妈妈摇摇头,专注地看着电视,"可惜咯,明明有机会,却让这么俊的白菜被别的猪拱走喽。"

"……妈,"祝温书扯扯嘴角,"我就是那头猪。"

凌晨十二点半,晚会在大合唱中结束。

舅舅和舅妈十点不到就带着孩子回家了,外公、外婆,以及爷爷奶奶也前后脚离开,家里只剩下一家三口。

自从汇阳禁了烟火后,每年的除夕格外安静,只有遥远的郊区能放烟花。

祝温书趴在窗台看天边隐隐约约的绚丽,手机源源不断进来新消息,几乎都是群发的祝福短信。

过了会儿,在爸妈的催促声中,祝温书回了房间。

今晚发朋友圈的人特别多,祝温书刷了很久,才看到两个多小时前,她妈妈发的一条。

妈咪:我女婿!

后面还跟着三个"墨镜"的表情,配图是电视机里的令琛。

下面有几条祝温书能看见的评论。

王红阿姨:哟,我们撞女婿了。

妈咪回复王红阿姨:???

陈飞燕阿姨:我女儿也说这是我女婿。

妈咪:统一回复,这真是我女婿哈!!我们书书说过段时间带他回家吃饭。

祝温书在被窝里打了个滚儿,趴在枕头上,给令琛打电话。

第一次打过去没人接,过了会儿,他才回过来。

"结束了?"祝温书问。

"嗯。"

电话那头还很嘈杂，令琛说："跟几个前辈聊聊就回去。"

"回哪儿啊？"

"酒店。"

听到这两个字，祝温书心里突然有些不是滋味。

且不论她从来没有自己一个人住过酒店，就算是有人作陪，一想到在这团圆的夜里，令琛还是得一个人待着，她就有点儿难受。

"令琛。"

"嗯。"

"我爸爸做菜很好吃。"祝温书翻了个身，慢吞吞地说，"我妈妈炸的酥肉也很香。"

令琛没明白她说这些的意思，但还是安静地听着。

"我爷爷喝了酒就喜欢唱歌，虽然不是很好听。

"我还有个小侄子，你今天见过，很可爱。

"我家亲戚都很好，舅舅和舅妈也很好，把我当亲女儿看的。"

"嗯。"令琛说，"我能感觉到。"

"所以……"祝温书觉得自己这个想法有点儿突然，所以声音小得像蚊蝇，"明年的今天，你来我家过年吧。"

65

祝温书真的怀疑，她的妈妈辈们有一个秘密情报组织网。

仅仅过了一晚上，七大姑八大姨都知道她交往了一个明星男朋友。有的甚至连令琛是歌手还是演员都没搞清楚就来找祝温书要签名。

且这个盛况在年初四那天达到高峰，祝温书和爸妈去参加姨姥姥的生日宴时，居然有个人非要她当场给男朋友打电话，尴尬得她差点儿当场装晕。

好在亲戚们的好奇呈正态分布，在祝温书表达了强烈拒绝后，热情渐渐收敛。

但祝温书觉得汇阳她是待不下去了，原定的初十返程也提前到了初七。

出发前一天，祝温书在家吃完晚饭，正准备看会儿电视，她妈妈突然放下手里的事情,凑到她身边:"哎。"

又来了又来了。

祝温书目不斜视地盯着屏幕,当没听见。

"再跟我说说呗,周思思跟我说那个'小蚕同学'就是你,咋的啊?你不是说你们高中不熟吗?"妈妈扯她袖子,"怎么这么多年后又凑一块儿了?他认识的明星多吗?你跟他一起见过哪些明星啊?他微信里有哪些啊?有朋友圈看吗?"

"……"祝温书起身道,"我去收拾东西了。"

"这不还早吗?你急什么?"

妈妈追进房间,抱着双臂靠在门边碎碎念:"你还有两件毛衣我看都没怎么穿过,带回江城呗。"

"不带了。"祝温书打开行李箱,"下个月就该热起来了。"

这次祝温书回家确实没带什么东西,没几分钟就收了个七七八八。

妈妈见她双手空着不知道在干吗,又不愿意停下来,东摸一下西翻一下,只觉得好笑。

"你要没事儿干就把你书柜收拾出来。"妈妈抬抬下巴,说,"你爸说你现在很少回来,想给你霸占了。"

"哦,他用呗。"

祝温书转头走向书桌扫视一圈,书柜里面其实没什么可用的东西,都是她初高中的教材、练习册,以及一些课外读物。之前一直舍不得扔掉,现在看来确实很占地方。

"我给你找个纸箱子吧,回头让你爸搬出去卖废品。"

妈妈走了两步又回头:"你爸年纪也大了,不能老让他做这些粗活。"

祝温书心想她爸爸早上还生龙活虎地打了一套拳,哪里像是搬不动废品的人了。

结果她还没说出口,她妈又说:"啥时候让你男朋友来?"

祝温书:"……"

还好她没告诉她妈明天令琛要来接她,不然两人都走不了。

妈妈拿着纸箱子进来时,祝温书已经整理好了旧书籍。

她看抽屉里也都是些旧得没法用的笔和小玩意儿,于是打算一起扔了。

"这是什么？"妈妈翻着祝温书扔出来的东西，捏着一根链条拎起来，上面挂着一个圆形的东西，"哦，怀表啊。"

她打开看了一眼："这不还在走吗？要扔了吗？"

祝温书目光紧随着怀表晃动几下，随后捏住它。

这是一块古罗马造型的怀表，放在手里没什么重量，外层的喷漆被时间磨得暗淡无光。

祝温书出神片刻，突然拿走怀表："不扔。"

高中三年，祝温书收过七八次匿名礼物。十几岁的男生大多藏不住事，祝温书多问几个人，也就找到了源头，全都退了回去。

只有这块怀表，是她在高三毕业那天收到的，几经辗转也没打听到是谁送的，加上她看材质感觉应该也不贵重，便留了下来。

后来的几年，她偶尔在抽屉翻到这块怀表还会放在手心打量。

虽然不明白那人为什么送她这个东西，但觉得在这电子时代，一块小巧复古的怀表还挺有意思。

只是等她读了研、上了班，回家的次数越来越少，渐渐也就将这个东西抛之脑后。若不是今天整理书柜翻到，她几乎都要忘了它的存在。

"这东西有些年头了吧？"妈妈突然问，"你什么时候买的？"

祝温书摇头："不是我买的。"

妈妈知道自己女儿受欢迎，立刻就反应过来："哦，谁送的？"

祝温书盯着手里的怀表没应声。

以前她确实反复想过是谁送的，但现在，这个答案好像呼之欲出。

就在这时，妈妈的手机铃声响了。

原本沉默的祝温书某根神经突然被牵动，直直地盯着她妈妈的手机。

这铃声，好像是令琛那首《听不见的心跳》？

"你怎么把铃声换成这个了？"

妈妈拿起手机看了眼来电，见是推销电话直接挂了。

"我支持支持我女婿啊。"妈妈说，"怎么样？周思思帮我弄的。"

祝温书没再说话，再次看向手里的怀表。

片刻后，她掏出手机找到令琛的对话框，想问问他，是不是他送的。

临到发送前一刻，祝温书突然想到什么，把对话框里的内容全都删掉,然后一言不发地拿纸巾擦了擦怀表,随即放进外套包里。

第二天下午,祝温书拒绝了爸妈送她的热情,坚持要自己去车站。

爸妈心里惦记着牌局,也就没坚持。

一出门,祝温书就给令琛打电话,让他去某个路口接她。

令琛正在开车,确定地点后没再多说,只是告诉她今天有点儿堵车,可能会晚一点儿。

于是祝温书自己拎着小行李箱,朝约定地点走去。

今天是春节最后一天假期,路上许多行人都拖着行李箱,祝温书也不显得突兀。

到了地点后,她找了张长椅坐下,双手撑在行李箱拉杆上,朝路口张望。

陌生的车辆来来往往,鸣笛声此起彼伏,祝温书看了一会儿,心知令琛不会这么快到,于是将冻僵的双手插进了外套兜里。

手指猝不及防碰到昨天翻出来的那块怀表,那股冰凉的触感忽地从指尖蔓延到心头,让她整个人倏然一颤。

她的第六感并非无缘无故,生活里有太多的细枝末节作证,这块怀表是令琛送的,只是他从来没提过。

一想到这里,祝温书反而有一股难以言说的低沉情绪。

为什么是怀表呢?

祝温书不知道。

她只是想起自己大学时曾在图书馆翻到一本外国名著《一个陌生女人的来信》,里面有一段话让她记忆尤为深刻。

"我的心像琴弦一样绷得紧紧的,你一出现,它就不住地奏鸣。我时刻为了你,时刻处于紧张和激动之中,可是你对此却毫无感觉,就像你对口袋里装着的绷得紧紧的怀表的发条没有一丝感觉一样。怀表的发条耐心地在暗中数着你的钟点,量着你的时间,用听不见的心跳伴着你的行踪,而在它嘀嗒嘀嗒的几百万秒中,你只有一次向它匆匆瞥了一眼。"

或许令琛没有想那么多,是她自己太多愁善感——她总觉得,令琛在高三毕业这一天默默送出这块怀表,是带着诀别的心情,认定了两人从此一别两宽,却又希望祝温书能明白,他那听不见的心跳,曾经陪伴

243

了她九千多万秒。

冬天的阴云黑压压地罩着这座小城,祝温书的手指悄悄在兜里摩挲着那块老旧的怀表,目光一次次地望向路口。

迟迟没看到令琛的车,倒是看见一个熟人。

穿着卡其色羽绒服的中年女人牵着一个三四岁的小女孩在路边买气球。祝温书盯着她俩的身影,不知不觉笑了起来。

等人走近了,她才开口道:"张老师。"

中年女人牵着小孩回头,上下打量祝温书两眼,满脸惊喜:"祝温书?要回江城了?"

"嗯,等会儿就回去了。"

张老师以前不苟言笑又严格,班里同学个个儿都怕她。

不过这两年听那些留在汇阳的同学说,她自从抱了孙女后像换了个人,见谁都笑眯眯的。

祝温书觉得同学们果然没骗她,比如这会儿,张老师就抱着孙女坐到了她旁边:"怎么样啊最近,老师不好当吧。"

"挺好的。"祝温书笑道,"就是小孩子不好管。"

两人聊了点儿教师心得后,张老师想到什么,又问:"你跟令琛在一起了吧?"

"嗯。"

对于张老师知道这件事,祝温书毫不意外,毕竟还有不少同学跟老师有联系。

"哎,我也是没想到。"张老师望着自己拍着孙女的手臂,恍然叹气,"以前我还觉得你俩肯定没戏呢,毕竟有个尹越泽。"

祝温书眨眨眼,迟疑地问:"您……知道?"

"我哪儿能不知道!当年事情闹这么大!"张老师笑着说,"令琛这人也真是的,平时不声不响,结果高三为了你跑去跟体育班的打架,差点儿被退学,要不是我……"

话没说完,张老师见祝温书满脸愕然,不可置信地说:"你不知道啊?"

每年春节返程的高速路总是特别堵,令琛比预计到达时间晚了近二十分钟。

他把车停在路边后,降下车窗朝长椅上的祝温书挥挥手。

可她低头盯着地面,完全没注意到他。

"想什么呢?"令琛下车,连个口罩都没戴,明目张胆地站到祝温书面前,伸手抬起她下巴,"不想离开家?"

祝温书依然没说话,抬头望着面前的男人,眼里光影浮动。

新春的街道喜气洋洋,几家店同时播放着喜庆的音乐。

在这样的氛围下,祝温书脸上却没有一丝怡悦。她的眼睛里仿佛笼着一层雾,嘴巴也微噘,好像下一秒就要哭出来。

令琛见她这样,神情倏然凝重,在她面前蹲下来:"怎么了?受委屈了?"

祝温书抿唇摇头,反复吸了几口气,才开口道:"没有。"

见路上人来人往,随时可能有人认出令琛,于是她在令琛再次说话前起身:"走吧,先回去。"

令琛的目光随着她的背影移动,直到她在副驾驶座车门前停下。

"你怎么自己开车来?"

"一个司机在休假,另一个有别的任务。"

令琛从她手里拿过行李箱,走到车后,一边往后备厢放,一边问:"怎么了?"

祝温书盯着令琛看了两眼,突然绕过车往驾驶座走:"我来开吧。"

"你?"令琛眼里有一抹惊讶,"你有驾照?"

"我当然有。"祝温书说话时已经坐进了驾驶座,"前几天还帮我爸开车来着。"

令琛放好行李箱后,径直坐进了副驾驶座。

他关上门,没急着系安全带,倒是见祝温书有模有样地熟悉中控台和灯光操作。

"真要开?"

"嗯。"祝温书认真地点头,"你不是今天早上才回江城吗?一会儿在车上睡吧,我开车很稳的。"

听到这话,令琛依然没系安全带,只是沉沉地看着祝温书:"你到底

245

怎么了?"

"你先休息,回去再说,不是什么大事。"

祝温书转头看着令琛,忽然又俯身过去帮他系安全带:"叫你睡觉你就睡觉,问那么多。"

令琛见祝温书虽然兴致不高,但确实也不像是遭遇了什么坏事的样子,就是凭她那身高要越过中控台帮他系安全带,着实有点儿勉强。

"好了。"他摁住祝温书的手,"我自己来。"

"嗯。"

祝温书也没逞强,松开手后,忽然把脸搁在令琛肩上,蹭了蹭他的脖子,然后在他耳边低声轻喃:"我好爱你啊,令琛。"

这一路,令琛果然安心地睡了。

等他睁眼,车已经停在了地下车库。

"醒了?"

祝温书刚熄了火,见令琛醒来,突然又闷声道:"你还说你不困,一路上就没醒过。"

令琛没说话,松开安全带后径直下车。

他走到驾驶座旁拉开车门,祝温书刚拿上车钥匙就被他拉了出来。

他的脚步比往常快,像是急着回家一般。

祝温书也没说话,就被他牵着快步进了电梯。

这个住宅区一梯一户,基本不担心会遇到别人。

但两人站在电梯里依然没有说话,祝温书低头看着地面,而令琛的掌心有些发烫,紧紧攥着祝温书的手,拇指时不时抚着她的手背。

这趟电梯仿佛格外漫长,密闭的空间几乎要被两人的情绪溢满。

"叮"一声,楼层到了。

电梯门还没完全打开,令琛就牵着祝温书阔步走出去,比刚刚在地库的脚步还快。

须臾后,房门一关,祝温书还没来得及伸手开灯,就被令琛揽着腰摁到门上。

他一只手扶着祝温书的额头,另一只手还抱着她的腰。

呼吸猝不及防交缠到一起,他低头抵着祝温书的额头,笑着问:"有多爱我?"

祝温书没说话。

"说话。"

令琛没等到她开口,反而听到了一声类似啜泣的呜咽声。

他目光一凛,微微后仰想看清祝温书的表情,却见她忽然伸手抱着他的腰,将头埋在他胸前。

令琛抬手轻抚她的后背,声音也轻柔下来:"不舒服?"

"不是。"祝温书瓮声瓮气应道,嗓子却发酸,在电梯里酝酿了满腔的话却说不出一个字。

片刻后,她的双手穿过他的卫衣下摆,伸进他腰间。

温热细柔的手指所过之处皆带起一阵触电般的酥痒感,令琛全身的肌肉忽然绷紧,在她耳边不可抑制地溢出闷哼声。

下一秒,祝温书的指尖停留在他腰间的伤口上。

令琛似乎意识到了什么,浑身一僵。

"还疼吗?"祝温书靠在他胸口问。

许久后,令琛才回答:"早就不疼了。"

屋子里没开灯,让人的感觉尤为敏锐。

令琛感觉祝温书的指尖轻轻摸着他的伤疤,像是想抚平这一片突起。

"以后别这样了。"祝温书嗓音里带了点儿哭腔,"要是出事了,我会——"她哽住,没再说下去,踮脚去亲令琛的嘴角。

"我不后悔。"

令琛弓腰回应她的吻。

今夜寒风呼啸,吹得浓云散开。

屋子里的气温在黑暗里急剧上升。

令琛抱着祝温书的腰,跌跌撞撞地吻着走向房间。

……

浴室白雾缭绕,水渍一路从洗漱台延绵至床边。

祝温书还是穿着令琛的衬衫,发梢还有水珠未干。

"谁跟你说的?"令琛这会儿的声音有点儿暗哑,手指缠绕着祝温书湿润的发丝,"张老师?"

祝温书没回答。

令琛忽然间感觉胸前一阵冰凉。

再睁眼时，他看到自己胸前挂了一块陈旧的怀表。

祝温书重新趴到他胸前，耳朵贴着那块怀表，清晰地听着指针走动的声音。

"令琛。"她说，"我听到了。"

66

一夜无眠。

这一晚，令琛和祝温书说了很多话，比他们认识这么久说过的话的总和还多。

他告诉她，十岁前他也有一个很幸福的家庭，直到妈妈意外去世。

也跟她讲，爸爸精神失常后，他这个只知道捣乱的浑小子发现自己居然也能照顾别人的衣食起居。

只是一开始那两年，他总分不清食盐和味精的作用，做出的饭菜连他爸都不吃。

网传的关于他爸爸酗酒、家暴、索要巨额赡养费都是杜撰的，他很爱他的爸爸，他的爸爸也很爱他。

他说这些的时候很平静，轻描淡写，仿佛只是以旁观者的身份讲述着他人的经历。

但当他说到大一那年，他的爸爸因病去世时，嗓子像含了沙，每一个字都很艰难地从喉咙里挤出来。

说完之后，两人都沉默了很久。

祝温书看着黑暗里令琛的身影，心像被狠狠揪住，回过神时，眼眶里已经有了热意。

可是令琛转头又讲起他大学在酒吧驻唱，音乐公司的人联系他时，他把人家当骗子对待的故事。

人家给他打了几次电话，他最后不耐烦地把当地派出所的电话谎称是学校的联系方式，让人家去跟学校谈。

直到大一暑假，刚刚做完手术的张瑜明不得不亲自坐飞机过来，又在辗转大巴和三轮后，找到他当时暂住的地方，在门口从天亮蹲到天黑，终于等到令琛回家。

然后令琛怀疑自己是真被盯上了，转头就去报了警。

祝温书的泪水活生生被憋了回去。

后来，令琛又讲他成名这些年在娱乐圈的经历，可以算是顺风顺水，略过了那些挨骂的经历，跟祝温书细数他得过多少奖杯，认识了哪些以前只在电视里能看见的人，还说起一开始有很多制片方找他拍电视剧和电影，但是他想到自己拍一个 MV 都能 NG 到导演崩溃，遂自动放弃。那些 MV 导演圈子里还流传着一句话，传到了他耳里——唱歌的令琛让人想嫁，拍戏的令琛让人害怕。

说到这里时，祝温书的眼皮已经撑不住，开始上下打架。

但她还是被逗笑，勾着唇角进入梦乡。

此时天边已经透出一丝光亮。

房间内的私语声音渐渐变小，最后成了几句口齿不清的呢喃，床上两人的呼吸也趋于平静。

令琛闭眼前，望着怀里祝温书的睡颜，长长地呼了一口气。

所有人都以为他沉默寡言，其实他话很多。

还有好多好多话想说给她听。

在令琛家待了两天后，令兴言亲自来把人领走，祝温书也收拾好行李箱准备回家。

只是离开前，她知道自己应该还会常来，便留了一些衣服和洗漱用品。

应霏没这么快从"塌房"伤害中走出来，还留在老家没回江城。

元宵过后就要开学，气温也在这个假期回暖，祝温书很快投入新学期的准备工作中。

没几天，房东突然给她打电话，问她今年还续不续租。

这房子是去年四月祝温书先租的，签了一年的合同。

房东刚问出口的时候，祝温书下意识就要续租，毕竟她和应霏相处得很好，两人早就达成了继续合租的共识。

只是话到了嗓子眼儿，她想到应霏和令琛的关系，突然有点儿拿不准应霏介不介意和她继续住在一起。

挂了房东的电话后，祝温书给应霏发了条消息。

祝温书：刚刚房东给我打电话，马上房子就该续约了，咱们还续租吗？

过了一会儿。

应霏：我正想跟你说这个事情呢，我应该是不续租了。

看到这句话，祝温书心一沉。

果然，应霏还是对她是令琛女朋友这件事耿耿于怀。

她斟酌半晌，还是觉得应该和应霏把话说开。

祝温书：可以，我尊重你的决定。

祝温书：不过……咱们还可以继续做朋友吗？

应霏：？

应霏：……

应霏：你想什么呢，我是这几天考虑了很久，决定以后不追星了。之前我选择当个自由插画家就是为了有时间追星，现在感觉这样日夜颠倒也没意思，所以打算去个美术培训机构当老师。

应霏：不出意外的话，我应该会去西城区的一个画室上班，那么远呢，我还是去那附近租个房子比较方便。

原来是这样。

祝温书松了口气，笑自己以小人之心度君子之腹。

祝温书：那加油啊！

应霏：嗯……但是我可能都住不到四月了，咱们家到西城区来回要两个多小时，我一周后就要报到，明天回来应该就要找房子了。

祝温书：这么急？？？都不用面试吗？

应霏：……不用。

祝温书：啊？

同为教育行业，祝温书对培训机构多少有点儿了解，前两年教育改革后江城的艺术培训大幅度裁员，现在易出难进，哪有面试都不需要就直接上班的。

应霏该不会是被骗了吧？

"对方正在输入"一直断断续续地跳动，祝温书半天没等到应霏的回复，感觉对方似乎有话要说又很犹豫。

于是她又发了个问号过去，应霏才回消息。

应霏：施雪儿表叔开的培训机构，最近特别缺人。

没等祝温书说什么，应霏又连续发来几条消息。

应霏：我就去救个急咯，反正也没什么事。

应霏：不合适我就立刻跳槽，反正现在培训机构遍地走。

祝温书盯着手机看了半晌，才笑着打字。

祝温书：好吧，那我们以后就是同行了，应老师。

应霏：嗐，应老师助人为乐罢了。

祝温书：加油！

应霏：那你呢？

祝温书：？

应霏：你是继续住着，还是……

祝温书：？？

应霏：找你男朋友去？

看到这条消息，祝温书目光凝住。

其实她得知应霏要搬走后，下意识就想着自己得找个新室友。

可能是因为令琛身份比较特殊，他们交往时间也不长，所以她根本就没有意识到，还有另一种可能。

思及此，祝温书忽然有些紧张。

别人谈恋爱都是多久才开始同居来着？施雪儿和祝启森也还没有同居吧？她要是现在跟令琛说这个事情会不会有点儿快？

可是——

她放下手机，忐忑地咬着手指，心里的天平却已经倾斜。

令琛平时本来就忙，如果她家里还有个陌生室友，两人又得过上来回跑的生活，那多麻烦。

她总感觉，她和令琛一起生活是早晚的事情。

而且她知道，令琛心里也是乐意的。

就是突然这么问出口，她有点儿不好意思。

正好这时，令琛的一个来电结束了祝温书的纠结。

"我下飞机了。"令琛开口便道，"大概一个小时后到你家，你要准备准备吗？"

祝温书："要。"

令琛说："行，你准备好了跟我说，我可以在楼下等你。"

"不是，我是做心理准备。"

"……怎么？跟我吃个饭还要心理准备？"

"不是，是我室友要搬走了，我得找个新室友。"

祝温书一字一句道："我就想问问，你……愿意当我新室友吗？"

这个问题，祝温书足足等了五秒才得到答案。

"我愿意。"

听到这个回答，祝温书感觉，怎么跟求婚似的，他还答应了。

一周后，祝温书把房间里的东西打包好，走出房间时，应霏也拎着一袋不要的杂物出来。

客厅里已经堆了不少垃圾，都是两人今天清理出来没办法带走的。

她们坐到沙发上，看着屋子突然变得空荡荡的，只剩几个打包纸箱。

尽管都要走向新生活，但心里难免还是怅然若失。

"你以后别熬夜了啊。"祝温书说，"早睡早起，也别总是吃外卖和泡面，饮料也少喝，家里多备点儿矿泉水。"

"你怎么跟我妈一样啰唆。"应霏一面笑着回答，一面双手撑着沙发，打量这住了一年的房子，"其实咱俩刚刚搬进来的时候这房子也这么空，现在看着怎么就这么陌——"

门铃突然响起，打断了应霏的话。

两人同时看向门边，应霏愣了片刻，神情突然变得有点儿不自然："我去房间再检查检查。"

祝温书知道她不好意思见到令琛，于是没说什么，起身去开门。

"你们怎么来了？"

听到这话，刚刚走到房间门口的应霏又折回，看到施雪儿和祝启森出现在玄关处。

"来帮你搬家呀！"施雪儿指指身后的祝启森，"我带了个苦力。"

祝温书正想说"太麻烦了"，身后的应霏冷不丁道："你是想来看看令琛的吧。"

见施雪儿有点儿不好意思地挠头，祝温书问："你怎么知道呀？"

她还没跟施雪儿说过今天令琛要来。

应霏帮施雪儿回答了："她套我话。"

"我那哪儿叫套话？"施雪儿扬着下巴说，"大家闲聊嘛，我不得关心关心祝老师。"

应霏嗤笑一声，抱着手臂看着施雪儿："你现在倒是话多，等会儿人来了你可别变哑巴。"

施雪儿："哑巴？我等会儿当场给令琛表演一个巧舌如簧彩虹屁，让他知道他的粉丝有多厉害，不像有的人，翻来覆去只会说'啊我死了'。"

两人你一言我一语，都没注意到身后的门又开了。

直到祝启森扯了下施雪儿的袖子，她一回头，立刻石化。

"这是我大学同学和现在的同事，祝启森。"祝温书一边领着令琛进门，一边跟他介绍。

"你好。"

令琛朝他点点头，几秒后，祝启森才傻笑着摸后脑勺："你好你好，别客气，叫我森森就好。"

"……"

祝温书又看向雕·施雪儿·塑："这是祝启森的女朋友，施雪儿，也是老师。"

令琛也点头："你好。"

施雪儿一点儿反应都没有，祝启森看了她一眼，怕她又当场晕倒，连忙从包里掏出一颗糖塞她嘴里。

至于一旁的应霏——

祝温书一转头，就见她以可以参加奥运短跑项目的速度冲进了房间。

于是这场搬家就变得格外安静。

令琛还带了卢曼曼和一个小男生来帮忙，没费什么工夫就帮祝温书把东西全都搬了出去。而施雪儿则一直站在客厅，嘴巴像退化了，几度

"嗯嗯欸欸"都没说出一句完整的话。

半个小时后,祝温书和令琛离开了。

关上门的那一刻,施雪儿的号叫声清晰传来——"我嘴呢?我嘴呢?呜呜呜我嘴去哪儿了呢?!"

"你的朋友怎么回事?"车上,令琛揉了揉脖子,淡声说,"一个个都不说话,上次也是。"

"你看不出来吗?"祝温书说,"雪儿老师是你的粉丝,她特别紧张。"

"紧张的时候是这样的吗?"令琛笑了下,"我还以为只有令思渊这个年纪的人紧张的时候才不说话。"

祝温书没说话,只是看着令琛,眼里有笑意。

"看我干什么?"令琛问。

"没什么。"祝温书抿着嘴笑,没说下去。

"别话说一半。"车上还有其他人,令琛便只是捏祝温书的掌心,"笑什么?"

"我就是在想——"祝温书抬着下巴,低声道,"你紧张的时候不也像个哑巴。"

要不是这样,他们的高中怎么会连话都没说几句。

令琛也没否认,平静地说:"还好,一般紧张。"

前排的卢曼曼突然回头问:"那你特别紧张的时候呢?"

她又转头看向祝温书:"祝老师,真的,我怀疑他每次在台上都把观众席的人当大萝卜,从来没见他紧张过。"

祝温书闻言,也看向令琛:"那你有特别紧张的时候吗?"

令琛垂着眼睛,半响才说:"有。"

卢曼曼:"什么时候?演唱会?还是春晚?"

令琛仰头,看着车厢顶,淡声说了个日期:"去年九月十号。"

"那天干吗了?"

卢曼曼没什么印象,疑惑道:"那几天你不是在休假吗?没什么演出吧?"

祝温书没有卢曼曼清楚他当时的行程,自然更不知道那天发生了什么。

令琛也没有立刻回答卢曼曼的问题,他放空了一会儿,才转头看向祝温书："不记得了？"

祝温书眨眼："跟我有关吗？"

令琛慢吞吞地转回头，盯着前座椅上的颈枕看了好一会儿，突然指着它："我那天从这么大的可视门铃里看见你，"他说，"以为在做梦。"

67

令琛之所以这么说，因为那确实是多次在他梦中出现的场景。

人潮拥挤的街头，行色匆匆的机场，喧嚣热闹的餐厅……在每一个令琛经过的地方，只是在忽然之间，看到一个长发飘飘，甚至只是一个清瘦女生的背影，他就会莫名其妙醒着陷入梦境。

可是这个世界这么大，人海茫茫，他从来不觉得自己会有那么幸运，能再次遇到祝温书。

他的运气，早在高中三年就用完了。

而且即便遇到了，又能怎样呢？

令琛笃定祝温书一定和尹越泽，抑或更好的男人，过着幸福安稳的生活。

也明白自己的出现于祝温书而言只是不痛不痒的小插曲。

可是夜里的他还是不受控制，会在无数个失眠的时刻，去幻想如果有一天，他们再相遇，会是怎样的场景。

但他从来没幻想过，会在那么平凡的一天，她按响了他家的门铃。

没有曲折离奇的经历，也没有命运的种种暗示，她就像初三那个暑假一样，平静又突然地闯进他的视野。

以至于，睡眼蒙眬的令琛在监视器前足足站了两分钟，分不清现实与梦境。

那一整天，他仿佛都在梦游，双脚好像从未踩过实地。

甚至到了此刻，他拎着祝温书的行李箱，站在自己家门口时，觉得梦还没醒。

即便是他第一次站上个人演唱会的舞台时，也没觉得脚如此轻。

"怎么了？"祝温书见他迟迟没有开门，问道。

令琛看了她一眼，停顿片刻后，把门推开。

祝温书跟在他身后，慢慢走进去后，轻咳一声，扭头朝令琛伸出右手："以后就是室友了，合住愉快。"

今晚令琛的反应好像格外慢，垂眸轻轻看着她，随后才伸手："合住愉快。"

"我们先约法三章啊。"祝温书一本正经地说，"公共区域卫生要爱护好，勤打扫，爱干净。"

令琛笑着答："好，还有呢？"

祝温书往里看去，发现客厅里居然多了很多绿植。

"平时不准把窗帘一直拉着，这些花花草草需要阳光才能长好。"

令琛："还有呢？"

"还有啊……"祝温书环顾四周，老神在在地说，"我也没跟异性合住的经验，想到了再说吧。"

"好。"

搬家之前，祝温书觉得自己肯定需要很长时间来适应同居生活。

毕竟她长这么大，还从来没单独跟一个男人在一个屋檐下朝夕相处过，不知道怎么调整生活状态。

但事实不是。

或许是由于曾经独自照顾过没有生活自理能力的爸爸，令琛的生活能力完全强过祝温书。

他也不喜欢别人过多插手自己的生活，凡事基本亲力亲为。和祝温书想象中，被多个助理围绕，连伞都要助理撑的明星生活完全不一样。

清晨有人早起做饭，夜里有人关窗，晴天能一起晾晒棉被，雨季有人提前把伞放到玄关。

就连堆在杂物间忘了拆开的快递，隔几天便会被整理出来，纸盒整整齐齐地码在入户处，等着保洁来收。

祝温书也想过，他们生活在一起的状态和她独居时应该不会有太大区别。

毕竟令琛平时忙，总是穿梭在天南地北。

可这段时间他待在家里的时间很多。

有时候祝温书以为他不会回来了，第二天睡醒，却发现他躺在一旁。

和令琛相同，自从钟老师休完产假回来，祝温书卸下了代班班主任的工作，时间也宽松了许多。

但她也没有完全闲着，令琛想换一套房子，离实验小学近一点儿，也不用这么大，因为有时候看起来很空旷。

于是他们一有时间就去学校附近转悠，没多久看中了一套全新二手房。房东刚刚装修好还没来得及搬进去，遇到了点儿事，急需资金周转，急着要出手。

不过这房子的装修风格过于浮夸，过户之后，他们就马不停蹄开始推翻重装。

不像之前全都丢给令兴言让他安排，这次的装修，令琛几乎全程参与，细致到了一砖一瓦都要亲自确认的程度。

这倒显得祝温书没什么用武之地，大多数时候只需要点头确认，随后就等着验收成果。

于是祝温书便想着趁这段时间多种点儿花草，等他们搬进亲手打造的新家时，能生机勃勃、绿意盎然。

新绿植养育不易，在祝温书的精心打理下，陆陆续续买回来的花草枝繁叶茂，偶尔还会招惹蚊虫。

待第一批花卉绽放时，江城不知不觉入了秋。

这天傍晚，祝温书吃完晚饭后加了一件长袖针织衫蹲在阳台上细致地松土。

听到密码锁开启的声音，她回过头，果然见令琛拎着外套回来了。

今晚不是有饭局吗？

看着令琛换了鞋、挂上外套朝阳台走来时，祝温书笑眯眯地说："你是不是恋情曝光之后没工作了？"

令琛脚步没停，只是抬了抬眉。

祝温书："要提前退休了？"

"可能是吧。"

令琛想起什么，转头又朝厨房走去："我要是提前退休，祝老师养我吗？"

祝温书想了想:"那你再坚持一下,我努力涨涨工资。"

令琛没再说话,他打开冰箱看了眼,转头道:"酸奶喝完了?"

"我看过期了就都扔了。"祝温书拧眉,"这种保质期短的东西不要一次买那么多,喝又喝不完。"

"噢。"令琛关上冰箱,"那去超市补点儿货?"

此时天色渐晚,但因为气候宜人,祝温书想也没想就点了头。

"那你把外套穿上。"

附近就有超市,但考虑到每次采购的量都不小,他们还是开了车去。

今天是工作日,按理说人应该不多,所以令琛下车的时候懒得戴口罩。但是他们走到入口处时,发现打折商品的摊位人山人海。见这状况,令琛脚步有点儿犹豫。

万一出现什么意外,他估计得跟这些打折商品一样被围观。

光是想想就窒息了。

祝温书瞥他一眼,从包里掏出一个叠好的口罩,踮脚给他戴上。

"还好祝老师料事如神。"

"嗯嗯。"

令琛耷拉着眉眼,拉着祝温书快步穿过排队的人群。

推着购物车逛完了一层,他们走进负一楼的生鲜区。

虽然嘴上说着"不要买太多",但祝温书最近对厨艺颇有研究,看见什么食材都想买点儿。

不知不觉间,购物车已经满了。

走到冷鲜区时,祝温书还想买两盒鲜牛奶,正考虑的时候,购物车里突然被丢进一盒冰淇淋。

祝温书回头看令琛:"你干吗?"

"你不是想吃冰淇淋?"令琛面无表情地说。

"我什么时候说过?"祝温书把冰淇淋物归原位,皱眉道,"你就不能忍忍?医生说了这些生冷刺激的东西都要忌口,你还要不要你的肠胃了?"

"我已经没事了。"令琛伸手又去拿,见祝温书瞪着他,刚刚碰到冷藏柜的手收了回来,"行吧。"

两人又走了两步,令琛侧头看着陈列柜,突然问:"橘子汽水喝不喝?"

"不喝。"祝温书头也不回,"碳酸饮料对牙齿不好,我不想笑起来的时候一口大黄牙。"

片刻后,她感觉到什么,回头看见令琛还站在原地没动。

"你干吗呀?"祝温书突然笑了起来,"行,你拿吧,别喝冷藏的就行。"

令琛拿了两瓶,正要放进购物车时,听到祝温书轻声说:"跟汽水较什么劲,我都二十六了,钟爱的东西变一变不是很正常?"

令琛的手顿住,埋着头勾了勾唇角:"那你现在钟爱什么?"

"我想想。"

祝温书把他手里的汽水放回陈列柜:"我男朋友吧。"

话刚说完,还没等令琛有什么反应,两个女生拉着手别别扭扭地走过来。

她们看了眼令琛,又瞄了瞄祝温书的脸色,见她眼里有隐隐笑意,才忐忑地开口道:"那个……能不能跟你拍一张照,我们、我们刚刚——"

"可以。"令琛说。

两个女生没想到令琛答应得这么爽快,慌张地掏出手机,你看看我,我看看你,激动得手足无措。

"我帮你们拍吧。"祝温书朝她们伸手,"一起合照还是单独拍?"

"单、单独吧。"

祝温书点点头。

这段时间她和令琛不知道已经被拍到多少次,散步的时候、在外面吃饭的时候、购物的时候。

像今天这种被认出后要合照的情况也发生过,所以祝温书已经熟悉了整套流程,自然而然地接过手机。

"多拍几张吧。"祝温书看着手机说,"你们自己选选。"

"好……谢谢你。"

两个女生拍完拿回手机后,没急着走,怯生生地盯着祝温书:"我们可以拍一张合照吗?"

这情况祝温书属实是第一次遇到,不过没等她想好措辞,令琛就说:"抱歉,她不拍。"

"噢噢!好的,打扰了,谢谢你们!"

两个女生一步三回头地走开，激动得步子连连相绊。

"走吧。"

令琛重新拉上口罩，突然又说："你看，戴口罩也没什么用。"

可惜祝温书没听见，她已经走到另一侧的甜品区选起了面包。

半个多小时后，两人准备结账离开。

收银处依然排着长龙，自助收银机也排了不少人，祝温书扫视四周寻找最短队伍时，令琛已经推着购物车朝前走去。

"哎，我去吧。"祝温书拦住他，"这么多人呢，你去外面等着。"

往常不论是逛超市还是出门吃饭，祝温书总让令琛等着，她自己去排队结账，以免在人多的地方引起不必要的麻烦。

但今晚令琛格外坚持，他摇头道："我去，今天东西多。"

"没事的，又不是没有推车用。"祝温书指指收银处旁边的空位，"你还是在老地方等我。"

"不行。"令琛垂眼看她，"老让你买单，软饭吃多了不好。"

"……随便你吧。"

祝温书转头出去了。

排了十几分钟队后，令琛拎着两大袋东西出来。

两人进了地下停车库，祝温书坐在副驾驶座，等车开出地库后，她掏出小票一条条地对价格。

可一旁的令琛一直跟她说些有的没的，频繁打断她。

"你明天上午没课，是不是可以不用去学校？"

"跟你说过了，上午有教研会。"祝温书说到这儿，目光突然一顿，悠悠看向令琛，"小票里为什么还是有冰淇淋？"

令琛："……"

祝温书很气，又很想笑。

她不明白为什么令琛有时候会突然幼稚得跟她班里的学生似的。

可她莫名不排斥这种感觉，即便生气，过了一段时间后回想，又觉得生活的印记越来越深。

回到家里，祝温书从购物袋里翻出那盒冰淇淋，回头瞥了令琛一眼。

他什么都没说，面不改色地往房间走去。

祝温书轻哼一声，掏出一个尝了尝味道。

好吧，确实挺甜。

她握着冰淇淋想跟进房间，放在客厅里的手机突然响起。

"小祝老师，明晚有空吗？"

"没空。"祝温书想也不想就说。

"哎，别这样，跟你商量个事儿。"祝启森的声音突然变小，像是怕被人听到他的话，"明晚我打算跟雪儿求婚，你帮个忙把她骗到电影院呗，我都包场了。"

祝温书呆滞片刻，嘴里的冰淇淋都忘了咽下去："啊？这么突然？"

"不突然啊。"祝启森说，"我们谈一年了，差不多可以结婚了，不然也是耽误人家青春，明天是我们在一起一周年的日子呢。"

"不是这个意思。"祝温书说，"你怎么今天才告诉我？我明晚真打算去看电影的。"

"那不是……怕你说漏嘴。"

"……行吧，你跟我具体说说。"

"也没什么，你就约她去看电影呗。"祝启森说，"稍微晚点儿到，这样灯关了之后她就看不见电影院里的人了。"

祝温书又问了点儿细节，准备挂电话时，祝启森说："那你明天能不能……把令琛也叫来？嘿嘿，我觉得有他在，雪儿肯定会很高兴。"

"……我明晚就是和他看电影来着。"祝温书顿了下，"不带他难道把他丢家里？"

"好嘞！祝老师的大恩大德我没齿难忘！"

68

祝启森的计划很完美，他包了一个影厅，叫了很多朋友，准备到时候直接播放他和施雪儿这一年的照片和视频。

加上有令琛在场，他不信施雪儿会不被感动得转圈圈然后答应他的求婚。

但他万万没想到，这个计划唯一的绊脚石就是令琛。

挂了电话没几分钟，令琛从房间出来。他对祝温书手里的冰淇淋视而不见，转头去厨房倒热水。

"有个事儿。"祝温书对着他的背影说，"明晚我们应该不能去看电影了。"

令琛动作一顿，回头道："为什么？"

"祝启森临时找我帮个忙，他要求婚，这么大的事情我也不能推托。"

说完，她看令琛拧着眉头，于是笑着上前，偏头靠着他肩膀："电影我们下次再看吧，反正来日方长。"

换作往常，令琛对这种小事几乎一口就应了下来，但这次他似乎格外犹豫："一定要是明天吗？"

"对啊，明天是他们在一起一周年的日子。"

祝温书想了想，又说："其实还得感谢你呢，要不是你送的票，他们可能没那么快在一起。"

令琛"哦"了声，低声道："那我还有点儿后悔。"

"你说什么？"

"没什么，你去吧。"

"你要不要跟我一起去？"祝温书把冰淇淋递到他嘴前，"雪儿老师特别喜欢你，如果有你见证的话，她肯定很高兴。"

令琛沉默了好一会儿，才低头舔了口冰淇淋。

"都听祝老师的呗。"

"那就这么说好了。"祝温书只让他吃了一口就迅速收回了手，"明天你先去电影院，他们都在那儿等着呢。"

"电影院？"

"对。"

祝温书跟令琛讲了一遍祝启森的求婚计划，令琛听着听着，露出一副大开眼界的模样："还能这样？"

第二天下午，祝温书故意以拖堂的理由拖延了一会儿时间，等她和施雪儿到的时候，影厅里果然伸手不见五指。

不过施雪儿本来对这场电影也没什么兴趣，她闷闷不乐地跟祝温书猫着腰找到座位，坐下来后，还低声抱怨着。

她塞了把爆米花，含混不清地说："今天是我们在一起一周年的纪念日欸！他居然都不陪我，明明之前还说得好好的，说放鸽子就放鸽子。"

"他也不想的，学校临时安排任务嘛。"

祝温书一边安抚着施雪儿，一边观察四周，隐约能看见很多个脑袋，但她找不到令琛在哪里。

在施雪儿的碎碎念中，祝温书翻出手机，悄悄跟令琛发了条消息。

祝温书：你在哪儿？

c：你后面。

祝温书下意识想转头，却对上施雪儿的目光。

"什么任务不任务的，体育老师又不是班主任，追我的时候他打球崴了脚都要陪我散步呢。"她叹了口气，又说，"嗐，天下男人都一样，得到了就不珍惜。"

大屏幕突然亮起，祝温书有点儿紧张，根本没怎么听施雪儿的话，只是敷衍地点了点头。

这时手机又响。

c：……

祝温书：？

c：你跟你的闺密成天都在聊些什么东西。

c：别盯手机了，专心看屏幕。

c：我倒要看看这能多感人。

祝温书轻笑了声，抬起头来。

大概是为了放烟幕弹，屏幕里照例播上了广告。

施雪儿漫不经心地吃着爆米花，还有点儿不耐烦。

直到龙标出现，施雪儿依然意兴阑珊，只想闲聊："对了，祝老师，今天我们粉丝群里有个姐妹找到我说想——"

画面出现的那一刻，施雪儿突然顿住。

她半张着嘴巴，目不转睛地看着自己的照片一张张出现在幕布上。

随后，是她和祝启森的合照。

"这、这……"施雪儿似乎明白了什么，转头看看祝温书，见她一脸微笑，又迫切地重新看向屏幕。

263

这段视频足足有十分钟长,记录了这一年两人的点点滴滴。

不知不觉间,施雪儿的眼泪不受控制地滑落,爆米花撒了一地。

等视频播完,全场灯光亮起,祝启森捧着玫瑰花和戒指单膝跪在她面前时,她哭得妆都花了。

祝启森也有点儿哽咽,结结巴巴地说:"雪儿,你愿意嫁给我吗?"

"我、我当然愿……"施雪儿抹着眼泪,突然想到什么,嘴里的话又拐了个弯,"有点儿不愿意。"

祝启森:"?"

在场所有朋友都安静了。

"我不想结、结婚……"她泪眼婆娑地转头看着祝温书,"结婚了就不能给祝老师和令琛当伴娘了。"

祝温书:"……"

令琛:"……"

这下全场人的目光全都集聚在了令琛和祝温书身上,除了不知情的施雪儿。

祝温书其实有点儿尴尬,她和令琛完全没提过结婚的事情,怎么突然就被赶鸭子上架了。

她清了清嗓子,却不知道该怎么说,只好把问题抛给令琛。

她转头,看向站在施雪儿身后的令琛。

施雪儿好像也感觉到了什么,顺着祝温书的目光看过去。

啜泣声突然卡在喉咙里,差点儿没把她噎死:"你、你……我……"

令琛抿着唇,无语地看着他的死忠粉。

"我们不介意。"

"呜哇"一声,施雪儿终于放声哭了出来,颤抖着伸手,让祝启森给她戴上戒指。

祝启森这人平时生龙活虎,这时候居然哭成了一个泪人,哆哆嗦嗦半天没能成功把戒指套到施雪儿无名指上。

"雪儿,雪儿……我发誓一定会对你好,我觉得自己太幸福了,一想到我们以后能一辈子在一起,我就觉得什么都值,我、我真的,现在就是感觉太幸福了,这辈子从来没这么幸福过。"

虽然祝温书昨天就知道了全过程,但看到这一幕,还是伸手擦了擦眼角。

与此同时,她看见一旁的令琛也安静地看着这两人,目光沉静。

感知到她的目光,令琛忽然转过头,与她四目相对,眼里光影浮动,却什么都没说。

回去的路上。

祝温书时不时扭头看令琛两眼,对上目光后,又匆匆移开视线。

自从令琛答应了施雪儿,祝温书脑子里就一直盘旋着那句话。

"我们不介意。"

好像他已经认定了,他们一定会结婚。

但他从来没有说过。

祝温书是个憋不住心事的人,又见令琛一脸若有所思,终是没忍住问了出来:"你该不会……也想在我生日那天求婚吧?"

令琛转头看了她一眼,然后平静地说:"不会。"

祝温书:"……哦。"

她干笑两声:"我随便问问。"

"生日就得好好过生日。"令琛顿了下,又说,"我希望你的生活多一个可以纪念的日子。"

还好今天不是祝温书开车。她的心跳明明很正常,注意力却无法集中。

"而且,"红绿灯口,令琛侧头看向祝温书,"我没想过等到那一天。"

街边灯光透过车窗,在两人的脸上流动。

祝温书的心跳,还是在这一刻变了频率。

她真后悔问了这个问题。

在这之后的每一天,她可能都要处于忐忑又期待的状态中了。

"绿灯亮了。"祝温书突然提醒令琛,"先回家吧。"

令琛没再说什么,继续开车。

在安静的气氛中,祝温书终于偏过身子,直视他,目光在他侧脸上一寸寸移动,最后定在他胸前:"怀表你怎么没戴了?"

原本一直很淡定的令琛眼神微动,半响才说:"前段时间拿去修了。"

"嗯。"祝温书低下头,没再继续这个问题,"你觉得今天这个求婚仪式怎么样？"

令琛的声音有点儿闷:"还可以。"

能从令琛嘴里听到这句话，那就是十分肯定了。

祝温书望着车窗，低声说:"能让你肯定，真不容易。"

"我有那么挑剔吗？"

祝温书抿着唇笑，没说话。

在这之后，两个人都因为这个话题沉默了下来，车厢里隐隐浮动着不一样的气氛。

两人似乎都知道，他们的关系，就快迎来改变，尽管谁也没开口。

回到家里，令琛脱了外套去洗澡。

祝温书还没从挑明结婚话题的情绪中走出来，莫名有点儿羞赧，只点点头，然后就坐到了阳台上。

这段时间她花了不少时间打理阳台的花花草草，开了又败，只有两盆玫瑰和桔梗还坚挺着。

祝温书坐在摇椅上，看着万家灯火，脑海里浮现了很多画面。

其实她原本觉得，好像结不结婚也没区别，现在的生活根本不缺一张证明书。

但是今天看见祝启森泣不成声的模样，祝温书心里却一直微漾，有一股说不清道不明的情绪。

她曾经还没考虑的事情，这会儿却在她心头生根发芽，瞬息间就如同身旁的玫瑰和桔梗一样茂盛。

她抿着唇，看向浴室。

里头隐隐的水声已经停了，不出意料的话，令琛很快就会出来。

吹了一会儿晚风后，祝温书突然收到施雪儿的消息。

施雪儿:祝老师，我今天差点儿忘了，我有个朋友有话想跟令琛说，想麻烦你转达一下。

施雪儿:唉……我本来不太想打扰令琛，但是这个朋友就……我不知道怎么说，你要不先看看？

祝温书:嗯，可以。

其实这么长时间过去，加上被拍到那么多次，祝温书知道自己的身份早就不是秘密了，只是从来没有摆到明面上。

但只要没有打扰到生活，祝温书就不会在意。

施雪儿：那我直接转发了哈，好长一段话。

施雪儿：

"小蚕同学"，很抱歉打扰到您，我是令琛的粉丝，今天是个特殊的日子，我有很多话想对令琛说，我知道他应该看不见我的私信，所以只能辗转麻烦您。

我天生有缺陷，自打出生就不会说话，成长的过程不算顺利，陷入过很深的沼泽。

因为是个哑巴，我很自卑，也没有朋友，一路上受到过不少歧视，心理状况一度堪忧。

直到令琛出现，我成了人们口中的追星族。

很庆幸因为令琛，我认识了许多志同道合的朋友，他们不需要我开口说话，只要我能打字就行。

我们经常线上聊天、线下聚会，因为令琛，我发现自己居然也能融入人群中。

令琛也许永远不会知道，有人在演唱会里举起双手，是为了挥舞荧光棒，而有的人，是在呼救。

感谢令琛的存在，让我得救。

我原本是工厂的流水线工人，以为一辈子也就这样了，然而幸运居然悄悄砸中了我。

由于喜欢令琛，我自学 PS 给他设计了很多海报，或许他从来没有见过，但是我因此进入了一家设计公司。

今天，我拥有了自己的广告店。

虽然很小，只有我一个员工。

令琛应该也不知道他的存在能拯救一个未曾谋面的人。

我已经过上了自己想要的生活，接下来的日子也希望令琛能幸福。

虽然我不能开口说话，但我能感觉到他这些年过得不好。我很想让令琛知道，即便未来有低谷，他身后也永远有这么多人喜欢他、支持他，千万不要放弃。

他是一个非常好的人，他值得最好的生活。

他说"白日不会升起月亮，盛夏也不会下雪"，可他还是等到了自己的奇迹，我也等到了我的奇迹。

白日就该艳阳当头，盛夏也当烈日明媚，祝您和令琛永远幸福，永远生活在阳光下。

令琛洗完澡出来时，祝温书还坐在阳台上，低头看着手机，不知道在想什么。

他在客厅站了一会儿，握着手里的东西，一步步走过去。

"你——"

"你——"

两人同时开口。

令琛笑了下，说道："祝老师先。"

"也没什么大事。"祝温书声音有点儿哑，低声道，"有一个你的粉丝，给你写了一封信，雪儿老师转发给我了，我念给你听吧。"

"嗯。"令琛顺势蹲在她面前。

祝温书捧着手机，自动转换了人称，一句一句念出来。

令琛一直没有说话，只是低着头。

但祝温书看见他垂着的眼睫之下，双眼有所动容。

"我已经过上了自己想要的生活，接下来的日子也希望你能幸福。

"虽然我不能开口说话，但我能感觉到你这些年过得不好。我很想让你知道，即便未来有低谷，你身后也永远有这么多人喜欢你、支持你，千万不要放弃。

"你是一个非常好的人，你值得最好的生活。"

念到最后两段时，祝温书吸了吸鼻子。

"你说'白日不会升起月亮，盛夏也不会下雪'，可你还是……"

即将念出那个"等"字时，祝温书突然顿住。

她好像经常听到令琛说这个字。

"我在楼下等你。"

"不急，慢慢吃，我等你吃完。"

"我乐意等你。"

"我等你睡着了再睡。"

"我明天来等你下课。"

他好像总是在等。

只有今晚,他说自己不想等到那一天。

这一刻,祝温书胸腔里翻涌着从未有过的冲动。

就连从未见过面的粉丝都知道他一直在等。

她不想让令琛再等了。

"令琛。"祝温书突然抬眼,看着他,"不如,我们结婚吧。"

好几秒,令琛才抬起头,震惊地看着祝温书,没分清这句话是粉丝来信,还是她的突然插嘴。

祝温书扭头,从身边的花盆里摘了一朵玫瑰花。

"太突然了,我什么都没准备,本来想过一段时间的。"她递到令琛手中,"回头我给你补一个仪式,好不好?就像今天那样。"

令琛就这么仰头看着祝温书,眉眼间全是不可置信。

在漫长的等待中,祝温书看见他的眼眶泛了红。

"说话呀。"祝温书弯腰抱住他,"我都跟你求婚了,你要不要答应我?"

令琛一直没说话,只有肩膀在轻微地颤动。

过了许久,祝温书的手被扳开,那块熟悉的怀表静静地躺在她掌心。

"这是……"

令琛几度张嘴,却迟迟没能发出声音。

祝温书耐心地等了很久,才听他道:"前段时间它不走了,我托人换了发条,它依然可以永远转动。"

令琛抬眼,对上祝温书的目光,没再说话。

"相信我,它永远转动。"

"嗯。"

祝温书埋头,遮住眼里的雾气。

"给我戴上吧。"

怀表挂上脖子的那一刻,祝温书听到了令琛清晰的心跳声。

白日不会升月,盛夏也不会落雪,就像怀表的发条不会停止转动。

她和他的心跳,也不会分开。

番外篇

番外一·他只想给她最好的一切

自打入了腊月,祝温书的妈妈隔三岔五就打电话问她什么时候回家过年。

偏偏祝温书今年特别忙,放了寒假之后,马不停蹄地准备着说课比赛和课件比赛,空闲时间甚至比平日里上课还少,就连小年夜她也是和PPT度过的。

直至大年三十当天早上,祝温书和令琛被门铃声吵醒。

一开始他们都以为是听错了,捂着被子继续闷头睡,后来门铃一直没有停歇的意思,令琛才掀开被子,一脸怒气地看着房门。

他晨间头发有点儿乱,几缕发梢压着眉眼,起身就跟要去打仗似的。

但他刚刚下床,手腕就被人拉住。

祝温书还是背对着他,眼睛也没睁开,迷迷糊糊地说:"你这起床气什么时候能改改。"

令琛停下脚步,又在床边坐下来,伸手揉了把脸。

"我去开门吧。"祝温书强撑着困意就要坐起来,"你去洗漱一下,醒醒神。"

"你才是没睡醒吧。"令琛抽出自己的手,把她刚刚抬起一点点的上半身摁回床上,"衣服都没穿,开什么门?"

"……"祝温书飞速把被子往上扯,闭眼深吸气,"出去的时候关好门。"

"知道。"

令琛还是先去浴室洗了一把冷水脸。

他有点儿起床气,不过最近已经被训练得收敛多了,至少洗个脸能消一大半气。

但令琛还是顶着一副死样子去开了门。

"这么早,你不用睡觉?"

令兴言牵着令思渊站在门口,脸色也不大好:"你知道现在几点了吗?"

令琛眼睛还有点儿惺忪,显然确实不知道时间。

"中午十二点啦!"令思渊举手说,"已经十二点了!豆丁都起床啦!"

豆丁是令思渊新养的荷兰猪。

"……"令琛低头斜眼瞥令思渊,"就你有嘴?"

"哈哈,怎么说话的呢?不可以对叔叔这么没礼貌。"令兴言笑着拍自己儿子的脑袋,嘴里在教导,却大有鼓励之意。

随后他又盯着令琛:"祝老师呢?也没起床?"

见令琛沉默,令兴言摇头叹气:"所以说'近墨者黑'。"

"好好说话,她学生还在这儿。"令琛退了一步,让两人进屋,"昨晚回得迟,忘了跟她说。"

昨天令琛去参加了某个视频平台的晚会,凌晨两点才到家,整个人昏昏沉沉的,自然把令兴言的临时叮嘱抛到了脑后。

"那你赶紧收拾收拾。"令兴言满是嫌弃地打量令琛,"今天是什么日子你不知道?你就这副样子去吧,看祝老师的家人会不会待见你。"

说着他就要往衣帽间去:"我给你找找衣服,你知道老人家最喜欢什么打扮不?好不好看是次要的,重要的是得看起来靠谱,最好是让人一眼就觉得有公务员的气质,那这事儿就稳了。"

"行了,你歇歇吧。"令琛拦住操心的令兴言,"你是不是忘了件事?"

令兴言愣住:"什么事?有什么要带的吗?你现在说,我叫人去买。"

令琛:"我是有未婚妻的人。"

……行,从炫女朋友变成炫未婚妻了。

但令兴言心想你过人家爸妈这关了吗就炫。

"也行,让祝老师把关,她最了解她家里人。"

令兴言顺势抱着令思渊在客厅坐下,还不忘催他:"快点儿啊!今天堵车,别回头人家以为我们真是去蹭饭的。"

今天确实是令琛和祝温书一同回汇阳的日子,但祝温书想着令琛这么忙,也没必要早起赶路,下午三四点出发回家正好吃年夜饭,也不匆忙。

令兴言本来也没掺和什么,只是他昨晚和自己父母商量了一下,觉得令琛家庭情况有点儿特殊,怕祝温书的家里人介意,于是临时决定陪

273

他一起去，一方面可以帮他应付场面，另一方面也是想给他撑点儿底气。

既然这么决定了，令兴言就觉得应该早点儿出发，令琛不是会做饭吗，到时候露两手刷刷好感。

只是他没想到，令琛居然把这事儿给忘了。

"哎，我再跟你交代，晚点儿你见到人家爸妈，你得……"

"我知道怎么应对。"

令琛回到房间时，祝温书已经穿好衣服洗漱完，正在对着镜子梳头发。

"谁啊？"

"令兴言和他儿子。"

令琛站在她身后，拿过她的梳子，细致地将她的长发梳顺。

"他们怎么来了？"有人帮忙，祝温书便抬着头开始抹水乳，"找你有事？"

"他们打算今天跟我一起去你家。"

祝温书手里动作停下，扭头惊诧地看着令琛："你怎么不早跟我说？"

"临时想的，昨天回得晚，看你睡着了就没吵醒你。"

他偏过头，看着祝温书的眼睛："其实他也就是顺路，不然还是让他先回自己家过年，他家也不远，十几分钟的路程。"

"不是，我就是怕太匆忙了没有招待好人家。"

祝温书说完，水乳也不抹了就要去拿手机："我给我爸妈说一声吧，让他们多添几个菜。"

发消息的时候，祝温书还在碎碎念："你就算昨晚忘了，今天早上也该跟我说一声的。"

"我早上想说的。"令琛靠着墙，像是还没睡醒，又像是在回味这个早上，"不是你不给我说的机会？"

"我怎么……"

祝温书后知后觉回过神，闭上了嘴，从镜子里瞪了令琛一眼。

昨晚令琛回得晚，怕吵醒祝温书，根本就没进房间，直接睡在了客房。

一向睡眠良好的祝温书却反常地起了个早，早上六点，天还没亮，她想到不久后就要带令琛回家见父母，便紧张得没法再入睡。

她侧头见床边没人，摸出手机看了眼，令琛两个小时前给她发消息说"到家了"，她便穿着鞋去了客房。

原本只是想看一眼，确定他睡得好不好。谁知他连床头灯都没关就这么睡了过去，祝温书便轻手轻脚地进去。

刚刚弯腰伸手，就被人拉住，她以为自己吵醒令琛了，连忙低声说："还早，你继续睡吧，我就是来看看你。"

床上的人没反应，祝温书又抽了下胳膊，却抽不出来。

于是祝温书蹲到床边。他睡得很安静，呼吸声绵长，祝温书凑得很近了也没见他睫毛抖一下，搞得她分不清他是装睡还是真睡着了。

借着灯光，祝温书细细地打量令琛。

年底事情总是格外多，即便令琛已经减少了很多商业活动，依然忙得脚不沾地。

祝温书想起令兴言之前跟她聊过，令琛刚出道那会儿，几乎是累到了连端碗的力气都没有。

这一刻，她看着令琛的面容轮廓，感觉他好像确实比前段时间瘦了点儿。

祝温书越靠越近，手指也不自觉地轻抚着他的鼻梁。

这人怎么就养不胖呢？

正愁着，令琛的嘴角忽然勾了下。

他慢慢睁开眼，鼻尖和祝温书只有一拳远。

"祝老师，别光看不动。"他眼睛半合，带着没睡醒的蒙眬，"我都装半天了，很累的。"

祝温书往他胸前轻轻砸了一下："累就快睡。"

令琛没松开手，眼里笑意也不减："那你也睡。"

也行吧。

祝温书本来已经清醒了，但一看见令琛躺在那儿，她突然就有了重新钻进被窝的想法。

正好令琛也掀开了被子，祝温书便起身躺到他身边，把下巴靠到他肩头。

一觉睡到了下午一点。令琛睡在她旁边也不老实，时不时手脚乱动，搞得她没睡好。

祝温书从他手里抢走梳子，潦草地梳了几下头发便往外面走去。

"哎，这也怪我？"令琛笑，"祝老师讲不讲道理？"

"不讲！"

祝温书恶狠狠地瞪他一眼，一开门，又变脸如变天一般笑着迎了出去："渊渊，你吃午饭了没？"

"吃啦。"令思渊乖乖地坐在沙发上，"老师，你怎么起得这么晚？"

"放假嘛。"

祝温书转头又看向令兴言："不好意思啊，令琛忘了跟我说这事儿，让你久等了。"

"你跟我客气什么，吃了没？要不吃点儿再走？"

"行，我去随便热点儿饭菜，稍微等会儿。"

祝温书说着便去了厨房，弯腰在冰箱里翻东西时，令思渊看见她胸前有什么东西在晃动，便跑过来，伸手摸了一下："老师，这是什么呀？"

祝温书低头看了眼："怀表。"

令思渊没见过这种东西，觉得新奇，眼巴巴地盯着看："老师，我可以玩一下吗？"

祝温书正要说话，令兴言连忙喝止："玩什么！你不是说想打游戏？过来，我把手机给你玩一会儿。"

"好！"

令思渊的注意力立刻被手机游戏拉走，祝温书一边热菜，一边说："他正是对什么都好奇的时候，玩玩没什么的。"

令兴言若有所思地看了祝温书两眼，随后以上厕所为借口，进去找到令琛："她不知道啊？"

"什么？"令琛刚洗漱出来，祝温书已经把他要穿的衣服挂在了衣帽间，他一边套毛衣，一边说，"她知道了，我刚刚跟她说了。"

"我不是说说这个。"令兴言指指外面，"她不知道那怀表里面镶了钻？"

"不知道吧。"

令兴言："什么叫……'吧'？知道还是不知道？"

"我没跟她说过,她也没问,钻不钻的又不重要——"

令琛正要脱裤子,抬眼看向自己堂哥:"我换裤子你还跟这儿待着?"

"嘿,跟我还害上羞了?"令兴言笑,"你有什么是我没有的?"

令琛上下打量他一眼:"未婚妻。"

令兴言:"……"

"啪"的一声,令兴言关门走人。

令琛换好衣服出来,令兴言没想通,又凑过来问:"不重要你花那么多钱?你知道那打磨工艺多难吗?我托了好多人帮忙找的。"

"对她来说是不重要的。"

令琛看着厨房里忙碌的祝温书。

但对他来说,他只想给她最好的一切。

在令兴言和令思渊两父子的目光夹击下,祝温书和令琛草草吃了几口饭便拿着大包小包出发。

小孩子得坐后排,令兴言又是司机,于是祝温书自然就承包了后排另一个座位。

一路上她跟令思渊叽叽喳喳没停过,前排的两个人倒是安静得很。

令兴言要开车,自然不能分神。

只是他抽空瞥了令琛一眼,笑道:"怎么,紧张啊?"

"我紧张什么?"令琛轻笑,"几万人的晚会我都不紧张,吃个晚饭能紧张?"

"你最好是。"

没多久,令思渊终于困了,歪着头睡了过去。

祝温书看了眼手机,说道:"对了令琛,你知道吗,钟娅跟王军冠在一起了,两人不声不响地瞒了我好久,要不是那天我跟钟娅逛街,听到王军冠给她打电话,我都还不知道呢。"

令琛正在打腹稿,没听清祝温书说了什么:"谁?"

祝温书以为他不记得这两人了,有点儿无奈:"钟娅跟王军冠啊,就是你给各备注'第五排第六个'和'王冠军'那两人。"

"哦。"

令琛应了声,忽然想到什么,转头看祝温书:"你怎么知道我给他们的备注?"

祝温书瞥他一眼,低声道:"你还不知道呀,自己看看你QQ。"

自从换了手机,令琛都没下载这玩意儿。

但既然祝温书这么说了,他就重新下载下来。

高速路上信号不好,他花了好长时间漫游聊天记录。

然后——

"你热?"令兴言看见令琛沉着脸,便说,"那你开点儿窗透透气。"

"……"

令琛没开窗,也没说话。

大明星这点儿包袱还是有的。

虽然他后来在无数个夜晚跟祝温书承认过自己高中就对她有非分之想,但至少在今天之前,他还以为祝温书单纯是被演唱会的他……帅到了。

而且盗号也就算了,他还看见徐光亮那傻子回复了那条盗号消息。

徐光亮:我是不是叫你少看不健康网站?!

番外二·卖茶叶

"知道怎么说吗?"

一脚踏出电梯时,令兴言第三次重复道:"嘴要甜,眼里要看得见活儿,别端着。"

令琛一言不发。

祝温书低头憋着笑,领着两人朝家门口走去。

令思渊已经被他们先送回了家里,没了他的吵闹,三个成年人显得格外安静。

拿钥匙开门前,令兴言再次强调:"第一印象非常重要,等会儿你进门就——"

"我知道。"令琛已经把不耐烦摆在脸上了,"说了八百遍,我又不是小学生。"

"小学生比你会说话多了,要笑,记住没?笑得讨喜一点儿,别摆着个——"

令兴言嘀咕的时候,祝温书开了门。

室内说话声一传出来,令兴言立刻闭了嘴,抬手整理自己衣服。同时他扭头看了浑身紧绷的令琛一眼,忍不住想提醒对方放松一点儿。

这时,客厅里的人出来了。

祝温书抬头一看自己爸妈,差点儿掉头就走。

这什么呀……她妈穿了一套旗袍,还穿着高跟鞋,她爸穿着整齐的西装,口袋里还别着丝巾。

不知道的还以为他们俩在办婚礼。

祝温书原本想好的开场白就这么卡在了喉咙里。

她爸妈也在打量令琛,端正地站在玄关处,不知怎么开口。

原本只是来当绿叶的令兴言见主角都愣住了,于是扯了下令琛的衣服。

令琛沉吟片刻，开口道："叔叔阿姨，我是令琛。"

"噢噢，你就是令琛啊，真是跟电视里一样。"

爸妈往后退了一步，留出进门的路："快进来，别在外面站着，多冷啊。"

说完瞥了祝温书一眼，意思是你怎么也不开口介绍一下。

祝温书盯回去，心想你们穿这样我差点儿都没认出来。

令琛和祝温书就这么面无表情地走了进去。

整个场面都略显尴尬。

令兴言愣怔片刻，咧嘴笑道："真是不好意思，打扰了，我是令琛的堂哥令兴言，你们叫我小令就好。"

祝爸爸回头道："你好你好，快进来喝口茶。"

"听说叔叔是做茶叶生意的？"令兴言扫视四周一圈，见家具都古香古色，便道，"怪不得这么有品位。"

祝爸爸被夸到了点子上，立刻笑得五官都挤在了一起："哪有什么品位，你要是喜欢，回头我给你拿点儿普洱，都是我珍藏的好东西。"

"我是个粗人，怕牛嚼牡丹了。"令兴言拉住要走的令琛，"但我兄弟是搞艺术的，他比较有品位，到时候可以跟您请教请教。"

令琛："？"

"快别跟他说茶了，等会儿他就停不下来了。"祝温书妈妈招呼着众人往客厅去，"你们快来坐，吃点儿水果。"

令琛："谢谢阿姨。"

然后把手里提的东西放到桌上。

祝温书妈妈连忙说："还带什么东西，真是客气。"

令琛摇头："应该的。"

这就没了？

令兴言盯着他看，频频暗示，对方却像瞎了一样没接收到信号。

"阿姨客气了，这些都是令琛给您挑的燕窝，全都是女明星们吃的，美容养颜最好了。"

令兴言推了令琛后腰一把，见他不动，又说："不过看样子您家里应

280

该备了许多，您跟女明星完全没差啊，我们兄弟俩刚刚还以为您是祝老师的姐姐呢，唉，回头叫令琛给您买些别的。"

祝温书："……"

过、分、了！

果然，祝温书见她妈妈"呵呵"笑着，不好意思地摸了摸脸，说自己去厨房看看。

祝温书的爸爸也忙着去泡茶，客厅里一下子安静下来。

令琛悠悠转头，低声说："你这么说合适吗？"

令兴言望着祝温书妈妈的背影，有点儿忐忑。

难不成马屁拍过头了？祝老师家风严谨不喜欢这个风格？

令琛："你把我要说的话说完了。"

他抬眼："我说什么？"

令兴言："……"

他做了个"拉嘴巴拉链"的动作，然后抬手翻开掌心："您请。"

祝温书和令琛对视一眼后，朝客厅走去，不像平时那般随意，也有些紧张。

"爸，你放着我来。"

"不用，你歇着，我把这水……"

"我来吧，叔叔。"

爸爸看见一只修长的手伸过来，接过他的茶壶。

工夫茶是传统饮茶习俗，被誉为"中国茶道"，各种茶具摆了一大桌子，其茶道形式之繁复，外行人都看不明白在干什么。

比如，此刻的令兴言。

他眼睁睁看着令琛有模有样地泡上一壶茶，突然大彻大悟了。

打蛇打七寸，还是他这兄弟懂。怪不得前段时间令琛天天偷偷上网看视频。有这精神，清华北大都随他考了。

祝温书也没想到令琛居然会"补课"，她只是跟令琛说了一句自己家人是做什么的。

来之前她还担心令琛不爱说话，爸妈会觉得他摆架子，结果到了晚饭时间，她爸已经大有劝令琛转行跟他一起卖茶叶的意思了。

今年的年夜饭，不仅四个长辈全都到场，就连平时忙着值班的表哥、表嫂也来了。

家里乌泱乌泱一大群人，祝温书原以为她和令琛马上就会陷入亲戚的无尽"审讯"里，没想到这群平时在她面前好奇心爆棚的亲戚见了令琛却矜持起来，就连平时总爱在酒后高歌一曲的舅舅居然也说自己嗓子不太好，怕影响发挥。

至此，令兴言见自己兄弟没什么应付不了的，除了一如既往地沉默话少，没什么可担心的，于是他便在饭后告辞了。

走出祝家，令兴言给自己爸妈打电话汇报情况，同时还笑道令琛不愧是见过大场面的，第一次见丈母娘比他镇定多了，丝毫不慌。

而祝温书的爸妈也只是简单问了一下令琛爸爸的情况，全家人都没怎么诧异，看样子早就知道了全貌。

挂了电话，令兴言坐在车上，翻出手机看了眼朋友圈。

二十分钟前，令琛发了张图片，拍的是祝温书家的年夜饭，什么文字都没配。

看着还挺含蓄。

就是下面的评论有点儿刺眼。

呈致音乐阿key：新年快乐！饭菜看起来好好吃。

c回复呈致音乐阿key：谢谢，岳父做的。

卢曼曼：哇，看起来好好吃，比得上大厨了！

c回复卢曼曼：你怎么知道是我丈母娘做的菜？

卢曼曼回复c：……我不知道。

c回复卢曼曼：那你现在知道了。

张瑜明：看起来不错，回头来我家，我也给你做一顿。

c回复张瑜明：老师，我在丈母娘家，暂时来不了。

令兴言："……"

番外三·我们的家

晚饭结束后,祝温书反而开始惴惴不安。

这一切都太反常了,她总觉得自己爸妈憋着什么大招。

果不其然,收拾好饭桌后,她爸妈站在厨房边对视一眼,随后笑着对客厅里的人说:"看什么春晚啊,多没意思。"

两人往房间里一蹿,搬出了一套……家庭KTV设备。

憋了许久的舅舅终于按捺不住,加上酒精上头,热络地把令琛往身旁一招,非要和他合唱一曲。

"要不还是算了吧。"祝温书挡在令琛前面,"他前段时间感冒了,嗓子不太好。"

舅舅不依不饶,非说令琛感冒了也能唱。

在祝温书的再三劝说下,令琛都看不下去了:"没事,我陪舅舅唱两首。"

祝温书回头看他:"你确定?"

令琛抬抬眉梢,一副我还能唱不过咱们舅舅的自信模样。

随后,令琛就眼睁睁看着祝温书的舅舅点了一首《向天再借五百年》。

他保持着微笑,转头跟舅舅说:"要不换一首?"

舅舅表示没问题,然后反手点了一首《精忠报国》。

令琛还是笑着,但没说话。

"咋的?"舅舅问,"唱不上去?"

令琛拿过话筒:"献丑了。"

没多久,舅舅和令琛勾肩搭背地唱起了《保卫黄河》。

两人分区分段,轮到舅舅那一部分时,他唱着唱着扭头瞅令琛,意思是这是我的部分你别唱。

令琛比了个手势,见舅舅没动,他才说:"我在给你和声。"

舅舅立刻鼓足劲儿飙他的高音去了。

祝温书生无可恋地坐在沙发上。

他开心就好吧,反正也没人听得出来。

另一座城市。

施雪儿吃完年夜饭,还不忘点进令琛的微博广场"巡逻"一下有没有人造谣。她满意地看了二十多分钟,准备去抢红包时,突然被一条微博吸引了注意力。

@小顾不吃饭:我邻居唱歌好像令琛啊哈哈哈。

并配上一段视频。

施雪儿心想可别碰瓷了,什么人都像令琛了那还得了?

但她听了十秒,惊呼一声,点开一看,这人IP地址果然在汇阳。

独钓寒江雪媚娘:祝老师!请令琛注意一下偶像包袱!!

祝温书收到施雪儿的消息时,舅舅正在力邀令琛跟他合唱第六首。

她一句"舅舅你歇一会儿吧"立刻得到舅舅的回应。

"那你来。"舅舅把话筒递到她面前,"祝老师给我们唱一个。"

家里其他人没说话,玩手机的玩手机,吃零食的吃零食,只是大家都不约而同地抿着嘴笑。

"……我就不了吧。"祝温书推开话筒,"我今天状态不太好。"

"随便唱唱吧。"令琛偏头靠过来,"我想听。"

因为喝了酒,令琛脸颊有点儿热,靠在祝温书肩膀上时,她能看见他泛着红的耳根。

这谁顶得住。

祝温书一咬牙,接过了话筒。

当《宁夏》的前奏响起来时,祝温书双手握着话筒,肩头上的令琛还往她脖子上蹭。

"宁静的夏天。"

"天空中繁星点点。"

令琛抬起头了。

"心里头有些思念。
"思念着你的脸。"
令琛坐直了。
"我可以假装看不见。"
令琛开始假装听不见了。
一曲终了,整个客厅鸦雀无声。
令琛盯着电视剧,一瞬间想了很多。
如果他们有一个孩子,有一半概率会随祝温书。
倘若真是这样,他定让孩子好好读书,别想子承父业。
"……干吗?"祝温书木着脸打破一室安静,"跑调了吗?"
舅舅心想你那哪儿是跑调啊,你压根儿就没在调上。
"没。"令琛调整好表情,笑道,"你改编得比原调好。"
祝温书:"……"

临近晚上十二点,家里客人已经走得差不多了。
祝温书把令琛送到楼下时,他抬起头望着天边。
"看什么呢?"
祝温书双手负在身后,和他看向同一方向。
路灯坏了,物业还没来得及修。天空黑乎乎的,什么都没有。
令琛双手插在外套兜里,呼出一团白气。
"我记得这个时候该放烟花了。"
祝温书张口就想说,"汇阳已经禁了好几年烟火了你不知道吗",转念一想,令琛对过年的记忆,应该还停留在很多年前。在那之后,春节对他而言反倒成了折磨,只能眼看着家家团聚。
还好祝温书早有准备。
她歪着上半身,老神在在地说:"是啊,该放烟花了。"
令琛还凝望着夜空。
不一会儿,他听到细微的声响,空气也浮动着淡淡的硝烟味儿。
一回头,见祝温书捏着两根燃烧的仙女棒。
"新年快乐,令琛。"

银色的火焰顺着棒体在黑暗中闪成爱心状，衬得祝温书面容模糊，只有双眼格外亮，瞳孔里倒映着令琛和烟火。

　　他很久没说话。

　　在跳动的火光中，祝温书从他眼里看见了很多情绪。

　　天寒地冻的夜里，他头发凌乱，眉眼低垂，像是在回忆往昔。

　　"忘掉高中那场烟花。"

　　祝温书把一根仙女棒塞到他手里："这是我给你放的。"

　　"你是不是抢了我的角色？"

　　令琛突然低着头笑了，轻轻晃动手里的烟花。

　　"我记性不好，早就忘光了。"

　　"那也不行。"祝温书说，"以后看到烟花，麻烦你想起今晚这次。"

　　"知道了，祝老师。"

　　两人说话间，仙女棒燃尽，只剩两根黑棍。

　　祝温书见令琛盯着手里的棍子没说话，问道："怎么，还想玩？"

　　"倒也不是。"令琛轻叹了口气，"很久没有过过这么热闹的年了。"

　　有丰盛的年夜饭，有可以称为"爸爸妈妈"的长辈，还有心爱的人陪在身旁。

　　再也不用，每逢佳节倍思她。

　　忽然间，一阵清香袭来。

　　令琛抬眼时，祝温书的脸已经近在咫尺。

　　她踮脚亲了亲他的脸颊。

　　"以后每一年都会这么热闹。"祝温书轻声说，"我们的家。"

　　令琛看着她，在她眼里看见了全然的笃定。

　　他抬手扣着她的脑袋，"嗯"了一声，偏下头亲过去。

　　漫漫寒冬和新春交替之际，他们接了一个温柔绵长的吻。

番外四·听不见的心跳

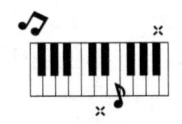

part.1

周五的傍晚,红霞似火,把令琛的脸颊映衬得绯红。

从学校大门出来,沿着大路走一百米,左转后不远处就是公交站。令琛在公交站后面的小巷子里已经站了一个多小时。

他上周才发现祝温书跟他回家的路线是相似的,两人都坐同一班公交车。

可今天不知怎的,祝温书还没出来。

难道她改从学校后面回家了?

令琛朝巷子尽头看去,那里通往学校后面。

不应该啊,那样就绕路了。

或许是她发现了他总是在刻意地在校门口等着她,然后不经意地和她坐上同一辆车?

令琛有些泄气,垂头丧气地往外走。

刚到巷子口,一个女生叫住了他:"同学!喂,那个男同学!"

令琛回头。

"对,就是你。"

女生披散着一头精细打理过的卷发,校服搭在手臂上,裤脚挽起一边,帆布鞋上布满涂鸦。

她身后还跟着一个男生,也是和她相似的打扮——潮牌上衣,最新款球鞋,显得人吊儿郎当的项链。

"你叫什么名字啊?"女生走近,双腿交叉,站在令琛面前,需要微微抬头才能和他平视,"哪个班的?"

令琛没说话。

"问你话呢。"女生脚下似乎踩着什么,一边用鞋尖蹑,一边问,"加个QQ不?"

令琛直接掉头就走。

女生没见过这种态度的人,气得在后面"喂喂喂"地喊,同行的男生嘲笑她:"人家看不上你。"

"哎?祝温书?"女生的声音忽然一变。

令琛的神经被扯了一下,他回头,见祝温书骑着自行车从巷子尽头出来。

原来她只是不坐公交车了。

祝温书似乎没看见另一头的令琛,她停下来,单脚撑着地面,跟女生打招呼。

"陈菲?你也读一中啊?"

"是啊,我在九班,你呢?"

"我在三班。"

"哦对,我想起来了,之前听他们说了。你这么晚才回家啊?"

"在老师办公室帮忙填表格呢。"

"辛苦,那你快回吧。"

"拜拜。"

老巷子很窄,不知哪家种了桂花树。

少女骑着自行车经过令琛面前,眼神扫过这个陌生的新同学,匆忙又腼腆地说了一声"嗨"。

像一阵风,没有片刻的停留,余香却比桂花香还绵长。

令琛被这股花香包裹着,脚好像踩上了软绵绵的云朵,整个人都飘在半空中。

"嘿!发什么呆呢!怎么,看上人家了?"

尖细的女声又响起,令琛猛然抬头,眼里布满惊诧,心脏也随着这句话乱跳一通,却见那女生揶揄地看着她的同伴:"别癞蛤蟆想吃天鹅肉了。"

一直盯着祝温书背影的男生并没有介意"癞蛤蟆"三个字,甚至还有点脸红:"看看美女不行啊?"

288

"不行！"女生严肃起来，"人家可是真正的天鹅，老师的心头肉，你也不撒泡尿照照自己！我警告你啊，少打人家的主意，你要是敢偷偷骚扰人家，看我不打断你的腿！"

他们好像也忘了令琛的存在，一路打打闹闹，离开了这条小巷子。

只剩令琛站在夕阳下，久久地回想那个女生说的话。

part.2

直到高二，令琛都没主动和祝温书说过话。

甚至有时一前一后走在路上，令琛还会刻意放慢脚步，拉开和她的距离。

当然，令琛和其他同学的关系更生疏。而且"社牛"李光亮被老师调去前排后，令琛在班里就几乎没有说得上话的朋友。

以至于许多消息，他都是最后一个知道的。

比如学校要换西式校服了，同学们开学就在讨论，而令琛则是在高一新生军训结束后穿上了新校服才知道的。

至于高二高三生，学校考虑到他们都有旧校服，便不要求统一购买新校服。

统计新校服购买意向的任务落到了祝温书身上。

从教师办公室出来时，祝温书遇到了钟娅，两人一起回教室。

"有说什么时候发新校服吗？"钟娅看着名单两眼放光，"下周能穿上吗？"

"怎么可能这么快，要先把购买名单统一交上去，然后学校才订购呢。"祝温书说，"而且新校服有好几套，衬衫啊，裙子啊，还有秋冬穿的西装外套，生产肯定也比较慢吧。"

"嘿嘿，没想到我们学校居然是第一个换西式校服的。"

钟娅的视野中突然闪过一道身影，她盯着前方那道消瘦的男生背影，突然神秘兮兮地低声说："新校服一整套要七百多块呢，令琛肯定……要不咱们用班费给他买吧？"

怎么说呢……

钟娅这个人有点体贴，但不多。

"怎么可能啊！"祝温书无奈地瞥她一眼，"这多伤人自尊呢，而且搞不好人家根本不想要新校服呢。"

"怎么可能啊！"钟娅学着祝温书的模样，"新校服这么好看，谁会不想要啊！"

祝温书："哎，也是。"

午休时间，大部分同学还没回来，教室里只有稀稀拉拉十来个人。有的在午睡，有的在写作业，有的则无所事事。

令琛坐在角落里，窗外电线杆上有麻雀在跳跃，他的手指在抽屉里敲敲打打，一段旋律正在他的脑海里成形。

忽然，祝温书敲了敲他的桌子，手里拿着一张名单："令琛，你要购买新校服吗？"

旋律被迫中断，令琛脑子里却蹦出了更多音符。

他盯着祝温书看了好一会儿，意识终于回笼，却更显窘迫。

购买新校服啊……

许久，他说："我的旧校服还能穿。"

却没想祝温书顺着他的话接了下去："对啊，我的旧校服也还好好的呢。"

祝温书把名单卷巴卷巴，收进校服兜里，转头跟过道上的物理课代表聊了起来："也不知道学校搞什么，好好的非要学人家穿什么西式校服，多不方便啊。听说夏季校服还是打领带那种衬衫呢，光是想想就热死了，哪有我们旧校服好，又耐脏又好洗的。"

物理课代表骂道："你是一点不管我们的死活啊，穿这老校服多丑啊！"

祝温书靠着令琛的课桌，低下头拎起自己衣服下摆："我们之前校服挺好的呀，大家都一样丑，杜绝了一大半早恋的可能。"

令琛没忍住，"扑哧"一声笑了出来。

随即又因为她话里的"早恋"两个字，感到很不自在。

"你不丑。"他埋下头，低声说了句。

祝温书没听到。

总之，因为祝温书不买新校服，班里不少本就犹豫摇摆的同学也跟着没在名单上画钩。

这天晚上，令琛失眠了。

他一闭上眼睛，就会想起祝温书在他身旁和人闲聊的样子。

她靠着他的课桌，手撑在他的书本上，放松又随意的模样，好像他们是最熟悉的同学。

可惜他当时太紧张了，没能多搭一句话。

唉。

令琛翻了个身，心想明天一定多说几个字。

第二天清晨，令琛很早就去了学校。

校服早上刚刚晾干，鞋子是令兴言送他的，才穿两年，还很新。

班里没人注意到令琛的不一样，还是如往常一般，学生渐渐来齐了，小组长开始收作业了，上课铃打响了。

只有令琛在角落的座位里，设想了很多次主动找祝温书说话的由头。

百转千回，没一个理由能用。

令琛懊恼地薅了薅头发，正烦着，讲台上的英语老师突然说："我抽一个同学来朗读这段课文。"

令琛忽然僵了一瞬，趴在桌上假装睡觉。

他很讨厌被抽起来读课文，因为他的英文口音很难听，不像班里的尹越泽，有一口流利的英腔。

"嗯……祝温书。"英语老师说，"你来吧。"

令琛松了口气，同时也抬起了头。

他很喜欢听祝温书读课文，不管是中文还是英文，都有一种娓娓道来、温柔明朗的味道。

可是下一秒，祝温书捧着书本站起来时，后面有几个男生开始咳嗽。

祝温书埋下了头，快把脸藏到书里了。

令琛还不明所以，就见前排的尹越泽回头瞪了起哄的男生一眼。

隔着遥远的对角线距离，令琛看见祝温书脸红了。

就连讲台上的英语老师也心知肚明地摆着严肃表情，清咳两声："吵什么吵？安静！"

教室确实安静下来了，只剩祝温书不同于往常的、微弱的读书声。

盛夏的尾巴，令琛穿着长袖校服，却感觉很冷。

整个人像从万米高空极速坠落，失重带来的窒息感，让令琛快喘不上气。

part.3

换上新校服的同学越来越多了。

这一年，他们迈入高三。经过了两年的折腾，再耐磨的校服也有了时间的痕迹。

但后排那些很皮的男生还是坚持穿着旧校服，他们不讲究美观，就觉得旧校服好使，能跑能跳，脱下来堆到桌上还能当枕头用。

可是令琛的校服袖子昨天被爸爸不小心扯破了。

他找邻居借了针线，可惜没有合适的颜色，不得不在校服上留下缝补的线头。

下午第一节课是体育课。

学生们懒洋洋地站在操场上，不成队形。体育老师懒得点名，让学生报数后，发现少了三个人。

高三的体育课，一到自由活动时间，很多学生都会回教室自习，只少了三个人已经算同学们来得积极了。

老师也没在意，只有一个女生举起手，怯生生地说："老师，祝温书生病，这节课请假。"

体育老师只点头示意自己知道了，什么都没多问，哨子一吹，热身运动开始。

初秋的空气里还带着夏天的余热，老师的哨子也吹得有气无力。

令琛站在队伍最边上，心不在焉地抬手抬脚，眼睛一直盯着教学楼的方向。

五分钟后，热身运动结束，到自由活动时间。

一些好动的男生去打球，一些女生手挽手去小卖部买零食，剩下的人各自散去。

令琛回到教室时，里面只七零八落地坐了几个人。

祝温书在她的座位上趴着睡觉,闷热的夏末,头顶风扇"吱吱呀呀"地转动,掀起桌上堆积的试卷。

她却好像有点冷,双臂环抱着,整个侧脸枕在硬邦邦的书本上。

令琛大概知道她生了什么病。

他转身出去时,抬手把墙上的风扇开关摁了下去。

凉风骤然停歇,祝温书身体回暖,伸手揉了揉肚子。

小腹里的绞痛好像减轻了些。

part.4

这会儿是上课时间,是小卖部最安静的时候。

令琛站在饮料柜台前选了一瓶常温的营养快线去收银台买单。

他刚要把饮料递给小卖部的黄阿姨收钱,身后突然响起一道肆意的男声。

"黄姨,两瓶橘子汽水!"

原本在等着收令琛钱的黄姨"哎"了一声,就像忘了眼前这个人似的,直接转身走向身后的冷藏柜。

她一边开柜门,一边说:"还没下课就来买水啊?"

"我们这节课是体育课。"尹越泽看着黄姨伸手去拿冰汽水,急忙朝她挥手,"要一瓶常温的!!!"

"今天咋喝常温的了。"黄姨嫌麻烦,嘟囔了一句,还是弯腰从地上堆积的汽水里掏了一瓶。

递给尹越泽时,她突然揶揄道:"哦,给喜欢的女生买的?"

没等尹越泽回答,身旁几个男生就叽叽喳喳地接了话。

"对对对,给喜欢的女生买的。"

"黄姨你咋这么聪明啊。"

"嘻,这小子,我一眼就看穿他。"

"你们有完没完?"尹越泽佯装出恼怒的样子,可他眼里的笑意骗不了人,"嘴这么碎怎么不去讲相声?"

接过黄姨递来的汽水,尹越泽朝同伴抬下巴:"走咯!"

一转身，却不小心撞落了令琛手里的营养快线。

少年急如风火，跑出去老远才反应过来自己刚刚撞到了人。

他转过身，令琛已经弯腰去捡饮料。

尹越泽还保持着倒退的姿势，咧嘴笑着，朝令琛比了个手势，表达自己的歉意。

难得一见的是，向来沉默寡言的令琛居然朝他笑了笑，说"没事儿"。

捡起营养快线后，令琛却没付钱，擦了擦灰，去柜台换了一瓶矿泉水。

part.5

来年四月初，春意盎然，万物新生。

祝温书和尹越泽似乎已经互认心意，同学们心知肚明，认定了他们毕业后会在一起。

渐渐地，尹越泽会光明正大地把买好的早餐递给祝温书，会直接拿了她的水杯去接热水，会在自己的座位上等着祝温书慢吞吞地收拾好东西然后送她回家，还会在祝温书又一次不舒服的时候，请假去校医室给她买止痛药，然后当着所有人的面，把药捧在手心，看着她吃下去。

没有人知道，令琛在这个春天，为祝温书打了一场架。

对方是学校里最浑不凛的学生，家长强势蛮横，正值学校整顿校风之际，令琛面临着被开除的风险。

但校领导问他打架原因时，他死活不愿意开口。

那些人对祝温书的污言秽语，他连复述都难以启齿。

更重要的是，他知道自己一旦说了原因，就等于把他藏了快三年的秘密公之于众。

他做不到，所以做好了被开除的准备。

这个时候，班主任张老师居然站出来为他说话，和校长单独聊了许久，做出了给他记大过的决定。

令琛自己都很震惊，张老师为什么要为他这么一个学生费心。

半个多月后，那群人还是找他复仇了。

棍棒落下来的地方都是皮外伤，但是打斗间他撞翻玻璃，其中一块碎片插进了他的腰侧。

伤不算深，没伤及内脏，但流了很多血。

医生给他缝了十多针，让他在医院挂消炎水过夜。

第二天早上，张老师拎了一箱牛奶来看令琛。

在医院里照顾令琛的是令兴言的妈妈，她为人淳朴，非要想办法去找点茶叶给老师泡一杯茶。

病房里只剩师生二人时，令琛埋着头不说话，脸色苍白。

张老师问了他许多，他依然三棍子打不出一个屁。

张老师向来不苟言笑，她盯着眼前这个锯嘴葫芦，嘴唇抿得紧紧的，脸色实在算不上好看。

欲言又止半晌，在令兴言妈妈回来之前，张老师没好气地说："你们这些十七八岁的男生，成天就想着姑娘，真是命都不要了！要真出了什么大事，有你后悔的！"

"胆子这么大，不用在正当的地方！"

这些学生，个个自以为是，觉得老师好糊弄。

像她这种教了几十年书的，小屁孩们什么事能在她眼皮子底下瞒过去？

每次抽祝温书起来回答问题，教室里哪些眼睛盯着她的背影，张老师都一清二楚。

令琛的表情也再一次验证了张老师的职业素养，她什么都知道。

part.6

秘密突然有了第二个人知道，虽然只是撕开一条极小的缝，却让令琛感觉无所遁形。

尽管无恶意，但这对令琛来说不是好事。

他的暗恋不同于尹越泽的，似乎没有美好到可以照亮祝温书。

又因为父亲的病情加重，令琛去学校的次数越来越少。

反正他在家里也能复习，还不用面对张老师那双把他看透的眼睛。

就算人在学校，他也常常一个人坐在图书馆顶层的楼道里。

那里通向楼顶露台，为了安全，学校一直锁着这道门，所以几乎没有人会走到这里。

令琛常常在这里一坐就是一下午。

这条窄小的楼道储藏了他太多的情绪，无数段未命名的旋律都在这里流转成曲。

因为坐在这条荒凉的楼道，遥遥望向对面教学楼，恰好能看见坐在前排的祝温书。

那些在小小教室里不敢的明目张胆，全在这个无人在意的角落尽情挥洒。

这天下午，令琛拎着一瓶矿泉水，又坐到了放学时间。

已经是五月底了，高三停课进入自主复习的阶段，墙上的倒计时天数只剩个位数。

同学们都走得差不多了，只剩几个做卫生的在打闹。

祝温书却像是没听见下课铃声，埋头写着试卷，放学的热闹与同学离开后的寂寥都与她无关。

于是在楼道独坐半天后，令琛又回了教室，趴在他那空荡荡的课桌上，装作昏昏欲睡的模样，半睁眼睛看着祝温书做题的模样。

哎，好像有点变态。

可是她的背影，看一眼少一眼。

明明都在一间教室相处了三年，只隔着一条对角线的距离。

可为什么每次看着她，都像隔着一条银河那么远呢？

令琛又换了个姿势，拿起一本书挡着脸，肆意地欣赏余晖在祝温书身上勾勒出的金边。

不知不觉，班里其他同学也走了，只剩祝温书还在奋笔疾书。

独处。

他和祝温书第一次独处。

当令琛意识到这一点时，整个人都有点不知所措，即便知道祝温书不会回头看他一眼。

惊喜居然来得如此突然。

令琛低头看了眼自己身上的短袖，早知道，今天就穿令兴言送他的那件白T恤了。

现在身上这件浅蓝短袖早已变色,给令琛带来一阵莫名的局促。

他东张西望着,把抽屉里的校服外套掏出来穿上。

就在这时,祝温书居然回头了。

她回头看向他了。

"令琛……"

她叫他的名字了。

在这只有两人的教室里,令琛整个人都僵住,半晌才抬起头,连一句应答都说不出来。

祝温书似乎也许久才憋出下一句话。

"那个……你能帮我一个忙吗?"

沉默许久,确定不是幻听后,令琛心脏扑通跳:"什么?"

祝温书的声音很微弱:"你可以先过来一下吗?"

令琛的四肢仿佛不再听他指令,越是想靠近,就越是胆怯。

许久许久,令琛才迈开腿。

那一条对角线的距离,只需要几秒就能走到。

令琛却在这几秒中想了千万个如果。

如果再多一点勇气,在这最后的日子,如果和她吐露一丝丝心声,哪怕只是一丝丝,两人未来的轨迹会因此有交集的可能吗?

"就是……我裤子有点脏……"祝温书支支吾吾地说,"可以把你的外套借我穿回家一天吗?"

令琛一时没反应过来。

诧异过后,看着祝温书脸颊的红晕,他终于知道她的意思了。

此时的令琛比她还紧张。

肚子疼吗?

严重吗?是不是要看医生?

能自己一个人回家吗?

最后想到的,是他外套上那些缝缝补补的痕迹。

明明贫穷困顿早已不是秘密,可令琛还是不愿意将其赤裸裸地铺开在祝温书面前。

就那么一秒。

令琛内心挣扎一秒后，善解人意的祝温书立刻说："啊，你不方便也没事的，我再看看别人的。"

她扭过头，尹越泽刚好那么巧地经过。

祝温书喊了一声尹越泽的名字，他立刻跑进来。

还没开口说话，尹越泽看到祝温书羞赧的表情，就已经知道发生了什么。

这是属于他们的默契。

尹越泽默不作声地脱下自己的外套，罩到祝温书身上，正好遮住了她的裤子。

第二天清晨，祝温书拎着一个纸袋来了教室。

背了一路的单词，祝温书脑子有点蒙，见到尹越泽就直接把袋子递给他："你的衣服我洗好了。"

"谢谢"两个字还没说出口，旁边同学起哄道："哟，祝老师这么贤惠啊，阿泽好福气啊！"

祝温书红着脸解释："昨天他借给我穿的衣服……"

"懂！我们都懂！"

"还分什么你我啊。"

尹越泽在一旁骂他们，祝温书则红着脸走了。

教室角落里，令琛看着他们青涩美好的样子，心想：还好自己昨天没有冲动，给祝温书美好的生活平添不必要的烦恼。

part.7

六月初。

盛夏蝉鸣，艳阳高照。

是结束，也代表着全新的开始。

同学们既紧张又兴奋，整个教室乱成一团。

祝温书负责分发英语老师写给同学们的祝福卡片。

每发一张，祝温书都会和同学说几句话。

令琛一直注视着她的身影，等着她分发自己这一张。

每递出去一张，令琛都会紧张地猜测，下一个是不是就该自己了？

像等待领糖果的小孩，这是令琛对祝温书最后一次，名正言顺的期待。

可他等啊等，等到祝温书手里变空，也没等到属于他的祝福。

少女忽然慌张地站在了原地，似乎是预料到她即将回头，令琛也忙不迭罩上校服假装睡觉。

片刻后，令琛悄悄睁开一只眼睛，看见祝温书盯着自己的手掌，像小鹿一样眨着迷茫的大眼睛。

令琛蠢蠢欲动。

他想主动告诉她，没关系的。

被遗忘也没关系，不要自责。

可她突然从身旁的课桌上抓来一支笔和一张便利贴。

喧闹的教室里，令琛似乎听见了笔尖匆忙滑过纸张的声音。

不一会儿，他感觉祝温书走到了他面前。

"令琛，给。"

短短几分钟，令琛经历了期待与失望，又突然迎来意料之外的惊喜。

他反应慢了半拍，趴在课桌上，盯着她的眼睛看了好一会儿，才缓缓坐直。

他低下头，接过那张便利贴，盯着上面的字看了很久。

这是属于祝温书的笔迹。

一句亲手写下的对他的祝福——All your wishes come true.

"那什么……要毕业了……"少女的声音紧张又忐忑，"祝你前程似锦，以后常联系呀。"

令琛没说话，就这么仰头看着她。

她知不知道，他所有的愿望，都是她。

他永远不会实现的愿望。

"谢谢。"

旋即，令琛随手将便利贴塞进校服口袋里，又趴进了校服堆里。

待祝温书转身离开，令琛才敢抬起头，对着她的背影送上自己的祝福。

祝温书，也祝你前程似锦，所有的愿望全都实现。

后记

在写完《她来听我的演唱会》一年半后,再重新翻开这本书,写下令琛的高中视角,两人的爱情终于有始有终。

番外落笔之前,我曾经设想给令琛写一个 if 线①。

如果他在高中的时候多一点勇气,朝祝温书主动走出一步,他们的故事会不会不一样?

在回顾整本书之后,我想这个可能是不会发生的。

两年前开始写正文的时候,第一个困扰我的点就是,设想已经功成名就的令琛再次遇到祝温书,会是什么样的心态?

可以确定的是,他对祝温书的渴望从来没有停止过。

高中时,令琛自卑,还有一点敏感。

他对祝温书的喜欢没有占有欲,除了自知不可能,他还认为自己的喜欢对祝温书来说或许只会是困扰,他不能带给她任何美好。

喜欢,但更多的是祝福。

他希望祝温书拥有世间最好的一切,包括站在她身旁的那个男人,也应该是最好的。

那时候的尹越泽,就是令琛所能接触到的最优秀的男生。

令琛是衷心地希望祝温书能和她喜欢的这个男生共赴美好未来,即便后来的自己已经走向了璀璨星途,也从未想过要去主动联系、打扰祝温书。

---

① 也称可能线、假想线,指因主角的遭遇或选择的不同而导致与正篇故事不同的情节发展。

直到重逢的那一天。

距离高中，已经过去了七年，而令琛也在聚光灯下生活了五年。

他还像以前一样自卑吗？

肯定不是的。

他有歌迷的认可、粉丝的追捧，每天被各种称赞声音环绕。

令琛不是病态自卑，他当然会在这样的生活中变得自信。

他也不是圣人，偶尔还会飘飘然，觉得自己挺厉害的。

但一面对祝温书，他的骄傲变成了一层虚假的保护色。

都说"男人至死是少年"，即便年岁增长，令琛好像还是那个高中男生，在祝温书面前依然是个胆小鬼。

只是在无数个瞬间，男人面对喜欢的女人时总会像一只花孔雀。

令琛时不时也想跟祝温书展示一下自己如今所拥有的绚丽羽毛。

胆小又急于展示，这种矛盾让令琛在祝温书面前做不到松弛，甚至做出的事情总在背离自己的本意。

但他对祝温书的喜欢是不变的。

尽管他已经是闪闪发亮的大明星，但如果要对祝温书告白，令琛需要的不是千万人的称赞，而是来自祝温书的认可。

所以当祝温书出现在他的演唱会那一刻，令琛所有的渴求都尘埃落定。

不管祝温书是否对他有男女之间的喜欢，令琛总算有了将自己的爱意说出口的底气。

再说到祝温书。

虽然没有明写，但在我心里，贯穿祝温书从小到大的特性是"骄傲"。

她被爱包围着长大，自小就拥有漂亮的外表和聪明的脑子，她做任何事情都努力上进，所以她有骄傲的资本。

因为从小就明确了自己的理想，也一直为此付出努力，所以她在寒窗十多年后，成为一个小学语文老师，也依然为自己的职业骄傲。

可是就像尹越泽一样，她的生活中会有许多人为她感到"不值"。

一个从小就顶尖优秀的人，为什么要置身于一间小小的教室呢？

所以祝温书是什么时候对令琛有了不一样的情谊，我想，是在令琛一声声的"祝老师"中。

可能读者没有注意到，令琛在和祝温书重逢后，对她的称呼一直是"祝老师"。

不是为了冒充家长身份，也不是为了客套，他是认真且诚恳地尊重她的职业。

和全班同学一样，令琛当然知道祝温书的理想是当一名老师。

即便沧海桑田，当初自卑的少年成了大明星，天之骄女只是一名"普通教师"，但令琛知道，祝温书坚定地走向了自己理想的未来。

他依然折服于她的光芒。

同样的，长大后的令琛能走进祝温书的心里，并非因为他的身份。

对祝温书来说，爱情的发生，认可与尊重是前提，缘分与荷尔蒙是必要条件，但对另一半自身的要求也不会降低。

令琛已经满足了前两个要求，所以不论他是一个大明星，还是和祝温书一样是个优秀的小学老师，抑或一个技艺精湛的工人，他们都有发生爱情的可能。

是的，身份职业可以千变万化，但祝温书对"优秀"的要求不会变。

并不会因为令琛是男主角，就忽视了祝温书的要求，让她无条件爱上令琛。

她足够认可对方的一切，也自洽于自己的人生目标，才能在日后的相处中不卑不亢，始终坚持自我。

职业没有高低贵贱，祝温书相信一个优秀的小学语文老师，配得上家喻户晓的大明星，因为他们都只是在各自的领域里做到了最好。

而站在聚光灯下的令琛，也仍然为祝温书的一切感到骄傲。

所以回到开头，在令琛和祝温书的故事里，是没有 if 线的。

或许两人都会遗憾过往时光中的失之交臂，但未来的础石坚不可摧。

以上。

2023.10.03

翘摇